U0567489

一年一年的种地生涯对他来说，就像一幕一幕的相同梦境。你眼巴巴地看着庄稼青了黄、黄了青。你的心境随着季节转了一圈，原地回到那种老叹息、老欣喜、老失望之中。

——《家园荒芜》

我想听见风从很远处刮来的声音，听见树叶和草屑撞到墙上的声音，听见那根拴牛的榆木桩直戳戳划破天空的声音。

——《只剩下风》

每个人最后都是独自面对剩下的寂寞和恐惧，无论在人群中还是在荒野上。那是他一个人的。

——《剩下的事情》

一个听烦市嚣的人，躺在田野上听听虫鸣
该是多么幸福。大地的音乐会永无休止。而
有谁知道这些永恒之音中的每个音符是多
么仓促和短暂。

——《与虫共眠》

在这片田野里，一棵草可以放心地长到老而不必担心被人铲除。一棵树也无须担忧自己长错位置，只要长出来，就会生长下去。

——《通往田野的小巷》

我活得比你还老的时候，身心的一部分仍
旧是一个孩子。我叫你爹，叫你父亲，你
再不答应。我叫你爹的那部分永远地长不
大了。

——《先父》

如果没有这堵墙，没有二十年前那一天的劳动，这个地方可能会长几棵树、一些杂草。也可能光秃秃，啥也没有。

——《一截土墙》

现在，谁还能说出一棵草、一根木头的全部真实。谁会看见一场一场的风吹倒旧墙、刮破院门，穿过一个人慢慢松开的骨缝，把所有所有的风声留在他的一生中。

——《今生今世的证据》

一片·
叶子下
生活 ●

刘亮程———— 著

A Leaf A Life
By Liu Liangcheng

人民文学出版社

图书在版编目（CIP）数据

一片叶子下生活 / 刘亮程著. —北京：人民文学出版社，2017
ISBN 978-7-02-012515-9

Ⅰ. ①一… Ⅱ. ①刘… Ⅲ. ①散文集—中国—当代 Ⅳ. ① I267

中国版本图书馆 CIP 数据核字（2017）第 038502 号

责任编辑　陈彦瑾

出版发行　人民文学出版社
社　　址　北京市朝内大街 166 号
邮政编码　100705
网　　址　http://www.rw-cn.com

印　　刷　三河市祥达印刷包装有限公司
经　　销　全国新华书店等

字　　数　210 千字
开　　本　880 毫米 × 1230 毫米　1/32
印　　张　9　插页 16
印　　数　12001—17000
版　　次　2017 年 5 月北京第 1 版
印　　次　2018 年 4 月第 3 次印刷

书　　号　978-7-02-012515-9
定　　价　38.00 元

如有印装质量问题，请与本社图书销售中心调换。电话：010-65233595

目录

CONTENTS

我改变的事物

　　我年轻力盛的那些年，常常扛一把铁锨，像个无事的人，在村外的野地上闲转。我不喜欢在路上溜达，那个时候每条路都有一个明确去处，而我是个毫无目的的人，不希望路把我带到我不情愿的地方。我喜欢一个人在荒野上转悠，看哪不顺眼了，就挖两锨。那片荒野不是谁的，许多草还没有名字，胡乱地长着。我也胡乱地生活着，找不到值得一干的大事。在我年轻力盛的时候，那些很重很累人的活都躲得远远的，不跟我交手，等我老了没力气时又一件接一件来到生活中，欺负一个老掉的人。这也许就是命运。

　　有时，我会花一晌午工夫，把一个跟我毫无关系的土包铲平，或在一片平地上无辜地挖一个大坑。我只是不想让一把好锨在我肩上白白生锈。一个在岁月中虚度的人，再搭上一把锨、一幢好房子，甚至几头壮牲口，让它们陪你虚晃荡一世，那才叫不道德呢。当然，在我使唤坏好几把铁锨后，也会想到村里老掉的一些人，没见他们干出啥大事便把自己使唤成这副样子，腰也弯了，骨头也散架了。几年后当我再经过这片荒地，就会发现我劳动过的地上有了些变化，以往长在土包上的杂草现在下来了，和平地上的草挤在一起，再显不出谁高谁低。而我挖的那个大坑里，深陷着一窝子墨绿。这时我内心的激动别人是无法体会的——我改变了一小片野草的布局和长势。就因为那么几锨，这片荒野的一个部位发生变化了，每个夏天都落到土包上的雨，从此再找不到这个土包。每个冬天也会有一些雪花迟落地一会儿——我挖的这个坑增大了天空和大地间的距离。对于跑过这片荒野的一头驴来说，这点变化算不了什么，它在荒野上随便撒泡尿也会冲出一个不小的坑来。而对于世代生存在这里的一只小虫，这点变化可谓地覆天翻，有些小虫一辈子都走不了几米，在它的领地随便挖走一锨土，它都会永远迷失。

有时我也会钻进谁家的玉米地，蹲上半天再出来。到了秋天就会有一两株玉米，鹤立鸡群般耸在一片平庸的玉米地中。这是我的业绩，我为这户人家增收了几斤玉米。哪天我去这家借东西，碰巧赶上午饭，我会毫不客气地接过女主人端来的一碗粥和一块玉米饼子。

我是个闲不住的人，却永远不会为某一件事去忙碌。村里人说我是个"闲锤子"，他们靠一年年的丰收改建了家园，添置了农具和衣服。我还是老样子，他们不知道我改变了什么。

一次我经过沙沟梁，见一棵斜长的胡杨树，有碗口那么粗吧，我想它已经歪着身子活了五六年了。我找了根草绳，拴在邻近的一棵树上，费了很大劲把这棵树拉直。干完这件事我就走了。两年后我回来的时候，一眼就看见那棵歪斜的胡杨已经长直了，既挺拔又壮实。拉直它的那棵树却变歪了。我改变了两棵树的长势，而现在，谁也改变不了它们了。

我把一棵树上的麻雀赶到另一棵树上，把一条渠里的水引进另一条渠。我相信我的每个行为都不同寻常地充满意义。我是一个平常的人，住在这样一个小村庄里，注定要闲逛一辈子。我得给自己找点闲事，找个理由活下去。

我在一头牛屁股上拍了一锨，牛猛蹿几步，落在最后的这头牛一下子到了牛群最前面，碰巧有个买牛的人，这头牛便被选中了。对牛来说，这一锨就是命运。我赶开一头正在交配的黑公羊，让一头急得乱跳的白公羊爬上去，这对我只是个小动作，举手之劳。羊的未来却截然不同了，本该下黑羊羔的这只母羊，因此只能下白羊羔。黑公羊肯定会恨我的，我不在乎。羊迟早是人的腹中物，恨我的那只羊的肉和感激我的那只羊的肉，嚼到嘴里会一样香。在羊的骨髓里你吃不出那种叫爱和恨的东西，只有营养和油脂。

当我五十岁的时候，我会很自豪地目睹因为我而成了现在这个样子的大小事物，在长达一生的时间里，我有意无意地改变了它们，让本来黑的变成白，本来向东的去了西边……而这一切，只有我一个人清楚。

我扔在路旁的那根木头，没有谁知道它挡住了什么。它不规则地横在那里，是一种障碍，一段时光中的堤坝，又像是一截指针，一种命运的暗示。每天都会有一些村民坐在木头上，闲扯一个下午。也有几头牲口拴在木头上，一个晚上去不了别处。因为这根木头，人们坐到了一起，扯着闲话商量着明天、明年的事。因此，第二天就有人扛一架农具上南梁坡了，有人骑一匹快马上胡家海子了……而在这个下午之前，人们都没想好该去干什么。没这根木头，生活可能会是另一个样子。坐在一间房子里的板凳上和坐在路边的一根木头上商量出的事肯定是完全不同的两种结果。

多少年后当眼前的一切成为结局，时间改变了我，改变了村里的一切。整个老掉的一代人，坐在黄昏里感叹岁月流逝、沧桑巨变。没人知道有些东西是被我改变的。在时间经过这个小村庄的时候，我帮了时间的忙，让该变的一切都有了变迁。我老的时候，我会说：我是在时光中老的。

与虫共眠

我在草中睡着时，我的身体成了众多小虫子的温暖巢穴。那些形态各异的小动物，从我的袖口、领口和裤腿钻进去，在我身上爬来爬去，不时地咬两口，把它们的小肚子灌得红红鼓鼓的。吃饱玩够了，便找一个隐秘处酣然而睡——我身体上发生的这些事我一点也不知道。那天我翻了一下午地，又饿又累。本想在地头躺一会儿再往回走，地离村子还有好几里路，我干活儿时忘了留点回家的力气。时值夏季，田野上虫声、蛙声、谷物生长的声音交织在一起，像支巨大的催眠曲。我的头一挨地便酣然入睡，天啥时黑的我一点不知道，月亮升起又落下我一点没有觉察。醒来时已是另一个早晨，我的身边爬满各种颜色的虫子，它们已先我而醒忙它们的事了。这些勤快的小生命，在我身上留下许多又红又痒的小疙瘩，证明它们来过了。我想它们和我一样睡了美美的一觉。有几个小家伙，竟在我的裤子里待舒服了，不愿出来。若不是瘙痒得难受我不会脱了裤子捉它们出来。对这些小虫来说，我的身体是一片多么辽阔的田野，就像我此刻爬在大地的这个角落，大地却不会因瘙痒和难受把我捉起来扔掉。大地是沉睡的，它多么宽容。在大地的怀抱中我比虫子大不了多少。我们知道世上有如此多的虫子，给它们一一起名，分科分类。而虫子知道我们吗？这些小虫知道世上有刘亮程这条大虫吗？有些虫朝生暮死，有些仅有几个月或几天的短暂生命，几乎来不及干什么便匆匆离去。没时间盖房子，创造文化和艺术。没时间为自己和别人去着想。生命简洁到只剩下快乐。我们这些聪明的大生命却在漫长岁月中寻找痛苦和烦恼。一个听烦市嚣的人，躺在田野上听听虫鸣该是多么幸福。大地的音乐会永无休止。而有谁知道这些永恒之音中的每个音符是多么仓促和短暂。

我因为在田野上睡了一觉，被这么多虫子认识。它们好像一下子就喜欢上我，对我的血和肉的味道赞赏不已。有几个虫子，显然乘我熟睡时在我脸上走了几圈，想必也大概认下我的模样了。现在，它们在我身上留了几个看家的，其余的正在这片草滩上奔走相告，呼朋引类，把发现我的消息传播给所有遇到的同类们。我甚至感到成千上万只虫子正从四面八方朝我呼拥而来。我的血液沸腾，仿佛几十年来梦想出名的愿望就要实现了。这些可怜的小虫子，我认识你们中的谁呢？！我将怎样与你们一一握手？你们的脊背窄小得签不下我的名字，声音微弱得近乎虚无。我能对你们说些什么呢？

当千万只小虫呼拥而至时，我已回到人世的一个角落，默默无闻做着一件事，没几个人知道我的名字，我也不认识几个人，不知道谁死了谁还活着。一年一年地听着虫鸣，使我感到了小虫子的永恒。而我，正在世上苦度最后的几十个春秋。面朝黄土，没有叫声。

剩
下
的
事
情

一　剩下的事情

　　他们都回去了，我一个人留在野地上，看守麦垛。得有一个月
时间，他们才能忙完村里的活儿，腾出手回来打麦子。野地离村子
有大半天的路，也就是说，一个人不能在一天内往返一次野地。这
是大概两天的路程，你硬要一天走完，说不定你走到什么地方，天
突然黑了，剩下的路可就不好走了。谁都不想走到最后，剩下一截
子黑路。是不是？！

　　紧张的麦收结束了。同样的劳动，又在其他什么地方重新开
始，这我能想得出。我知道村庄周围有几块地。他们给我留下够吃
一个月的面和米，留下不够炒两顿菜的小半瓶清油。给我安排活儿
的人，临走时又追加了一句：别老闲着望天，看有没有剩下的活
儿，主动干干。

第二天，我在麦茬地走了一圈，发现好多活儿没有干完，麦子没割完，麦捆没有拉完。可是麦收结束了，人都回去了。

在麦地南边，扔着一大捆麦子。显然是拉麦捆的人故意漏装的。地西头则整齐地长着半垄麦子。即使割完的麦垄，也在最后剩下那么一两镰，不好看地长在那里。似乎人干到最后已没有一丝耐心和力气。

我能想到这个剩下半垄麦子的人，肯定是最后一个离开地头。在那个下午的斜阳里，没割倒的半垄麦子，一直望着扔下它们的那个人，走到麦地另一头，走进或蹲或站的一堆人里，再也认不出来。

麦地太大。从一头几乎望不到另一头。割麦的人一人把一垄，不抬头地往前赶，一直割到天色渐晚，割到四周没了镰声，抬起头，发现其他人早割完回去了，剩下他孤零零的一垄。他有点急了，弯下腰猛割几镰，又茫然地停住。地里没一个人。干没干完都没人管了。没人知道他没干完，也没人知道他干完了。验收这件事的人回去了。他一下泄了气，瘫坐在麦茬上，愣了会儿神：屄，不干了。

我或许能查出这个活儿没干完的人。

我已经知道他是谁。

但我不能把他喊回来，把剩下的麦子割完。这件事已经结束，更紧迫的劳动在别处开始。剩下的事情不再重要。

以后几天，我干着许多人干剩下的事情，一个人在空荡荡的麦地里转来转去。我想许多轰轰烈烈的大事之后，都会有一个收尾的人，他远远地跟在人们的后头，干着他们自以为干完的事情。许多事情都一样，开始干的人很多，到了最后，便成了某一个人的。

二　远离村人

我每天的事：早晨起来望一眼麦垛。总共五大垛，一溜儿排开。整个白天可以不管它们。到了下午，天黑之前，再朝四野里望一望，看有无可疑的东西朝这边移动。

这片荒野隐藏着许多东西。一个人，五垛麦子，也是其中的隐匿者，谁也不愿让谁发现。即使是树，也都蹲着长，躯干一屈再屈，枝丫伏着地伸展。我从没在荒野上看见一棵像杨树一样高扬着头，招摇而长的植物。有一种东西压着万物的头，也压抑着我。

有几个下午我注意到西边的荒野中有一个黑影在不断地变大。我看不清那是什么东西，它孤单地蹲在那里，让我几个晚上没睡好觉。若有个东西在你身旁越变越小最后消失了，你或许一点不会在意。有个东西在你身边突然大起来，变得巨大无比，你便会感到惊慌和恐惧。

早晨天刚亮我便爬起来，看见那个黑影又长大了一些。再看麦垛，似乎一夜间矮了许多。我有点担心，扛着锨小心翼翼地走过去，穿过麦地走了一阵，才看清楚，是一棵树。一棵枯死的老树突然长出许多枝条和叶子。我围着树转了一圈。许多叶子是昨晚上才长出来的，我能感觉到它的枝枝叶叶还在长，而且会长得更加蓬蓬勃勃。我想这棵老树的某一条根，一定扎到了土地深处的一个汪水层。

能让一棵树长得粗壮兴旺的地方，也一定会让一个人活得像模像样。往回走时，我暗暗记住了这个地方。那时，我刚刚开始模糊地意识到，我已经放任自己像植物一样去随意生长。我的胳膊太细，腿也不粗，胆子也不大，需要长的东西很多。多少年来我似乎忘记了生长。

随着剩下的事情一点一点地干完，莫名的空虚感开始笼罩草棚。活儿干完了，镰刀和铁锹扔到一边。孤单成了一件事情。寂寞和恐惧成了一件大事情。

我第一次感到自己是一个，而它们——成群地、连片地、成堆地对着我。我的群落在几十里外的黄沙梁村里。此时此刻，我的村民帮不了我，朋友和亲人帮不了我。

我的寂寞和恐惧是从村里带来的。

每个人最后都是独自面对剩下的寂寞和恐惧，无论在人群中还是在荒野上。那是他一个人的。

就像一只虫、一棵草，在它浩荡的群落中孤单地面对自己的那份欢乐和痛苦。其他的虫草不知道。

一棵树枯死了，提前进入了比生更漫长的无花无叶的枯木期。其他的树还活着，枝繁叶茂。阳光照在绿叶上，也照在一棵枯树上。我们看不见一棵枯树在阳光中生长着什么，它埋在地深处的根在向什么地方延伸。死亡以后的事情，我们不知道。

一个人死了，我们把它搁过去——埋掉。

我们在坟墓旁边往下活。活着活着，就会觉得不对劲：这条路是谁留下的。那件事谁做过了。这句话谁说过。那个女人谁爱过……

我在村人中生活了几十年，什么事都经过了，再待下去，也不会有啥新鲜事。剩下的几十年，我想在花草中度过，在虫鸟水土中度过。我不知道这样行不行，或许村里人会把我喊回去，让我娶个女人生养孩子。让我翻地，种下一年的麦子。他们不会让我闲下来，他们必做的事情，也必然是我的事情。他们不会知道，在我心中，这些事情早就结束了。

如果我还有什么剩下要做的事情，那就是一棵草的事情，一只虫的事情，一片云的事情。

我在野地上还有十几天时间，也可能更长。我正好远离村人，做点自己的事情。

三　风把人刮歪

刮了一夜大风。我在半夜被风喊醒。风在草棚和麦垛上发出恐怖的怪叫，像女人不舒畅的哭喊。这些突兀地出现在荒野中的草棚麦垛，绊住了风的腿，扯住了风的衣裳，缠住了风的头发，让它追不上前面的风。她撕扯，哭喊。喊得满天地都是风声。

我把头伸出草棚，黑暗中隐约有几件东西在地上滚动，滚得极快，一晃就不见了。是风把麦捆刮走了。我不清楚刮走了多少，也只能看着它刮走。我比一捆麦子大不了多少，一出去可能就找不见自己了。风朝着村子那边刮。如果风不在中途拐弯，一捆一捆的麦子会在风中跑回村子。明早村人醒来，看见一捆捆麦子躲在墙根，像回来的家畜一样。

每年都有几场大风经过村庄。风把人刮歪，又把歪长的树刮直。风从不同方向来，人和草木，往哪边斜不由自主。能做到的只是在每一场风后，把自己扶直。一棵树在各种各样的风中变得扭曲，古里古怪。你几乎可以看出它沧桑躯干上的哪个弯是南风吹的，哪个拐是北风刮的。但它最终高大粗壮地立在土地上，无论南风北风都无力动摇它。

我们村边就有几棵这样的大树，村里也有几个这样的人。我太年轻，根扎得不深，躯干也不结实。担心自己会被一场大风刮跑，像一棵草一片树叶，随风千里，飘落到一个陌生地方。也不管你喜不喜欢，愿不愿意，风把你一扔就不见了。你没地方去找风的麻烦，刮风的时候满世界都是风，风一停就只剩下空气。天空若无其事，大地也像什么都没发生。只有你的命运被改变了，莫名其妙地落在另一个地方。你只好等另一场相反的风把自己刮回去。可能一等多年，再没有一场能刮起你的大风。你在等待飞翔的时间里不情愿地长大，变得沉重无比。

去年，我在一场东风中，看见很久以前从我们家榆树上刮走的一片树叶，又从远处刮回来。它在空中翻了几个跟头，摇摇晃晃地落到窗台上。那场风刚好在我们村里停住，像是猛然刹住了车。许多东西从天上往下掉，有纸片——写字的和没写字的纸片、布条、头发和毛，更多的是树叶。我在纷纷下落的东西中认出了我们家榆树上的一片树叶。我赶忙抓住它，平放在手中。这片叶的边缘已有几处损伤，原先背阴的一面被晒得有些发白——它在什么地方经受了什么样的阳光。另一面粘着些褐黄的黏土。我不知道它被刮了多远又被另一场风刮回来，一路上经过了多少地方，这些地方都是我从没去过的。它飘回来了，这是极少数的一片叶子。

风是空气在跑。一场风一过，一个地方原有的空气便跑光了，有些气味再闻不到，有些东西再看不到——昨天弥漫村巷的谁家炒菜的肉香。昨晚被一个人独享的女人的体香。下午晾在树上忘收的一块布。早上放在窗台上写着几句话的一张纸。风把一个村庄酝酿许久的、被一村人吸进呼出弄出特殊味道的一窝子空气，整个地搬运到百里千里外的另一个地方。

每一场风后，都会有几朵我们不认识的云，停留在村庄上头，模样怪怪的，颜色生生的，弄不清啥意思。短期内如果没风，这几朵云就会一动不动赖在头顶，不管我们喜不喜欢。我们看顺眼的云，在风中跑得一朵都找不见。

风一过，人忙起来，很少有空看天。偶尔看几眼，也能看顺眼，把它认成我们村的云，天热了盼它遮遮阳，地旱了盼它下点雨。地果真就旱了，一两个月没水，庄稼一片片蔫了。头顶的几朵云，在村人苦苦的期盼中果真有了些雨意，颜色由雪白变铅灰再变墨黑。眼看要降雨了，突然一阵北风，这些饱含雨水的云跌跌撞撞，飞速地离开村庄，在荒无人烟的南梁上，哗啦啦下了一夜雨。

我们望着头顶腾空的晴朗天空，骂着那些养不乖的野云。第二天全村人开会，做了一个严厉的决定：以后不管南来北往的云，一律不让它在我们村庄上头停，让云远远滚蛋。我们不再指望天上的水，我们要挖一条穿越戈壁的长渠。

那一年村长是胡木，我太年轻，整日缩着头，等待机会来临。

我在一场南风中闻见浓浓的鱼腥味。遥想某个海边渔村，一张大网罩着海，所有的鱼被网上岸，堆满沙滩。海风吹走鱼腥，鱼被留下来。

另一场风中我闻见一群女人成熟的气息，想到一个又一个的鲜美女子，在离我很远处长大成熟，然后老去。我闲吊的家什朝着她们，举起放下，鞭长莫及。

各种各样的风经过了村庄。屋顶上的土，吹光几次，住在房子里的人也记不清楚。无论南墙北墙东墙西墙都被风吹旧，也都似乎为一户户的村人挡住了南来北往的风。有些人不见了，更多的人留下来。什么留住了他们。

什么留住了我。

什么留住了风中的麦垛。

如果所有粮食在风中跑光，所有的村人，会不会在风停之后远走他乡，留一座空荡荡的村庄。

早晨我看见被风刮跑的麦捆，在半里外，被几棵铃铛刺拦住。

这些一墩一墩长在地边上的铃铛刺，多少次挡住我们的路，刮烂手和衣服，也曾多少次被我们的镢头连根挖除，堆在一起，一把火烧掉。可是第二年它们又出现在那里。

我们不清楚铃铛刺长在大地上有啥用处。它浑身的小小尖刺，让企图吃它的嘴，折它的手和践它的蹄远离之后，就闲闲地端扎着，刺天空，刺云，刺空气和风。现在它抱住了我们的麦捆，没让它在风中跑远。我第一次对铃铛刺深怀感激。

也许我们周围的许多东西，都是我们生活的一部分，生命的一部分，关键时刻挽留住我们。一株草，一棵树，一片云，一只小虫……它替匆忙的我们在土中扎根，在空中驻足，在风中浅唱……

任何一株草的死亡都是人的死亡。

任何一棵树的夭折都是人的夭折。

任何一只虫的鸣叫也是人的鸣叫。

四 铁锨是个好东西

我出门时一般都扛着铁锨。铁锨是这个世界伸给我的一只孤手，我必须牢牢握住它。

铁锨是个好东西。

我在野外走累了，想躺一阵，几锨就会铲出一块平坦的床来。顺手挖两锨土，就垒一个不错的枕头。我睡着的时候，铁锨直插在荒野上，不同于任何一棵树一杆枯木。有人找我，远远会看见一把锨。有野驴野牛飞奔过来，也会早早绕过铁锨，免得踩着我。遇到难翻的梁，虽不能挖个洞钻过去，碰到挡路的灌木，却可以一锨铲掉。这棵灌木也许永不会弄懂挨这一锨的缘故——它长错了地方，挡了我的路。我的铁锨毫不客气地断了它一年的生路。我却从不去想是我走错了路，来到野棘丛生的荒地。不过，第二年这棵灌木又会从老地方重长出一棵来，还会长到这么高，长出这么多枝杈，把我铲开的路密密封死。如果几年后我从原路回来，还会被这一棵挡住。树木不像人，在一个地方吃了亏下次会躲开。树仅有一条向上的生路。我东走西走，可能越走越远，再回不到这一步。

在荒野上我遇到许多动物，有的头顶尖角，有的嘴龇利牙，有的浑身带刺，有的飞扬猛蹄，我肩扛铁锨，互不相犯。

我还碰到过一匹狼。几乎是迎面遇到的。我们在相距约二十米远处同时停住。狼和我都感到突然——两匹低头赶路的敌对动物猛一抬眼，发现彼此已经照面，绕过去已不可能。狼上上下下打量着我。我从头到尾注意着狼。这匹狼看上去就像一个穷叫花子，毛发如秋草黄而杂乱，像是刚从刺丛中钻出来，脊背上还少了一块毛。肚子也瘪瘪的，活像一个没支稳当的骨头架子。

看来它活得不咋样。

这样一想倒有了一点优越感。再看狼的眼睛，也似乎可怜兮兮的，像在乞求：你让我吃了吧。你就让我吃了吧。我已经几天没有吃东西了。

狼要是吃麦子，我会扔给它几捆子。要是吃饭，我会为它做一顿。问题是，狼非要吃肉。吃我腿上的肉，吃我胸上的肉，吃我胳膊上的肉，吃我脸上的肉。在狼天性的孤独中我看到它选择唯一食物的孤独。

我没看出这是匹公狼还是母狼。我没敢把头低下朝它的后裆里看，我怕它咬断我的脖子。

在狼眼中我又是啥样子呢？！狼那样认真地打量着我，从头到脚，足足有半小时，最后狼怏怏地转身走了。我似乎从狼的眼神中看见了一丝失望——一个生命对另一个生命的失望。我不清楚这丝失望的全部含义。我一直看着狼翻过一座沙梁后消失。我松了一口气，放下肩上的铁锨，才发现握锨的手已出汗。

这匹狼大概从没见过扛锨的人，对我肩上多出来的这一截东西眼生，不敢贸然下口。狼放弃了我。狼是明智的。不然我的锨刃将染上狼血，这是我不愿看到的。

我没有狼的孤独。我的孤独不在荒野上，而在人群中。人们干出的事情放在这里，即使最无助时我也不觉孤独和恐惧。假若有一群猛兽飞奔而来，它会首先惊慑于荒野中的这片麦地，以及耸在地头的高大麦垛，而后对站在麦垛旁手持铁锨的我不敢轻视。一群野兽踏上人耕过的土地，踩在人种出的作物上，也会像人步入猛兽出没的野林一样惊恐。

人们干出的事情放在土地上。

人们把许多大事情都干完了。剩下些小事情。人能干的事情也就这么多了。

而那匹剩下的孤狼是不是人的事情。人迟早还会面对这匹狼，或者消灭或者让它活下去。

我还有多少要干的事情。哪一件不是别人干剩下的 —— 我自己的事情。如果我把所有的活儿干完，我会把铁锨插在空地上远去。

曾经干过多少事情，刃磨短磨钝的一把铁锨，插在地上。

是谁最后要面对的事情。

五 野兔的路

上午我沿一条野兔的路向西走了近半小时，我想去看看野兔是咋生活的。野兔的路窄窄的，勉强能容下我的一只脚。要是迎面走来一只野兔，我只有让到一旁，让它先过去。可是一只野兔也没有。看得出，野兔在这条路上走了许多年，小路陷进地面有一拳深。路上撒满了黑豆般大小的粪蛋。野兔喜欢把粪蛋撒在自己的路上，可能边走边撒，边跑边撒，它不会为排粪蛋这样的小事停下来，像人一样专门找个隐蔽处蹲半天。野兔的事可能不比人的少。它们一生下就跑，为一口草跑，为一条命跑，用四只小蹄跑。结果呢，谁知道跑掉了多少。

一只奔波中的野兔，看见自己昨天下午撒的粪蛋还在路上新鲜地冒着热气是不是很有意思。

不吃窝边草的野兔，为一口草奔跑一夜回来，看见窝边青草被别的野兔或野羊吃得精光又是什么感触。

兔的路小心地绕过一些微小东西，一棵草、一截断木、一个土块就能让它弯曲。有时兔的路从挨得很近的两棵刺草间穿过，我只好绕过去。其实我无法看见野兔的生活，它们躲到这么远，就是害怕让人看见。一旦让人看见或许就没命了。或许我的到来已经惊跑了野兔。反正，一只野兔没碰到，却走到一片密麻麻的铃铛刺旁，打量了半天，根本无法过去。我蹲下身，看见野兔的路伸进刺丛，在那些刺条的根部绕来绕去不见了。

往回走时，看见自己的一行大脚印深嵌在窄窄的兔子的小路上，突然觉得好笑。我不去走自己的大道，跑到这条小动物的路上闲逛啥，把人家的路踩坏。野兔要来来回回走多少年，才能把我的一只深脚印踩平。或许野兔一生气，不要这条路了。气再生得大点，不要这片草地了，翻过沙梁远远地迁居到另一片草地。你说我这么大的人了，干了件啥事。

过了几天，我专程来看了看这条路，发现上面又有了新鲜的小爪印，看来野兔没放弃它。只是我的深脚印给野兔增添了一路坎坷，好久都觉得不好意思。

六　等牛把这事干完

麦子快割完的那天下午，地头上赶来一群牛，有三十来头。先割完麦子的人，已陆陆续续从麦地那头往回走。我和老马走出草棚。老马一手提刀，一手拿着根麻绳。我背着手跟在老马后头。我是打下手的。

我们等这群牛等了一个上午。

早晨给我们安排活儿的人说，牛群快赶过来了，你们磨好刀等着。宰那头鼻梁上有道白印子的小黑公牛。肉嫩，煮得快。

结果牛群没来，我们闲了一上午。

那头要宰的黑公牛正在爬高，压在它身下的是头年轻的花白母牛。我们走过去时，公牛刚刚爬上去，花白母牛半推半就地挣扎了几下，好像不好意思，把头转了过去，却正好把亮汪汪的水门对着我们。公牛细长细长的家什一举一举，校正了好几次，终于找准地方。

"快死了还干这事。"老马拿着绳要去套牛，被我拦住了。

"慌啥。抽根烟再动手也不迟。"我说。

我和老马在草地上坐下，开始卷烟抽。我们边抽烟边看着牛干事情。

我们一直等到牛把这件事干完。

我们无法等到牛把所有的事干完。刀已磨快，水也烧开，等候吃肉的，坐在草棚外。宰牛是分给我们的事情，不能再拖延。

整个过程我几乎没帮上忙。老马是个老屠夫，宰得十分顺利。他先用绳把牛的一只前蹄和一只后蹄交叉拴在一起，用力一拉，牛便倒了。像一堵墙一样倒了。

接着，牛的四蹄被牢牢绑在一起。老马用手轻摸着牛的脖子，找下刀的地方。那轻柔劲儿就像摸一个女人。老马摸牛脖子的时候，牛便舒服地闭上眼睛。刀很麻利地捅了进去。牛没吭一声，也没挣扎一下。

冒着热气的牛肉一块块卸下来，被人扛到草棚那边。肠肚、牛蹄和牛头扔在草地上，这是不要的东西。

卸牛后腿的时候，老马递给我一根软绵绵的东西。

"拿着，这个有用，煮上吃了劲大得很。"

我一看，是牛的那东西。原扔给了老马。

"不要？"老马扭头看着我。

"你拿回去吃吧。"我说，"你老了，需要这个。"

"我吃过几十个了，我现在比牛的还硬哩。"老马说着用刀尖一挑，那东西便和肠肚扔在了一起。我们需要的只是牛肉，牛的清纯目光、牛哞、牛的奔跑和走动、兴奋和激情，还有，刚才还在享受生活的一根牛鞭，都只有当杂碎扔掉了。

七　对一朵花微笑

我一回头，身后的草全开花了。一大片。好像谁说了一个笑话，把一摊草惹笑了。

我正躺在土坡上想事情。是否我想的事情——一个人头脑中的奇怪想法让草觉得好笑，在微风中笑得前仰后合。有的哈哈大笑，有的半掩芳唇，忍俊不禁。靠近我身边的两朵，一朵面朝我，张开薄薄的粉红花瓣，似有吟吟笑声入耳。另一朵则扭头掩面，仍不能遮住笑颜。我禁不住也笑了起来。先是微笑，继而哈哈大笑。

这是我第一次在荒野中，一个人笑出声来。

还有一次，我在麦地南边的一片绿草中睡了一觉。我太喜欢这片绿草了，墨绿墨绿，和周围的枯黄野地形成鲜明对比。

我想大概是一个月前，浇灌麦地的人没看好水，或许他把水放进麦田后睡觉去了。水漫过田埂，顺这条干沟漫流而下。枯萎多年的荒草终于等来一次生机。那种绿，是积攒了多少年的，一如我目光中的饥渴。我虽不能像一头牛一样扑过去，猛吃一顿。但我可以在绿草中睡一觉。和我喜爱的东西一起睡一觉，做一个梦，也是满足。

　　一个在枯黄田野上劳忙半世的人，终于等来草木青青的一年。草木会不会等到我出人头地的一天。

　　这些简单地长几片叶，伸几条枝，开几瓣小花的草木，从没长高长大，没有茂盛过的草木，每年每年，从我少有笑容的脸和无精打采的行走中，看到的是否全是不景气。

　　我活得太严肃，呆板的脸似乎对生存已经麻木，忘了对一朵花微笑，为一片新叶欢欣和激动。这不容易开一次的花朵，难得长出的一片叶子，在荒野中，我的微笑可能是对一个卑小生命的欢迎和鼓励。就像青青芳草让我看到一生中那些还未到来的美好前景。

　　以后我觉得，我成了荒野中的一个。真正进入一片荒野其实不容易，荒野旷敞着，这个巨大的门让你在努力进入时不经意已经走出来，成为外面人。它的细部永远对你紧闭着。

　　走进一株草、一滴水、一只小虫的路可能更远。弄懂一棵草，并不仅限于把草喂到嘴里嚼几下，尝尝味道。挖一个坑，把自己栽进去，浇点水，直愣愣站上半天，感觉到的可能只是腿酸脚麻和腰疼，并不能断定草木长在土里也是这般情景。人没有草木那样深的根，无法知道土深处的事情。人埋在自己的事情里，埋得暗无天日。人把一件件事情干完，干好，人就渐渐出来了。

我从草木身上得到的只是一些人的道理，并不是草木的道理。我自以为弄懂了它们，其实我弄懂了自己。我不懂它们。

八　三只虫

一只八条腿的小虫，在我的手指上往前爬，爬得慢极了，走走停停，八只小爪踩上去痒痒的。停下的时候，就把针尖大的小头抬起往前望。然后再走。我看得可笑。它望见前面没路了吗？竟然还走。再走一小会儿，就是指甲盖，指甲盖很光滑，到了尽头，它若悬崖勒不住马，肯定一头栽下去。我正为这只小虫的短视和盲目好笑，它已过了我的指甲盖，到了指尖，头一低，没掉下去，竟从指头底部慢慢悠悠向手心爬去了。

这下该我为自己的眼光羞愧了，我竟没看见指头底下还有路。走向手心的路。

人的自以为是使人只能走到人这一步。

虫子能走到哪里，我除了知道小虫一辈子都走不了几百米，走不出这片草滩以外，我确实不知道虫走到了哪里。

一次，我看见一只蜣螂滚着一颗比它大好几倍的粪蛋，滚到一个半坡上。蜣螂头抵着地，用两只后腿使劲往上滚，费了很大劲才滚动了一点点。而且，只要蜣螂稍一松劲，粪蛋有可能原滚下去。我看得着急，真想伸手帮它一把，却不知蜣螂要把它弄到哪。朝四周看了一圈也没弄清哪是蜣螂的家，是左边那棵草底下，还是右边那几块土坷垃中间。假如弄明白的话，我一伸手就会把这个对蜣螂来说沉重无比的粪蛋轻松拿起来，放到它的家里。我不清楚蜣螂在滚这个粪蛋前，是否先看好了路。我看了半天，也没看出朝这个方向滚去有啥好去处，上了这个小坡是一片平地，再过去是一个更大的坡，坡上都是草，除非从空中运，或者蜣螂先铲草开一条路，否则粪蛋根本无法过去。

或许我的想法天真，蜣螂根本不想把粪蛋滚到哪去。它只是做一个游戏，用后腿把粪蛋滚到坡顶上，然后它转过身，绕到另一边，用两只前爪猛一推，粪蛋骨碌碌滚了下去，它要看看能滚多远，以此来断定是后腿劲大还是前腿劲大。谁知道呢。反正我没搞清楚，还是少管闲事。我已经有过教训。

那次是一只蚂蚁，背着一条至少比它大二十倍的干虫，被一个土块挡住。蚂蚁先是自己爬上土块，用嘴咬住干虫往上拉，试了几下不行，又下来钻到干虫下面用头顶，竟然顶起来，摇摇晃晃，眼看顶上去了，却掉了下来，正好把蚂蚁碰了个仰面朝天。蚂蚁一骨碌爬起来，想都没想，又换了种姿势，像那只蜣螂那样头顶着地，用后腿往上举。结果还是一样。但它一刻不停，动作越来越快，也越来越没效果。

我猜想这只蚂蚁一定是急于把干虫搬回洞去。洞里有多少孤老寡小在等着这条虫呢？！我要能帮帮它多好。或者，要是再有一只蚂蚁帮忙，不就好办多了嘛。正好附近有一只闲转的蚂蚁，我把它抓住，放在那个土块上，我想让它站在上面往上拉，下面的蚂蚁正拼命往上顶呢，一拉一顶，不就上去了嘛。

可是这只蚂蚁不愿帮忙，我一放下，它便跳下土块跑了。我又把它抓回来，这次是放在那只忙碌的蚂蚁的旁边，我想是我强迫它帮忙，它生气了。先让两只蚂蚁见见面，商量商量，那只或许会求这只帮忙，这只先说忙，没时间。那只说，不白帮，过后给你一条虫腿。这只说不行，给两条。一条半。那只还价。

我又想错了。那只忙碌的蚂蚁好像感到身后有动静，一回头看见这只，二话没说，扑上去就打。这只被打翻在地，爬起来仓皇而逃。也没看清咋打的，好像两只牵在一起，先是用口咬，接着那只腾出一只前爪，抡开向这只脸上扇去，这只便倒地了。

那只连口气都不喘，回过身又开始搬干虫。我真看急了，一伸手，连干虫带蚂蚁一起扔到土块那边。我想蚂蚁肯定会感激这个天降的帮忙。没想到它生气了，一口咬住干虫，拼命使着劲，硬要把它原搬到土块那边去。

我又搞错了。也许蚂蚁只是想试试自己能不能把一条干虫搬过土块，我却认为它要搬回家去。真是的，一条干虫，我会搬它回家吗？

也许都不是。我这颗大脑袋，压根儿不知道蚂蚁那只小脑袋里的事情。

九　老鼠应该有一个好收成

我用一个下午，观察老鼠洞穴。我坐在一蓬白草下面，离鼠洞约二十米远。这是老鼠允许我接近的最近距离。再逼近半步，老鼠便会仓皇逃进洞穴，让我什么都看不见。

老鼠洞筑在地头一个土包上，有七八个洞口。不知老鼠凭什么选择了这个较高的地势。也许是在洞穴被水淹多少次后，知道了把洞筑在高处。但这个高它是怎样确定的。靠老鼠的寸光之目，是怎样对一片大地域的地势做高低判断的。它选择一个土包，爬上去望望，自以为身居高处，却不知这个小土包是在一个大坑里。这种可笑短视行为连人都无法避免，况且老鼠。

但老鼠的这个洞的确筑在高处。以我的眼光，方圆几十里内，这也是最好的地势。再大的水灾也不会威胁到它。

这个蜂窝状的鼠洞里住着大约上百只老鼠，每个洞口都有老鼠进进出出，有往外运麦壳和杂渣的，有往里搬麦穗和麦粒的。那繁忙的景象让人觉得它们才是真正的收获者。

有几次我扛着锨过去，忍不住想挖开老鼠的洞看看，它到底贮藏了多少麦子。但我还是没有下手。

老鼠洞分上中下三层，老鼠把麦穗从田野里运回来，先贮存在最上层的洞穴。中层是加工作坊。老鼠把麦穗上的麦粒一粒粒剥下来，麦壳和渣子运出洞外，干净饱满的麦粒从一个垂直洞口滚落到最下层的底仓。

每一项工作都有严格的分工，不知这种分工和内部管理是怎样完成的。在一群匆忙的老鼠中，哪一个是它们的王，我不认识。我观察了一下午，也没有发现一只背着手迈着方步闲转的官鼠。

我曾在麦地中看见一只当搬运工具的小老鼠，它仰面朝天躺在地上，四肢紧抱着几支麦穗，另一只大老鼠用嘴咬住它的尾巴，当车一样拉着它走。我走近时，拉的那只扔下它跑了，这只不知道发生了啥事，抱着麦穗躺在地上发愣。我踢了它一脚，才反应过来，一骨碌爬起来，扔下麦穗便跑。我看见它的脊背上磨得红稀稀的，没有了毛。跑起来一歪一斜，像是很疼的样子。

以前我在地头见过好几只脊背上没毛的死老鼠，我还以为是它们相互厮打致死的，现在明白了。

在麦地中，经常能碰到几只匆忙奔走的老鼠，它让我停住脚步，想想自己这只忙碌的大老鼠，一天到晚又忙出了啥意思。我终生都不会，走进老鼠深深的洞穴，像个客人，打量它堆满底仓的干净麦粒。

老鼠应该有这样的好收成。这也是老鼠的土地。

我们未开垦时，这片长满矮蒿的荒地上到处是鼠洞，老鼠靠草籽和草秆为生，过着富足安逸的日子。我们烧掉蒿草和灌木，毁掉老鼠洞，把地翻一翻，种上麦子。我们以为老鼠全被埋进地里了。当我们来割麦子的时候，发现地头筑满了老鼠洞，它们已先我们开始了紧张忙碌的麦收。这些没草籽可食的老鼠，只有靠麦粒为生。被我们称为细粮的坚硬麦粒，不知合不合老鼠的口味。老鼠吃着它胃舒不舒服。

这些匆忙的抢收者，让人感到丰收和喜悦不仅仅是人的，也是万物的。

我们喜庆的日子，如果一只老鼠在哭泣，一只鸟在伤心流泪，我们的欢乐将是多么的孤独和尴尬。

在我们周围，另一种动物，也在为这片麦子的丰收而欢庆，我们听不见它们的笑声，但能感觉到。

它们和村人一样期待了一个春天和一个漫长夏季。它们的期望没有落空。我们也没落空。它们用那只每次只能拿一支麦穗、捧两颗麦粒的小爪子，从我们的大丰收中，拿走一点儿，就能过很好的日子。而我们，几乎每年都差那么一点儿，就能幸福美满地——吃饱肚子。

十　孤独的声音

有一种鸟，对人怀有很深的敌意。我不知道这种鸟叫什么。它们常站在牛背上捉虫子吃，在羊身上跳来跳去，一见人便远远飞开。

还爱欺负人，在人头上拉鸟屎。

它们成群盘飞在人头顶，发出悦耳的叫声。人陶醉其中，冷不防，一泡鸟屎落在头上。人莫名其妙，抬头看天上，没等看清，又一泡鸟屎落在嘴上或鼻梁上。人生气了，捡一个土块往天上扔，鸟便一只不见了。

还有一种鸟喜欢亲近人，对人说鸟语。

那天我扛着锨站在埂子上，一只鸟飞过来，落在我的锨把上，我扭头看着它，是只挺大的灰鸟。我一伸手就能抓住它。但我没伸手。灰鸟站稳后便对着我的耳朵说起鸟语，声音很急切，一句接一句，像在讲一件事，一种道理。我认真地听着，一动不动。灰鸟不停地叫了半个小时，最后声音沙哑地飞走了。

以后几天我又在别处看见这鸟，依旧单单的一只。有时落在土块上，有时站在一个枯树枝上，不住地叫。还是给我说过的那些鸟语。只是声音更沙哑了。

离开野地后，我再没见过和那只灰鸟一样的鸟。这种鸟可能就剩下那一只了，它没有了同类，希望找一个能听懂它话语的生命。它曾经找到了我，在我耳边说了那么多动听的鸟语。可我，只是个种地的农民，没在天上飞过，没在高高的树枝上站过。我怎会听懂鸟说的事情呢？

不知那只鸟最后找到知音了没有。听过它孤独鸟语的一个人，却从此默默无声。多少年后，这种孤独的声音出现在他的声音中。

十一　最大的事情

我在野地只待一个月（在村里也就住几十年），一个月后，村里来一些人，把麦子打掉，麦草扔在地边。我们一走，不管活儿干没干完，都不是我们的事情了。

老鼠会在仓满洞盈之后，重选一个地方打新洞。也许就选在草棚旁边，或者草垛下面。草棚这儿地势高，干爽，适合人筑屋鼠打洞。麦草垛下面隐蔽、安全，麦秆中少不了有一些剩余的麦穗麦粒，足够几代老鼠吃。

鸟会把巢筑在草棚上，在伸出来的那截木头上，涂满白色鸟粪。

野鸡会从门缝钻进来，在我们睡觉的草铺上，生几枚蛋，留一地零乱羽毛。

这些都是给下一年来到的人们留下的麻烦事情。下一年，一切会重新开始。剩下的事将被搁在一边。

如果下一年我们不来。下下一年还不来。

如果我们永远地走了，从野地上的草棚，从村庄，从远远近近的城市。如果人的事情结束了，或者人还有万般未竟的事业但人没有了。再也没有了。

那么，我们干完的事，将是留在这个世界上的——最大的事情。

别说一座钢铁空城、一个砖瓦村落。仅仅是我们弃在大地上的一间平常的土房子，就够它们多少年收拾。

草大概用五年时间，长满被人铲平踩瓷实的院子。草根蛰伏在土里，它没有死掉，一直在土中窥听地面上的动静。一年又一年，人的脚步在院子里走来走去，时缓时快，时轻时沉。终于有一天，再听不见了。草根试探性地拱破地面，发一个芽，生两片叶，迎风探望一季，确信再没锨来铲它，脚来踩它，草便一棵一棵从土里钻出来。这片曾经是它们的土地已面目全非，且怪模怪样地耸着一间土房子。

草开始从墙缝往外长，往房顶上长。

而房顶的大木梁中，几只蛀虫正悄悄干着一件大事情。它们打算用八十七年，把这棵木梁蛀空。然后房顶塌下来。

与此同时，风四十年吹旧一扇门上的红油漆。雨八十年冲掉墙上的一块泥皮。

厚实的墙基里，一群蝼蚁正一小粒一小粒往外搬土。它们把巢筑在墙基里，大蝼蚁在墙里死去，小蝼蚁又在墙里出生。这个过程没有谁能全部经历，它太漫长，大概要一千八百年，墙根就彻底毁了。曾经从土里站起来，高出大地的这些土，终归又倒塌到泥土里。

但要完全抹平这片土房子的痕迹，几乎是不可能。

不管多大的风，刮平一道田埂也得一百年工夫。人用旧扔掉的一只瓷碗，在土中埋三千年仍纹丝不变。而一根扎入土地的钢筋，带给土地的将是永久的刺痛。几乎没有什么东西能够消磨掉它。

除了时间。

时间本身也不是无限的。

所谓永恒，就是消磨一件事物的时间完了，这件事物还在。

时间再没有时间。

住多久才算是家

喜欢在一个地方长久地生活下去——具体点说，是在一个村庄的一间房子里。如果这间房子结实，我就不挪窝地住一辈子。一辈子进一扇门，睡一张床，在一个屋顶下御寒和纳凉。如果房子坏了，在我四十岁或五十岁的时候，房梁朽了，墙壁出现了裂缝，我会很高兴地把房子拆掉，在老地方盖一幢新房子。

我庆幸自己竟然活得比一幢房子更长久。只要在一个地方久住下去，你迟早会有这种感觉。你会发现周围的许多东西没有你耐活。树上的麻雀有一天突然掉下一只来，你不知道它是老死的还是病死的。树有一天被砍掉一棵，做了家具或当了烧柴。陪伴你多年的一头牛，在一个秋天终于老得走不动。算一算，它远没有你的年龄大，只跟你的小儿子岁数差不多，你只好动手宰掉或卖掉它。

一般情况，我都会选择前者。我舍不得也不忍心把一头使唤老的牲口再卖给别人使唤。我把牛皮钉在墙上，晾干后做成皮鞭和皮具。把骨头和肉炖在锅里，一顿一顿吃掉。这样我才会觉得舒服些，我没有完全失去一头牛，牛的某些部分还在我的生活中起着作用，我还继续使唤着它们。尽管皮具有一天也会被磨断，拧得很紧的皮鞭也会被抽散，扔到一边。这都是很正常的。

甚至有些我认为是永世不变的东西，在我活过几十年后，发现它们已几经变故，面目全非。而我，仍旧活生生的，虽有一点衰老迹象，却远不会老死。

早年我修房后面那条路的时候，曾想到这是件千秋功业，我的子子孙孙都会走在这条路上。路比什么都永恒，它平躺在大地上，折不断、刮不走，再重的东西它都能禁住。

有一年一辆大卡车开到村里，拉着一满车铁，可能是走错路了，想掉头回去。村中间的马路太窄，转不过弯。开车的师傅找到我，很客气地说要借我们家房后的路走一走，问我行不行。我说没事，你放心走吧。其实我是想考验一下我修的这段路到底有多结实。卡车开走后我发现，路上只留下浅浅的两道车轱辘印。这下我更放心了，暗想，以后即使有一卡车黄金，我也能通过这条路运到家里。

可是，在一年后的一场雨中，路却被冲断了一大截，其余的路面也泡得软软的，几乎连人都走不过去。雨停后我再修补这段路面时，已经不觉得道路永恒了，只感到自己会生存得更长久些。以前我总以为一生短暂无比，赶紧干几件长久的事业留传于世。现在倒觉得自己可以久留世间，其他一切皆如过眼烟云。

我在调教一头小牲口时，偶尔会脱口骂一句：畜生，你爷爷在我手里时多乖多卖力。骂完之后忽然意识到，又是多年过去。陪伴过我的牲口、农具已经消失了好几茬，而我还那样年轻有力、信心十足地干着多少年前的一件旧事。多少年前的村庄又浮现在脑海里。

如今谁还能像我一样幸福地回忆多少年前的事呢？！那匹三岁的儿马，一岁半的母猪，以及路旁林带里只长了三个夏天的白杨树，它们怎么会知道几十年前发生在村里的那些事情呢？！它们来得太晚了，只好遗憾地生活在村里，用那双没见过世面的稚嫩眼睛，看看眼前能够看到的，听听耳边能够听到的。却对村庄的历史一无所知，永远也不知道这堵墙是谁垒的，那条渠是谁挖的。谁最早蹚过河开了那一大片荒地，谁曾经乘着夜色把一大群马赶出村子，谁总是在天亮前提着裤子翻院墙溜回自己家里……这一切，连同完整的一大段岁月，被我珍藏了。成了我一个人的。除非我说出来，谁也别想再走进去。

当然，一个人活得久了，麻烦事也会多一些。就像人们喜欢在千年老墙万年石壁上刻字留名以求共享永生，村里的许多东西也都喜欢在我身上留印迹。它们认定我是不朽之物，咋整也整不死。我的腰上至今还留着一头母牛的半只蹄印。它把我从牛背上掀下来，朝着我的光腰杆就是一蹄子。踩上了还不赶忙挪开，直到它认为这只蹄印已经深刻在我身上了，才慢腾腾移动蹄子。我的腿上深印着好几条狗的紫黑牙印，有的是公狗咬的，有的是母狗咬的。它们和那些好在文物古迹上留名的人一样，出手隐蔽敏捷，防不胜防。我的脸上身上几乎处处有蚊虫叮咬的痕迹，有的深，有的浅。有的过不了几天便消失了，更多的伤痕永远留在身上。一些隐秘处还留有女人的牙印儿和指甲印儿。而留在我心中的东西就更多了。

我背负着曾经与我一同生活过的众多生命的珍贵印迹，感到自己活得深远而厚实，却一点不觉得累。有时在半夜腰疼时，想起踩过我的已离世多年的那头母牛，它的毛色和花纹，硕大无比的乳房和发情季节亮汪汪的水门。有时走路腿困时，记起咬伤我的一条黑狗的皮，还展展地铺在我的炕上，当了多年的褥子。我成了记载村庄历史的活载体，随便触到哪儿，都有一段活生生的故事。

　　在一个村庄活久了，就会感到时间在你身上慢了下来。而在其他事物身上飞快地流逝着。这说明，你已经跟一个地方的时光混熟了。水土、阳光和空气都熟悉了你，知道你是个老实安分的人，多活几十年也没多大害处。不像有些人，有些东西，满世界乱跑，让光阴满世界追他们。可能有时他们也偶尔躲过时间，活得年轻而滋润。光阴一旦追上他们就会狠狠报复一顿，一下从他们身上减去几十岁。事实证明，许多离开村庄去跑世界的人，最终都没有跑回来，死在外面了。他们没有赶回来的时间。

　　平常我也会自问：我是不是在一个地方生活得太久了。土地是不是已经烦我了。道路是否早就厌倦了我的脚印，虽然它还不至于拒绝我走路。事实上我有很多年不在路上走了，我去一个地方，照直就去了，水里草里。一个人走过一些年月后就会发现，所谓的道路不过是一种摆设，供那些在大地上瞎兜圈子的人们玩耍的游戏。它从来都偏离真正的目的。不信去问问那些永远匆匆忙忙走在路上的人，他们走到自己的归宿了吗？没有。否则他们不会没完没了地在路上转悠。

　　而我呢，是不是过早地找到了归宿？多少年住在一间房子里，开一个门，关一扇窗，跟一个女人睡觉。是不是还有另一种活法，另一番滋味。我是否该挪挪身，面朝一生的另一些事情活一活。就像这幢房子，面南背北多少年，前墙都让太阳晒得发白脱皮了。我是不是把它掉个个，让一向阴潮的后墙根也晒几年太阳。

这样想着就会情不自禁在村里转一圈，果真看上一块地方，地势也高，地盘也宽敞。于是动起手来，花几个月时间盖起一院新房子。至于旧房子嘛，最好拆掉，尽管拆不到一根好檩子，一块整土块。毕竟是住了多年的旧窝，有感情，再贵卖给别人也会有种被人占有的不快感。墙最好也推倒，留下一个破墙圈，别人会把它当成天然的茅厕，或者用来喂羊圈猪，甚至会有人躲在里面干坏事。这样会损害我的名誉。

当然，旧家具会一件不剩地搬进新房子，柴火和草也一根不剩拉到新院子。大树砍掉，小树连根移过去。路无法搬走，但不能白留给别人走。在路上挖两个大坑。有些人在别人修好的路上走顺了，老想占别人的便宜，自己不愿出一点力。我不能让那些自私的人变得更加自私。

我只是把房子从村西头搬到了村南头。我想稍稍试验一下我能不能挪动。人们都说：树挪死，人挪活。树也是老树一挪就死，小树要挪到好地方会长得更旺呢。我在这块地方住了那么多年，已经是一棵老树，根根脉脉都扎在了这里，我担心挪不好把自己挪死。先试着在本村里动一下，要能行，我再往更远处挪动。

可这一挪麻烦事跟着就来了。在搬进新房子的好几年间，我收工回来经常不由自主地回到旧房子，看到一地的烂土块才恍然回过神。牲口几乎每天下午都回到已经拆掉的旧圈棚，在那里挤成一堆。我的所有的梦也都是在旧房子。有时半夜醒来，还当是门在南墙上。出去解手，还以为茅厕在西边的墙角。

不知道住多少年才能把一个新地方认成家。认定一个地方时或许人已经老了，或许到老也无法把一个新地方真正认成家。一个人心中的家，并不仅仅是一间属于自己的房子，而是长年累月在这间房子里度过的生活。尽管这房子低矮陈旧，清贫如洗，但堆满房子角角落落的那些黄金般珍贵的生活情节，只有你和你的家人共拥共享，别人是无法看到的。走进这间房子，你就会马上意识到：到家了。即使离乡多年，再次转世回来，你也不会忘记回这个家的路。

我时常看到一些老人，在晴朗的天气里，背着手，在村外的田野里转悠。他们不仅仅是看庄稼的长势，也在瞅一块墓地。他们都是些幸福的人，在一个村庄的一间房子里，生活到老，知道自己快死了，在离家不远的地方，择一块墓地。虽说是离世，也离得不远。坟头和房顶日夜相望，儿女的脚步声在周围的田地间走动，说话声、鸡鸣狗吠时时传来。这样的死没有一丝悲哀，只像是搬一次家。离开喧闹的村子，找个清静处待待。地方是自己选好的，棺木是早几年便吩咐儿女们做好的。从木料、样式到颜色，都是照自己的意愿去做的，没有一丝让你不顺心不满意。

唯一舍不得的便是这间老房子，你觉得还没住够，亲人们也这么说：你不该早早离去。其实你已经住得太久太久，连脚下的地都住老了，头顶的天都活旧了。但你一点没觉得自己有多么"不自觉"。要不是命三番五次地催你，你还会装糊涂生活下去，还会住在这间房子里，还进这个门，睡这个炕。

我一直庆幸自己没有离开这个村庄，没有把时间和精力白白耗费在另一片土地上。在我年轻的时候、年壮的时候，曾有许多诱惑让我险些远走他乡，但我留住了自己。我做得最成功的一件事，是没让自己从这片天空下消失。我还住在老地方，所谓盖新房搬家，不过是一个没有付诸行动的梦想。我怎么会轻易搬家呢？！我们家屋顶上面的天空，经过多少年的炊烟熏染，已经跟别处的天空大不一样。当我在远处，还看不到村庄，望不见家园的时候，便能一眼认出我们家屋顶上面的那片天空，它像一块补丁、一幅图画，不管别处的天空怎样风云变幻，它总是晴朗祥和地贴在高处，家安安稳稳坐落在下面。家园周围的这一窝子空气，多少年被我吸进呼出，也已经完全成了我自己的气息，带着我的气味和温度。我在院子里挖井时，曾潜到三米多深的地下，看见厚厚的土层下面褐黄色的沙子，水就从细沙中缓缓渗出。而在西边的一个墙角上，我的尿水年复一年已经渗透到地壳深处，那里的一块岩石已被我含碱的尿水腐蚀得变了颜色。看看，我的生命上抵高天，下达深地。这都是我在一个地方地久天长生活的结果。我怎么会离开它呢？！

春天的步调

　　刚发现那只虫子时，我以为它在仰面朝天晒太阳呢。我正好走累了，坐在它旁边休息。其实我也想仰面朝天和它并排躺下来。我把铁锨插在地上。太阳正在头顶。春天刚刚开始，地还大片地裸露着。许多东西没有出来。包括草，只星星点点地探了个头儿，一半儿还是种子埋藏着。那些小虫子也是一半儿在漫长冬眠的苏醒中。这就是春天的步骤，几乎所有生命都留了一手。它们不会一下子全涌出来。即使早春的太阳再热烈，它们仍保持着应有的迟缓。因为，倒春寒是常有的。当一场寒流杀死先露头的绿芽儿，那些迟迟未发芽的草籽、未醒来的小虫子们便幸存下来，成为这片大地的又一次生机。

　　春天，我喜欢早早地走出村子，雪前脚消融，我后脚踩上冒着热气的荒地。我扛着锨，拿一截绳子。雪消之后荒野上会露出许多东西：一截干树桩，半边埋入土中的柴火棍……大地像突然被掀掉被子，那些东西来不及躲藏起来。草长高还得些时日。天却一天天变长。我可以走得稍远一些，绕到河湾里那棵歪榆树下，折一截细枝，看看断茬处的水绿便知道它多有生气，又能旺势地活上一年。每年春天我都会最先来到这棵榆树下，看上几眼。它是我的树。那根直端端指着我们家房顶的横杈上少了两个细枝条，可能入冬后被谁砍去当筐把子了。上个秋天我趴在树上玩时就发现它是根好筐把子，我没舍得砍。再长粗些说不定是根好锨把呢。我想。它却没能长下去。

我无法把一棵树、树上的一根直爽枝条藏起来，让它秘密地为我一个人生长。我只藏埋过一个西瓜，它独独地为我长大、长熟了。

发现那棵西瓜时它已扯了一米来长的秧，而且结了拳头大的一个瓜蛋，梢上还挂着指头大两个小瓜蛋。我想是去年秋天挖柴的人在这儿吃西瓜掉的籽。正好这儿连根挖掉一棵红柳，土虚虚的，很肥沃，还有根挖走后留下的一个小蓄水坑，西瓜便长了起来。

那时候雨水盈足，荒野上常能看见野生的五谷作物：牛吃进肚子没消化掉又排出的整粒苞米，鸟飞过时一松嘴丢进土里的麦粒、油菜籽，鼠洞遭毁后埋下的稻米、葵花子……都会在春天发芽生长起来。但都长不了多高又被牲畜、野动物啃掉。

这棵西瓜迟早也会被打柴人或动物发现。他们不会等到瓜蛋子长熟便会生吃了它。谁都知道荒野中的一棵瓜你不会第二次碰见。除非你有闲工夫，在这棵西瓜旁搭个草棚住下来，一直守着它长熟。我倒真想这样去做。我住在野地的草棚中看守过几个月麦垛，也替大人看守过一片西瓜地。在荒野中搭草棚住下，独独地看着一棵西瓜长大这件事，多少年后还在我的脑子想着。我却没做到。我想了另外一个办法：在那棵瓜蛋子下面挖了一个坑，让瓜蛋吊进去。小心地把坑顶封住。把秧上另两个小瓜蛋掐去。秧头打断，不要它再张扬着长。让人一看就知道这是一截啥都没结的西瓜秧，不会对它过多留意。

此后的一个多月里，我又来看过它三次。显然，有人和动物已经来过，瓜秧旁有新脚印。一只圆形的牛蹄印，险些踩在我挖的坑上。有一个人在旁边站了好一阵，留下一对深脚印。他可能不太相信自己的眼睛。还蹲下用手拨了拨西瓜叶——这么粗壮的一截瓜秧，怎么会没结西瓜呢？

又过了一些日子，我估摸着那个瓜该熟了。大田里的头茬瓜已经下秧。我夹了条麻袋，一大早悄悄溜出村子。当我双手微颤着扒开盖在坑顶的土、草叶和木棍——我简直惊住了，那么大一个西瓜，满满地挤在土坑里。抱出来发现它几乎是方的。我挖的坑太小，太方正，让它委屈地长成这样。

当我把这个瓜背回家，家里人更是一片惊喜。他们都不敢相信这个怪模怪样的东西是一个西瓜。它咋长成这样了。

出河湾向北三四里，那片低洼的荒野中蹲着另一棵大榆树，向它走去时我怀着一丝的幻想与侥幸：或许今年它能活过来。

这棵树去年春天就没发芽。夏天我赶车路过它时仍没长出一片叶子。我想它活糊涂了，把春天该发芽长叶子这件事忘记了。树老到这个年纪就这样，死一阵子活一阵子。有时我们以为它死彻底了，过两年却又从干裂的躯体上生出几条嫩枝，几片绿叶子。它对生死无所谓了。它已长得足够粗。有足够多的枝杈，尽管被砍得剩下三两个。它再不指点什么。它指向的绿地都已荒芜。在荒野上一棵大树的每个枝杈都指示一条路。有生路有死路。会看树的人能从一棵粗壮枝杈的指向找到水源和有人家的居住地。

我们到黄沙梁时，这片土地上的东西已经不多了：树、牲畜、野动物、人、草地，少一个我便能觉察出。我知道有些东西不能再少下去。

每年春天，让我早早走出村子的，也许就是那几棵孤零零的大榆树、洼地里的片片绿草，还有划过头顶的一声声鸟叫——鸟儿们从一棵树，飞向远远的另一棵。飞累了，落到地上喘气……如果没有了它们，我会一年四季待在屋子里，四面墙壁，把门和窗户封死。我会不喜欢周围的每一个人。恨我自己。

在这个村庄里，人可以再少几个，再走掉一些。那些树却不能再少了。那些鸟叫与虫鸣再不能没有。

在春天，有许多人和我一样早早地走出村子，有的扛把锨去看看自己的地。尽管地还泥泞。苞谷茬端扎着。秋收时为了进车平掉的一截毛渠、一段埂子，还原样地放着。没什么好看的，却还是要绕着地看一圈子。

有的出去拾一捆柴背回来。还有的人，大概跟我一样没什么事情，只是想在冒着热气的野外走走。整个冬天冰封雪盖，这会儿脚终于踩在松软的土上了。很少有人在这样的天气窝在家里。春天不出门的人，大都在家里生病。病也是一种生命，在春天暖暖的阳光中苏醒。它们很猛地生发时，村里就会死人了。这时候，最先走出村子挥锨挖土的人，就不是在翻地播种，而是挖一个坟坑。这样的年成命定亏损。人们还没下种时，已经把一个人埋进土里。

在早春我喜欢迎着太阳走。一大早朝东走出去十几里，下午面向西逛荡回来。肩上仍旧一把锨一截绳子。有时多几根干柴，顶多三两根。我很少捡一大捆柴压在肩上，让自己弓着背从荒野里回来——走得最远的人往往背回来的东西最少。

我只是喜欢让太阳照在我的前身。清早，刚吃过饭，太阳照着鼓鼓的肚子，感觉嚼碎的粮食又在身体里葱葱郁郁地生长。尤其平射的热烈阳光一缕缕穿过我两腿之间。我尽量把腿叉得开些走路，让更多的阳光照在那里。这时我才体会到阳光普照这个词。阳光照在我的头上和肩上，也照在我正慢慢成长的阴囊上。

我注意到牛在春天喜欢屁股对着太阳吃草。驴和马也这样。狗爱坐着晒太阳。老鼠和猫也爱后腿叉开坐在地上晒太阳。它们和我一样会享受太阳普照在潮湿阴部的亢兴与舒坦劲儿。

我同样能体会到这只长年爬行、腹部晒不到太阳的小甲壳虫，此刻仰面朝天躺在地上的舒服劲儿。一个爬行动物，当它想让自己一向阴潮的腹部也能晒上太阳时，它便有可能直立起来，最终成为智慧动物。仰面朝天是直立动物享乐的特有方式。一般的爬行动物只有死的时候才会仰面朝天。

这样想时突然发现这只甲壳虫朝天蹬腿的动作有些僵滞，像在很痛苦地抽搐。它是否快要死了。我躺在它旁边。它就在我头边上。我侧过身，用一个小木棍拨了它一下，它正过身来，光滑的甲壳上反射着阳光，却很快又一歪身，仰面朝天躺在地上。

我想它是快要死了。不知什么东西伤害了它。这片荒野上一只虫子大概有两种死法：死于奔走的大动物蹄下，或死于天敌之口。还有另一种死法——老死，我不太清楚。在小动物中我只认识老蚊子。其他的小虫子，它们的死太微小，我看不清。当它们在地上走来奔去时，我确实弄不清哪个老了，哪个正年轻。看上去它们是一样。

老蚊子朝人飞来时往往带着很大的嗡嗡声。飞得也不稳，好像一只翅膀有劲，一只没劲。往人皮肤上落时腿脚也不轻盈，很容易让人觉察，死于一巴掌之下。

一次我躺在草垛上想事情，一只老蚊子朝我飞过来，它的嗡嗡声似乎把它吵晕了，绕着我转了几圈才落在手臂上。落下了也不赶紧吸血，仰着头，像在观察动静，又像在大口喘气。它犹豫不定时，已经触动我的一两根汗毛，若在晚上我会立马一巴掌拍在那里。可这次，我懒得拍它。我的手正在远处干一件想象中的美妙事。我不忍将它抽回来。况且，一只老蚊子，已经不怕死，又何必置它于死地。再说我一挥手也耗血气，何不让它吸一点血赶紧走呢？

它终于站稳当了。它的小吸血管可能有点钝，我发现它往下扎了一下，没扎进去，又抬起头，猛扎了一下。一点细细的疼传到心里。是我看见的。我的身体不会把这点细小的疼传到心里。它在我疼感不知觉的范围内吸吮鲜血。那是我可以失去的。我看见它的小肚子一点点红起来，皮肤才有了点痒，我下意识抬起一只手，做挥赶的动作。它没看见。还在不停地吸，半个小肚子都红了。我想它该走了。我也只能让它吸半肚子血。剩下的到别人身上去吸吧。再贪嘴也不能叮住一个人吃饱。这样太危险。可它不害怕，吸得投入极了。我动了动胳膊，它翅膀扇了一下，站稳身体，丝毫没影响嘴的吮吸。我真恼了，想一巴掌拍死它，又觉得那身体里满是我的血，拍死了可惜。

这会儿它已经吸饱了，小肚子红红鼓鼓的，我看见它拔出小吸管，头晃了晃，好像在我的一根汗毛根上擦了擦它吸管头上的血迹，一蹬腿飞起来。飞了不到两拃高，一头栽下去，掉在地上。

这只贪婪的小东西，它拼命吸血时大概忘了自己是只老蚊子了。它的翅膀已驮不动一肚子血。它栽下去，立马就死了。它仰面朝天，细长的腿动了几下，我以为它在挣扎，想爬起来再飞。却不是。它的腿是风刮动的。

我知道有些看似在动的生命，其实早死亡了。风不住地刮着它们，从一个地方，到另一个地方，再回来。

这只甲壳虫没有马上死去。它挣扎了好一阵子了。我转过头看了会儿远处的荒野、荒野尽头的连片沙漠，又回过头，它还在蹬腿，只是动作越来越无力。它一下一下往空中蹬腿时，我仿佛看见一条天上的路。时光与正午的天空就这样被它朝天的小细腿一点点地西移了一截子。

接着它不动了。我用小棍拨了几下，仍没有反应。

我回过头开始想别的事情。或许我该起来走了。我不会为一只小虫子的死去悲哀。我最小的悲哀大于一只虫子的死亡。就像我最轻的疼痛在一只蚊子的叮咬之外。

我只是耐心地守候过一只小虫子的临终时光，在永无停息的生命喧哗中，我看到因为死了一只小虫而从此沉寂的这片土地。别的虫子在叫。别的鸟在飞。大地一片片明媚复苏时，在一只小虫子的全部感知里，大地暗淡下去。

寒风吹彻

雪落在那些年雪落过的地方，我已经不注意它们了。比落雪更重要的事情开始降临到生活中。三十岁的我，似乎对这个冬天的来临漠不关心，却又好像一直在倾听落雪的声音，期待着又一场雪悄无声息地覆盖村庄和田野。

我静坐在屋子里，火炉上烤着几片馍馍，一小碟咸菜放在炉旁的木凳上，屋里光线暗淡。许久以后我还记起我在这样的一个雪天，围抱火炉，吃咸菜啃馍馍想着一些人和事情，想得深远而入神。柴火在炉中啪啪地燃烧着，炉火通红，我的手和脸都烤得发烫了，脊背却依旧凉飕飕的。寒风正从我看不见的一道门缝吹进来。冬天又一次来到村里，来到我的家。我把怕冻的东西——搬进屋子，糊好窗户，挂上去年冬天的棉门帘，寒风还是进来了。它比我更熟悉墙上的每一道细微裂缝。

就在前一天，我似乎已经预感到大雪来临。我劈好足够烧半个月的柴火，整齐地码在窗台下。把院子扫得干干净净，无意中像在迎接一位久违的贵宾——把生活中的一些事情扫到一边，腾出干净的一片地方来让雪落下。下午我还走出村子，到田野里转了一圈。我没顾上割回来的一地葵花秆，将在大雪中站一个冬天。每年下雪之前，都会发现有一两件顾不上干完的事而被搁一个冬天。冬天，有多少人放下一年的事情，像我一样用自己那只冰手，从头到尾地抚摸自己的一生。

屋子里更暗了，我看不见雪。但我知道雪在落，漫天地落。落在房顶和柴垛上，落在扫干净的院子里，落在远远近近的路上。我要等雪落定了再出去。我再不像以往，每逢第一场雪，都会怀着莫名的兴奋，站在屋檐下观看好一阵，或光着头钻进大雪中，好像有意要让雪知道世上有我这样一个人，却不知道寒冷早已盯住了自己活蹦乱跳的年轻生命。

经过许多个冬天之后，我才渐渐明白自己再躲不过雪，无论我蜷缩在屋子里，还是远在冬天的另一个地方，纷纷扬扬的雪，都会落在我正经历的一段岁月里。当一个人的岁月像荒野一样敞开时，他便再无法照管好自己。

就像现在，我紧围着火炉，努力想烤热自己。我的一根骨头，却露在屋外的寒风中，隐隐作痛。那是我多年前冻坏的一根骨头，我再不能像捡一根牛骨头一样，把它捡回到火炉旁烤热。它永远地冻坏在那段天亮前的雪路上了。

那个冬天我十四岁，赶着牛车去沙漠里拉柴火。那时一村人都是靠长在沙漠里的一种叫梭梭的灌木取暖过冬。因为不断砍挖，有柴火的地方越来越远。往往要用一天半夜时间才能拉回一车柴火。每次去拉柴火，都是母亲半夜起来做好饭，装好水和馍馍，然后叫醒我。有时父亲也会起来帮我套好车。我对寒冷的认识是从那些夜晚开始的。

牛车一走出村子，寒冷便从四面八方拥围而来，把你从家里带出的那点温暖搜刮得一干二净，让你浑身上下只剩下寒冷。

那个夜晚并不比其他夜晚更冷。

只是我一个人赶着牛车进沙漠。以往牛车一出村，就会听到远远近近的雪路上其他牛车的走动声，赶车人隐约的吆喝声。只要紧赶一阵路，便会追上一辆或好几辆去拉柴的牛车，一长串，缓行在铅灰色的冬夜里。那种夜晚天再冷也不觉得。因为寒风在吹好几个人，同村的、邻村的、认识和不认识的好几架牛车在这条夜路上抵挡着寒冷。

而这次，一野的寒风吹着我一个人。似乎寒冷把其他一切都收拾掉了。现在全部地对付我。

我披着羊皮大衣，一动不动趴在牛车里，不敢大声吆喝牛，免得让更多的寒冷发现我。从那个夜晚我懂得了隐藏温暖——在凛冽的寒风中，身体中那点温暖正一步步退守到一个隐秘得连我自己都难以找到的深远处——我把这点隐深的温暖节俭地用于此后多年的爱情和生活。我的亲人们说我是个很冷的人，不是的，我把仅有的温暖全给了你们。

许多年后有一股寒风，从我自以为火热温暖的从未被寒冷侵入的内心深处阵阵袭来时，我才发现穿再厚的棉衣也没用了。生命本身有一个冬天，它已经来临。

天亮后，牛车终于到达有柴火的地方。我的一条腿却被冻僵了，失去了感觉。我试探着用另一条腿跳下车，拄着一根柴火棒活动了一阵，又点了一堆火烤了一会儿，勉强可以行走了，腿上的一块骨头却生疼起来，是我从未体验过的一种疼，像一根根针刺在骨头上又狠命往骨髓里钻——这种疼感一直延续到以后所有的冬天以及夏季里阴冷的日子。

太阳落地时，我装着半车柴火回到家里，父亲一见就问我：怎么拉了这点柴，不够两天烧的。我没吭声。也没向家里说腿冻坏的事。

我想很快会暖和过来。

那个冬天要是稍短些，家里的火炉要是稍旺些，我要是稍把这条腿当回事些，或许我能暖和过来。可是现在不行了。隔着多少个季节，今夜的我，围抱火炉，再也暖不热那个遥远冬天的我，那个在上学路上不慎掉进冰窟窿，浑身是冰往回跑的我；那个跺着冻僵的双脚，捂着耳朵在一扇门外焦急等待的我……我再不能把他们唤回到这个温暖的火炉旁。我准备了许多柴火，是准备给这个冬天的。我才三十岁，肯定能走过冬天。

但在我周围，肯定有个别人不能像我一样度过冬天。他们被留住了。冬天总是一年一年地弄冷一个人，先是一条腿、一块骨头、一副表情、一种心境……而后整个人生。

我曾在一个寒冷的早晨，把一个浑身结满冰霜的路人让进屋子，给他倒了一杯热茶。那是个上了年纪的人，身上带着许多个冬天的寒冷，当他坐在我的火炉旁时，炉火须臾间变得苍白。我没有问他的名字，在火炉的另一边，我感觉到迎面逼来的一个老人的透骨寒气。

他一句话不说。我想他的话肯定全冻硬了，得过一阵才能化开。

大约坐了半个时辰，他站起来，朝我点了一下头，开门走了。我以为他暖和过来了。

第二天下午，听人说村西边冻死了一个人。我跑过去，看见这个上了年纪的人躺在路边，半边脸埋在雪中。

我第一次看到一个人被冻死。

我不敢相信他已经死了。他的生命中肯定还深藏着一点温暖，只是我们看不见。一个人最后的微弱挣扎我们看不见，呼唤和呻吟我们听不见。

我们认为他死了。彻底地冻僵了。

他的身上怎么能留住一点点温暖呢。靠什么去留住。他的烂了几个洞、棉花露在外面的旧棉衣？底磨得快通、一边帮已经脱落的那双鞋？还有他的比多少个冬天加起来还要寒冷的心境……

落在一个人一生中的雪，我们不能全部看见。每个人都在自己的生命中，孤独地过冬。我们帮不了谁。我的一小炉火，对这个贫寒一生的人来说，显然微不足道。他的寒冷太巨大。

我有一个姑妈，住在河那边的村庄里，许多年前的那些个冬天，我们兄弟几个常手牵手走过封冻的玛河去看望她。每次临别前，姑妈总要说一句：天热了让你妈过来喧喧。

姑妈年老多病，她总担心自己过不了冬天。天一冷她便足不出户，偎在一间矮土屋里，抱着火炉，等待春天来临。

一个人老的时候，是那么渴望春天来临。尽管春天来了她没有一片要抽芽的叶子，没有半瓣要开放的花朵。春天只是来到大地上，来到别人的生命中。但她还是渴望春天，她害怕寒冷。

我一直没有忘记姑妈的这句话，也不止一次地把它转告给母亲。母亲只是望望我，又忙着做她的活儿。母亲不是一个人在过冬，她有五六个没长大的孩子，她要拉扯着他们度过冬天，不让一个孩子受冷。她和姑妈一样期盼着春天。

……天热了，母亲会带着我们，蹚过河，到对岸的村子里看望姑妈。姑妈也会走出蜗居一冬的土屋，在院子里晒着暖暖的太阳和我们说说笑笑……多少年过去了，我们一直没有等到这个春天。好像姑妈那句话中的"天"一直没有热。

姑妈死在几年后的一个冬天。我回家过年，记得是大年初四，我陪着母亲沿一条即将解冻的马路往回走。母亲在那段路上告诉我姑妈去世的事。她说："你姑妈死掉了。"

母亲说得那么平淡，像在说一件跟死亡无关的事情。

"怎么死的？"我似乎问得更平淡。

母亲没有直接回答我。她只是说："你大哥和你弟弟过去帮助料理了后事。"

此后的好一阵，我们再没说这事，只顾静静地走路。快到家门口时，母亲说了句：天热了。

我抬头看了看母亲，她的身上正冒着热气，或许是走路的缘故，不过天气真的转热了。对母亲来说，这个冬天已经过去了。

"天热了过来喧喧。"我又想起姑妈的这句话。这个春天再不属于姑妈了。她熬过了许多个冬天还是被这个冬天留住了。我想起爷爷奶奶也是分别死在几年前的冬天。母亲还活着。我们在世上的亲人会越来越少。我告诉自己，不管天冷天热，我们都常过来和母亲坐坐。

母亲拉扯大她的七个儿女。她老了。我们长高长大的七个儿女，或许能为母亲挡住一丝的寒冷。每当儿女们回到家里，母亲都会特别高兴，家里也顿时平添热闹的气氛。

但母亲斑白的双鬓分明让我感到她一个人的冬天已经来临，那些雪开始不退、冰霜开始不融化——无论春天来了，还是儿女们的孝心和温暖备至。

随着三十年的人生距离，我感受着母亲独自在冬天的透心寒冷。我无能为力。

雪越下越大。天彻底黑透了。

我围抱着火炉，烤热漫长一生的一个时刻。我知道这一时刻之外，我其余的岁月，我的亲人们的岁月，远在屋外的大雪中，被寒风吹彻。

风中的院门

　　我知道哪个路口停着牛车，哪片洼地的草一直没有人割。黄昏时夕阳一拃一拃移过村子。我知道夕阳在哪堵墙上照的时间最长。多少个下午，我在村外的田野上，看着夕阳很快地滑过一排排平整的高矮土墙，停留在那堵裂着一条斜缝、泥皮脱落的高大土墙上。我同样知道那个靠墙根晒太阳的老人她弥留世间的漫长时光。她是我奶奶。天黑前她总在那个墙根等我，她担心我走丢了，认不得黑路。可我早就知道天从哪片地里开始黑起，夜晚哪颗星星下面稍亮一些，天黑透后最黑的那一片就是村子。再晚我也能回到家里。我知道那扇院门虚掩着，刮风时院门一开一合，我站在门外，等风把门刮开。我一进去，风又很快把院门关住。

鸟
叫

　　我听到过一只鸟在半夜的叫声。

　　我睡在牛圈棚顶的草垛上。整个夏天我们都往牛圈棚顶上垛干草，草垛高出房顶和树梢。那是牛羊一个冬天的食草。整个冬天，圈棚上的草会一天天减少。到了春天，草芽初露，牛羊出圈遍野里追青逐绿，棚上的干草便所剩无几，露出粗细歪直的梁柱来。那时候上棚，不小心就会一脚踩空，掉进牛圈里。

　　而在夏末秋初的闷热夜晚，草棚顶上是绝好的凉快处，从夜空中吹下来的风，丝丝缕缕，轻拂着草垛顶部。这个季节的风吹刮在高空，可以看到云堆飘移，却不见树叶摇动。

　　那些夜晚我很少睡在房子里。有时铺一些草睡在地头看苞谷。有时垫一个褥子躺在院子的牛车上，旁边堆着新收回来的苞谷或棉花。更多的时候我躺在草垛上，胡乱地想着些事情便睡着了。醒来不知是哪一天早晨，家里发生了一些事，一只鸡不见了，两片树叶黄落到窗台，堆在院子里的苞谷棒子少了几根，又好像一根没少，什么事都没有发生，一切都和往日一模一样，一家人吃饭，收拾院子，套车，扛农具下地……天黑后我依旧爬上草垛，胡乱地想着些事情然后睡觉。

那个晚上我不是被鸟叫醒的。我刚好在那个时候，睡醒了。天有点凉。我往身上加了些草。

这时一只鸟叫了。

"呱。"

独独的一声。停了片刻，又"呱"的一声。是一只很大的鸟，声音粗哑，却很有穿透力。有点像我外爷的声音。停了会儿，又"呱""呱"两声。

整个村子静静的、黑黑的，只有一只鸟在叫。

我有点怕，从没听过这样大声的鸟叫。

鸟声在村南边隔着三四幢房子的地方，那儿有一棵大榆树，还有一小片白杨树。我侧过头看见那片黑乎乎的树梢像隆起的一块平地，似乎上面可以走人。

过了一阵，鸟叫又突然从西边响起，离得很近，听声音好像就在斜对面韩三家的房顶上。鸟叫的时候，整个村子回荡着鸟声，不叫时便啥声音都没有了，连空气都没有了。

我在第七声鸟叫之后，悄悄地爬下草垛。我不敢再听下一声，好像每一声鸟叫都刺进我的身体里，浑身的每块肉每根骨头都被鸟叫惊醒。我更担心鸟飞过来落到草垛上。如果它真飞过来，落到草垛上，我怎么办。我的整个身体埋在草里面，鸟看不见我，它会踩在我的头上叫，会一晚上不走。

我顺着草垛轻轻滑落到棚檐上，抱着一根伸出来的椽头吊了下来。在草垛顶上坐起身的那一瞬，我突然看见我们家的房顶，觉得那么远，那么陌生，黑黑地摆在眼底下，那截烟囱，横堆在上面的那些木头，模模糊糊的，像是梦里的一个场景。这就是我的家吗？是我必须要记住的——哪一天我像鸟一样飞回来，一眼就能认出的我们家朝天仰着的那个面容吗？在这个屋顶下面的大土炕上，此刻睡着我的后父、母亲、大哥、三个弟弟和两个小妹。他们都睡着了，肩挨肩地睡着了。只有我在高处看着黑黑的这幢房子。

我走过圈棚前面的场地时，拴在柱子上的牛望了我一眼，它应该听到了鸟叫。或许没有。它只是睁着眼睡觉。我正好从它眼睛前面走过，看见它的眼珠亮了一下，像很远的一点星光。我顺着墙根摸到门边上，推了一下门，没推动，门从里面顶住了，又用力推了一下，顶门的木棍往后滑了一下，门开了条缝，我伸手进去，取开顶门棍，侧身进屋，又把门顶住。

房子里什么也看不见，却什么都清清楚楚。我轻脚绕开水缸和炕边上的炉子，甚至连脱了一地的鞋都没踩着一只。沿着炕沿摸过去，摸到靠墙的桌子，摸到了最里头，我脱掉衣服，在顶西边的炕角上悄悄睡下。

这时鸟又叫了一声。像从我们屋前的树上叫的，声音刺破窗户，整个地撞进屋子里。我赶紧蒙住头。

没有一个人被惊醒。

以后鸟再没叫，可能飞走了。过了好大一阵，我掀开蒙在头上的被子，房子里突然亮了一些。月亮出来了，月光透过窗户斜照进来。我侧过身，清晰地看见枕在炕沿上的一排人头。有的侧着，有的仰着，全都熟睡着。

我突然孤独害怕起来，觉得我不认识他们。

第二天中午，我说，昨晚上一只鸟叫得声音很大，像我外爷的声音一样大，太吓人了。家里人都望着我。一家人的嘴忙着嚼东西，没人吭声。只有母亲说了句：你又做梦了吧。我说不是梦，我确实听见了，鸟总共叫了八声。最后飞走了。我没有把话说出来，只是端着碗发呆。

不知还有谁在那个晚上听到鸟叫了。

那只是一只鸟的叫声。我想。那只鸟或许睡不着，独自在黑暗的天空中漫飞，后来飞到黄沙梁上空，叫了几声。

它把孤独和寂寞叫出来了。我一声没吭。

更多的鸟在更多的地方，在树上，在屋顶，在天空下，它们不住地叫。尽管鸟不住地叫，听到鸟叫的人，还是极少的。鸟叫的时候，有人在睡觉，有人不在了，有人在听人说话……很少有人停下来专心听一只鸟叫。人不懂鸟在叫什么。

那年秋天，鸟在天空聚会，黑压压一片，不知有几千几万只。鸟群的影子遮挡住阳光，整个村子笼罩在阴暗中。鸟粪像雨点一样洒落下来，打在人的脸上、身上，打在树木和屋顶上。到处是斑斑驳驳的白点。人有些慌了，以为要出啥事。许多人聚到一起，胡乱地猜测着。后来全村人聚到一起，谁也不敢单独待在家里。鸟在天上乱叫，人在地下胡说。谁也听不懂谁。几乎所有的鸟都在叫，听上去各叫各的，一片混乱，不像在商量什么、决定什么，倒像在吵群架，乱糟糟的，从没有停住嘴，听一只鸟独叫。人正好相反，一个人说话时，其他人都住嘴听着，大家都以为这个人知道鸟为啥聚会。这个人站在一个土圪垯上，把手一挥，像刚从天上飞下来似的，其他人愈加安静了。这个人清清嗓子，开始说话。他的话语杂在鸟叫中，才听还像人声，过一会儿像是鸟叫了。其他人"轰"的一声开始乱吵，像鸟一样各叫各地起来。天地间混杂着鸟语人声。

这样持续了约莫一小时，鸟群散去，阳光重又照进村子。人抬头看天，一只鸟也没有了。鸟不知散落到了哪里，天空腾空了。人看了半天，看见一只鸟从西边天空孤孤地飞过来，在刚才鸟群盘旋的地方转了几圈，叫了几声，又朝西边飞走了。

可能是只来迟了没赶上聚会的鸟。

还有一次，一群乌鸦聚到村东头开会，至少有几千只，大部分落在路边的老榆树上，树上落不下的，黑黑地站在地上，埂子上和路上。人都知道乌鸦一开会，村里就会死人，但谁都不知道谁家人会死。整个西边的村庄空掉了，人都拥到了村东边，人和乌鸦离得很近，顶多有一条马路宽的距离。那边，乌鸦黑乎乎地站了一树一地；这边，人群黑压压地站了一渠一路。乌鸦呱呱地乱叫，人群一声不吭，像极有教养的旁听者，似乎要从乌鸦聚会中听到有关自家的秘密和内容。

只有王占从人群中走出来，举着个枝条，喊叫着朝乌鸦群走过去。老榆树旁是他家的麦地。他怕乌鸦踩坏麦子。他挥着枝条边走边"啊啊"地喊，听上去像另一只乌鸦在叫，都快走到跟前了，却没一只乌鸦飞起来，好像乌鸦没看见似的。王占害怕了，树条举在手里，愣愣地站了半天，掉头跑回到人群里。

正在这时，"咔嚓"一声，老榆树的一个横枝被压断了，几百只乌鸦齐齐摔下来，机灵点的掉到半空飞起来，更多的掉在地上，或在半空乌鸦碰乌鸦，惹得人群一阵哄笑。还有一只摔断了翅膀，鸦群飞走后那只乌鸦孤零零地站在树下，望望天空，又望望人群。

全村人朝那只乌鸦围了过去。

那年村里没有死人。那棵老榆树死掉了。乌鸦飞走后树上光秃秃的，所有树叶都被乌鸦踏落了。第二年春天，也没再长出叶子。

"你听见那天晚上有只鸟叫了吗？是只很大的鸟，一共叫了八声。"

以后很长时间，我都想找到一个在那天晚上听到鸟叫的人。我问过住在村南头的王成礼和孟二。还问了韩三。第七声鸟叫就是从韩三家房顶上传来的，他应该能听见。如果黄沙梁真的没人听见，那只鸟就是叫给我一个人听的。我想。

我最终没有找到另一个听见鸟叫的人。以后许多年，我忙于长大自己，已经淡忘了那只鸟的事。它像童年经历的许多事情一样被推远了。可是，在我快四十岁的时候，不知怎的，又突然想起那几声鸟叫来。有时我会情不自禁地张几下嘴，想叫出那种声音，又觉得那不是鸟叫。也许我记错了。也许，只是一个梦，根本没有那个夜晚，没有草垛上独睡的我，没有那几声鸟叫。也许，那是我外爷的声音，他寂寞了，在夜里喊叫几声。我很小的时候，外爷粗大的声音常从高处掼下来，我常常被吓住，仰起头，看见外爷宽大的胸脯和满是胡子的大下巴。有时他会塞一个糖给我，有时会再大喊一声，撵我们走开，到别处玩去。外爷极爱干净，怕我们弄脏他的房子，我们一走开他便拿起扫把扫地。

现在，这一切了无凭据。那个牛圈不在了。高出树梢屋顶的那垛草早被牛吃掉，圈棚倒塌，曾经把一个人举到高处的那些东西消失了。再没有人从这个高度，经历他所经历的一切。

谁的影子

　　那时候，喜欢在秋天的下午捉蜻蜓，蜻蜓一动不动趴在向西的土墙上，也不知哪来那么多蜻蜓，一个夏天似乎只见过有数的几只，单单地，在草丛或庄稼地里飞，一转眼便飞得不见。或许秋天人们将田野里的庄稼收完草割光，蜻蜓没地方落了，都落到村子里。一到下午几乎家家户户每一堵朝西的墙壁上都趴满了蜻蜓，夕阳照着它们透明的薄翼和花色各异的细长尾巴。顺着墙根悄悄溜过去，用手一按，就捉住一只。捉住了也不怎么挣扎，一只捉走了，其他的照旧静静趴着。如果够得着，搭个梯子，把一墙的蜻蜓捉光，也没一只飞走的。好像蜻蜓对此时此刻的阳光迷恋至极，生怕一拍翅，那点暖暖的光阴就会飞逝。蜻蜓飞来飞去最终飞到夕阳里的一堵土墙上。人东奔西簸最后也奔波到暮年黄昏的一截残墙根。

　　捉蜻蜓只是孩子们的游戏，长大长老的那些人，坐在墙根聊天或打盹，蜻蜓趴满头顶的墙壁，趴在黄旧的帽檐上，像一件精心的刺绣。人偶尔抬头看几眼，接着打盹或聊天，连落在鼻尖上的蚊子，也懒得拍赶。仿佛夕阳已短暂到无法将一个动作做完，一口气吸完。人、蜻蜓和蚊虫，在即将消失的同一缕残阳里，已无从顾忌。

　　也是一样的黄昏，从西边田野上走来一个人，个子高高的，扛着锨，走路一摇一晃。他的脊背趴满晒太阳的蜻蜓，他不知觉。他的衣裳和帽子，都被太阳晒黄。他的后脑勺晒得有些发烫。他正从西边一个大斜坡上下来，影子在他前面，长长的，已经伸进家。他的妻子在院子里，做好了饭，看见丈夫的影子从敞开的大门伸进来，先是一个头——戴帽子的头。接着是脖子，弯起的一只胳膊和横在肩上的一把锨。她喊孩子打洗脸水："你爸的影子已经进屋了。快准备吃饭了。"

　　孩子打好水，脸盆放在地上，跑到院门口，看见父亲还在远处的田野里走着，独独的一个人，一摇一晃的。他的影子像一渠水，悠长地朝家里流淌着。

　　那是谁的父亲。

　　谁的母亲在那个门朝西开的院子里，做好了饭。谁站在门口朝外看。谁看见了他们……他停住，像风中的一片叶子停住、尘埃中的一粒土停住，茫然地停住——他认出那个院子了，认出那条影子尽头扛锨归来的人，认出挨个摆在锅台上的八只空碗，碗沿的豁口和细纹，认出铁锅里已经煮熟冒出香味的晚饭，认出靠墙坐着抽烟的大哥，往墙边抬一根木头的三弟、四弟，把木桌擦净一双一双总共摆上八双筷子的大妹梅子，一只手拉着母亲后襟嚷着吃饭的小妹燕子……

　　他感激地停留住。

共同的家

　　为一窝老鼠我们先后养过四五只猫，全是早先一只黑母猫的后代。在我的印象中猫和老鼠早就订好了协议。自从养了猫，许多年间我们家老鼠再没增多，却也始终没彻底消灭，这全是猫故意给老鼠留了生路。老鼠每天夜里牺牲掉两只供猫果腹，猫一吃饱，老鼠便太平了，满屋子闹腾，从猫眼皮底下走过，猫也懒得理识。

　　我们早就识破猫和老鼠的这种勾当。但也没办法，不能惩罚猫。猫打急了会跑掉，三五天不回家，还得人去找。有时在别人家屋里找见，已经不认你了。不像狗，对它再不好也不会跑到别人家去。

　　我们一直由着猫，给它许多年时间，去捉那窝老鼠，很少打过它。我们想，猫会慢慢把这个家当成自己家，把家里的东西当成自己的东西去守护。我们期望每个家畜都能把这个院子当成家，跟我们一起和和好好往下过日子。虽然，有时我们不得不把喂了两年的一头猪宰掉，把养了三年的一只羊卖掉，那都是没办法的事。

那头黑猪娃刚买来时就对我们家很不满意。母亲把它拴在后墙根，不留神它便在墙根拱一个坑，样子气哼哼的，像要把房子拱倒似的。要是个外人在我们家后墙根挖坑，我们非和他拼命不可。对这个小猪娃，却只有容忍。每次母亲都拿一个指头细的小树条，在小猪鼻梁上打两下，当着它的面把坑填平、踩瓷实。末了举起树条吓唬一句：再拱墙根打死你。

黄母牛刚买来时也常整坏家里的东西。父亲从邱老二家买它时才一岁半。父亲看上了它，它却没看上父亲，不愿到我们家来。拉它时一个劲儿地后退，还甩头，蹄子刨地向父亲示威。好不容易牵回家，拴在槽上，又踢又叫，独自在那里耍脾气。它用角抵歪过院墙，用屁股蹭翻过牛槽。还踢伤一只白母羊，造成流产。父亲并没因此鞭打它。父亲爱惜它那身光亮的没有一丝鞭痕的皮毛。我们也喜欢它的犟劲，给它喂草饮水时逗着它玩。它一发脾气就赶紧躲开。我们有的是时间等。一个月，两个月。一年，两年。我们总会等到一头牛把我们全当成好人。把这个家认成自己家。有多大劲也再不往院墙牛槽上使。爱护家里每一样东西，容忍羊羔在它肚子下钻来钻去，鸡在它蹄子边刨虫子吃，有时飞到脊背上啄食草籽。

牛是家里的大牲畜。我们知道养乖一头牛对这个家有多大意义。家里没人时，遇到威胁其他家畜都会跑到牛跟前。羊躲到牛屁股后面，鸡钻到羊肚子底下。狗会抢先迎上去狂吠猛咬。在狗背后，牛怒瞪双眼，扬着利角，像一堵墙一样立在那里。无论进来的是一条野狗，一匹狼，一个不怀好意的陌生人，都无法得逞。

在这个院子里我们让许多素不相识的动物成了亲密一家。我们也曾期望老鼠把这个家当成自己家，饿了到别人家偷粮食，运到我们家来吃。可是做不到。

几个夏天过去后，这个院子比我们刚来时更像个院子。牛圈旁盖了间新羊圈，羊圈顶上是鸡窝。猪圈在东北角上，全用树根垒起来的，与牛羊圈隔着菜窖和柴垛。是我们故意隔开的。牛羊都嫌弃猪。猪粪太臭，猪又爱往烂泥坑里钻，身子脏兮兮的。牛羊都极爱干净。尽管白天猪哼哼唧唧在牛羊间钻来钻去，也看不出牛和羊怎么嫌弃它，更没见羊和猪打过架，但我们还是把它们分开，一来院子东北角正对着荒地，需要把院墙垒结实。二来我们潜意识中觉得，那个角上应该有谁驻守。猪也许最合适。

　　经过几个夏天——我记不清经过了几个夏天，无论母亲、大哥、我、弟弟妹妹，还是我们进这个家后买的那些家畜们，都已默认和喜欢上这个院子。我们亲手给它添加了许多内容。除了羊圈，房子东边续盖了两间小房子，一间专门煮猪食，一间盛农具和饲料。院墙几乎重修了一遍，我们进来时有好几处篱笆坏了，到处是大大小小的洞，第一年冬天从雪地上的脚印我们知道，有野兔、狐狸，还有不认识的一种动物进了院子。拆掉重盖又拆掉垒了三次狗窝，一次垒在院子最里面靠菜地的那棵榆树下，嫌狗咬人不方便，离院门太远，它吠叫着跑过院子时惊得鸡四处乱飞。二次移到大门边，紧靠门墩，狗洞对着院门，结果外人都不敢走近敲门，有事站在路上大嗓子喊。三次又往里移了几米。

　　这些小活儿都是我们兄弟几个干。大些的活儿父亲带我们一块干。父亲早年曾在村里当过一阵小组长，我听有人来找父亲帮忙时，还尊敬地叫他方组长，更多时候大家叫他方老二。

　　我们跟父亲干活儿总要闹许多别扭。那时我们对这个院子的历史一无所知，不知道那些角角落落里曾发生过什么事。"不要动那根木头。"父亲大声阻止。我们想把这根歪扭的大榆木挪到墙根，腾出地方来栽一行树。"那个地方不能挖土。""别动那个木桩。"我们隐约觉得那些东西上隐藏着许多事。我们太急于把手伸向院子的每一处，想抹掉那些不属于我们的陈年旧事，却无意中翻出了它们，让早已落定的尘埃重又弥漫在院子。我们挪动那些东西时已经挪动了父亲的记忆。我们把他的往事搅乱了。他很生气。他一生气便气哼哼地蹲到墙根，边抽烟边斜眼瞪我们。在他的乜视里我们小心谨慎干完一件又一件事，照着我们的想法和意愿。

　　牲畜们比我们更早地适应了一切。它们认下了门：朝路开的大门、东边侧门、菜园门、各自的圈门，知道该进哪个不能进哪个。走远了知道回来，懂得从门进进出出，即使院墙上有个豁口也不随便进出。只有野牲口（我们管别人家的牲口叫野牲口）才从院墙豁口跳进来偷草料吃。经过几个夏天（我总是忘掉冬天，把天热的日子都认成夏天），它们都已经知道了院子里哪些东西不能踩，知道小心地绕过筐、盆子、脱在地上没晾干的土块、农具，知道了各吃各的草，各进各的圈，而不像刚到一起时那样相互争吵。到了秋天院子里堆满黄豆、甜菜、苞谷棒子，羊望着咩咩叫，猪望着直哼哼，都不走近，知道那是人的食物，吃一口就要鼻梁上挨条子。也有胆大的牲畜趁人不注意叼一个苞谷棒子，狗马上追咬过去，夺回来原放在粮堆。
　　一个夜晚我们被狗叫声惊醒，听见有人狠劲顶推院门，门哐哐直响。父亲提马灯出去，我提一根棍跟在后面。对门喊了几声，没人应。父亲打开院门，举灯过去，看见三天前我们卖给沙沟沿张天家的那只黑母羊站在门外，眼角流着泪。

两
条
狗

　　父亲扔掉过一条杂毛黑狗。父亲不喜欢它，嫌它胆小，不凶猛，咬不过别人家的狗，经常背上少一块毛，滴着血，或瘸着一条腿哭丧着脸从外面跑回来。院子里来了生人，也不敢扑过去咬，站在狗洞前光吠两声，来人若捡个土块、拿根树条举一下，它便哭叫着钻进窝里，再不敢出来。

　　这样的损狗，连自己都保不住咋能看门呢？！

　　父亲有一次去五十公里以外的柳湖地卖皮子，走时把狗装进麻袋，口子扎住扔到车上。他装了三十七张皮子，卖了三十八张的价。狗算了一张，活卖给皮店掌柜了。

　　回来后父亲物色了一条小黄狗。我们都很喜欢这条狗，胖乎乎的，却非常机灵活泼。父亲一抱回来便给它剪了耳朵，剪成三角，像狼耳朵一样直立着。不然它的耳朵长大了耷下来会影响听觉。

　　过了一个多月，我们都快把那条黑狗忘了。一天傍晚，我们正吃晚饭，它突然出现在院门口，瘦得皮包骨头，也不进来，嘴对着院门可怜地哭叫着。我们叫了几声，它才走进来，一头钻进父亲的腿中间，两只前爪抱住父亲的脚，汪汪地叫个不停。叫得人难受。母亲盛了一碗揪片子，倒在盆里给它吃。它已经饿得站立不稳。

从此我们家有了两条狗。黄狗稍长大些就开始欺负黑狗，它俩共用一个食盆，吃食时黑狗一向让着黄狗，到后来黄狗变得霸道，经常咬开黑狗，自己独吞。黑狗只有猥琐地站在一旁，等黄狗走开了，吃点剩食，用舌把食盆舔得干干净净。家里只有一个狗窝，被黄狗占了，黑狗夜夜躺在草垛上。进来生人，全是黄狗迎上去咬，没黑狗的份儿。一次院子里来了条野狗，和黄狗咬在一起，黑狗凑上去帮忙，没想到黄狗放开正咬着的野狗，回头反咬了黑狗一口，黑狗哭叫着跑开，黄狗才又和野狗死咬在一起，直到把野狗咬败，逃出院子。

后来我们在院墙边的榆树下面给黑狗另搭了一个窝。喂食时也用一个破铁锨头盛着另给它吃。从那时起黑狗很少出窝。有时我们都把它忘记了，一连数天想不起它。夜里只听见黄狗的吠叫声。黑狗已经不再出声。这样过了两年，也许是三年，黑狗死掉了。死在了窝里。父亲说它老死了。我那时不知道怎样的死是老死。我想它是饿死的，或者寂寞死的。它常不出来，我们一忙起来有时也忘了给它喂食。

直到现在我都无法完全体味那条黑狗的晚年心境。我对它的死，尤其是临死前那两年的生活有一种难言的陌生。我想，到我老的时候，我会慢慢知道老是怎么回事，我会离一条老狗的生命更近一些，就像它临死前偶尔的一个黄昏，黑狗和我们同在一个墙根晒最后的太阳，黑狗卧在中间，我们坐在它旁边，背靠着墙。与它享受过同一缕阳光的我们，最后，也会一个一个地领受到同它一样的衰老与死亡。可是，无论怎样，我可能都不会知道我真正想知道的——对于它，一条在我们身边长大老死的黑狗，在它的眼睛里我们一家人的生活是怎样一种情景，我们就这样活着有意思吗？

最后一只猫

　　我们家的最后一只猫也是纯黑的，样子和以前几只没啥区别，只是更懒，懒得捉老鼠不说，还偷吃饭菜馍馍。一家人都讨厌它。小时候它最爱跳到人怀里让人抚摸，小妹燕子整天抱着它玩。它是小妹有数的几件玩具中的一个，摆家家时当玩具一样将它摆放在一个地方，它便一动不动，眼睛跟着小妹转来转去，直到它被摆放到另一个地方，还是很听话地卧在那里。

　　后来小妹长大了没了玩兴，黑猫也变得不听话，有时一跃跳到谁怀里，马上被一把拨拉下去，在地上挡脚了，也会不轻不重挨上一下。我们似乎对它失去了耐心，那段日子家里正好出了几件让人烦心的事。我已记不清是些什么事。反正，有段日子生活对我们不好，我们也没更多的心力去关照家畜们。似乎我们成了一个周转站，生活对我们好一点，我们给身边事物的关爱就会多一点。我们没能像积蓄粮食一样在心中积攒足够的爱与善意，以便生活中没这些东西时，我们仍能节俭地给予。那些年月我们一直都没积蓄下足够的粮食。贫穷太漫长了。

黑猫在家里待得无趣，便常出去，有时在院墙上跑来跑去，还爬到树上捉鸟，却从未见捉到一只。它捉鸟时那副认真劲让人好笑，身子贴着树干，极轻极缓地往上爬，连气都不出。可是，不管它的动作多轻巧无声，总是爬到离鸟一米多远处，鸟便扑地飞走了。黑猫朝天上望一阵，无奈地跳下树来。

以后它便不常回家了。我们不知道它在外面干些啥，村里几户人家夜里丢了鸡，有人看见是我们家黑猫吃的，到家里来找猫。

它已经几个月没回家，早变成野猫了。父亲说。

野了也是你们家的。你要这么推辞，下次碰见了我可要往死里打，来人气哼哼地走了。

我们家的鸡却一只没丢过。黑猫也没再露面，我们以为它已经被人打死了。

又过了几个月，秋收刚结束，一天夜里，我听见猫在房顶上叫，不停地叫。还听见猫在房上来回跑动。我披了件衣服出去，叫了一声，见黑猫站在房檐上，头探下来对着我直叫。我不知道出了啥事，它急声急气地要告诉我什么。我喊了几声，想让它下来。它不下来，只对着我叫。我有点冷，进屋睡觉去了。

钻进被窝我又听见猫叫了一阵，嗓子哑哑的。接着猫的爪声踩过房顶，然后听见它跳到房边的草堆上，再没有声音了。

第二年，也是秋天，我在南梁地上割苞谷秆。十几天前就已掰完苞米，今年比去年少收了两马车棒子，我们有点生气，就把那片苞谷秆扔在南梁上半个月没去理识。

别人家的苞谷秆早砍回来码上草垛。地里已开始放牲口。我们也觉得没理由跟苞谷秆过不去。它们已经枯死。掰完棒子的苞谷秆，就像一群衣衫破烂的穷叫花子站在秋风里。

不论收多收少，秋天的田野都叫人有种莫名的伤心，仿佛看见多少年后的自己，枯枯抖抖地站在秋风里。多少个秋天的收获之后，人成了自己的最后一茬作物。

一个动物在苞谷地迅跑，带响一片苞谷叶。我直起身，以为是一条狗或一只狐狸，提着镰刀悄悄等候它跑近。

它在距我四五米处窜出苞谷地。是一只黑猫。我喊了一声，它停住，回头望着我。是我们家那只黑猫，它也认出我了，转过身朝我走了两步，又犹疑地停住。我叫了几声，想让它过来。它只是望着我，喵喵地叫。我走到马车旁，从布包里取出馍馍，掰了一块扔给黑猫，它本能地前扑了一步，两只前爪抱住馍馍，用嘴啃了一小块，又抬头望着我。我叫着它朝前走了两步，它警觉地后退了三步，像是猜出我要抓住它。我再朝它走，它仍退。相距三四步时，猫突然做出一副很厉害的表情，喵喵尖叫两声，一转身窜进苞谷地跑了。

这时我才意识到提在手中的镰刀。黑猫刚才一直盯着我的手，它显然不信任我了。钻进苞谷地的一瞬我发现它的一条后腿有点瘸。肯定被人打的。这次相遇使它对我们最后的一点信任都没有了。从此它将成为一只死心塌地的野猫，越来越远地离开这个村子。它知道它在村里干的那些事。村里人不会饶它。

两窝蚂蚁

冬天，每隔一段时间——差不多有半个月，蚂蚁就会出来找食吃，排成一长队，在墙壁炕沿上走，有前去的，有回来的，急急忙忙，全阴得皮肤发黄，不像夏天的蚂蚁，黝黑黝黑。

蚂蚁很少在地上乱跑，怕人不小心踩死它们。也很少一两只单独跑出来。

我们家屋子里有两窝蚂蚁，一窝是小黑蚂蚁，住在厨房锅头旁的地下。一窝大黄蚂蚁，住在靠炕沿的东墙根。蚂蚁怕冷，所以把洞筑在暖和处，紧挨着土炕和炉子，我们做饭烧炕时，顺便把蚂蚁窝也煨热了。

通常蚂蚁在天亮后出来找食吃。那时母亲已经起来把死灭的炉火重新架着。屋子里烟气弥漫。我们全钻在被窝里，只露出头。有的睁眼直望着房顶。有的半眯着眼睛。早睡醒了，谁都不愿起。整个冬天我们没有一点事情，想睡到什么时候就睡到什么时候。直到炉火和从窗户照进的刺眼阳光，使屋子重又变得暖洋洋，才有人会坐起来，偎着被子，再愣会儿神。

蚂蚁一出洞，母亲便在蚂蚁窝旁撒一把麸皮。收成好的年成会撒两把。有一年我们储备的冬粮不足，连麸皮都不敢喂牲口，留着缺粮时人调剂着吃。冬天蚂蚁出来过五次。每次母亲只抓一小撮麸皮撒在洞口。最后一次，母亲再舍不得把麸皮给蚂蚁吃。家里仅剩的半麻袋细粮被父亲扎死袋口，留作春天下地干活儿时吃。我们整日煮洋芋疙瘩充饥。那一次，蚂蚁从天亮出洞，有上百只，绕着墙根转了一圈又一圈，一直到天快黑时，拖着几小片洋芋皮进洞去了。

蚂蚁发现麸皮便会一拥而上，拖着、背着、几个抬着往洞里搬。跑远的蚂蚁被喊回来。在墙上的蚂蚁一蹦子跳下来。只一会儿工夫，蚂蚁和麸皮便一同消失得一干二净。蚂蚁有了吃的，便把洞口封死，很长时间不出来打搅人。

蚂蚁的洞一般从墙外通到房内，天一热蚂蚁全到屋外觅食，房子里几乎见不到一只。

我喜欢那窝小黑蚂蚁，针尖那么小的身子，走半天也走不了几尺。我早晨出门前看见一只从后墙根朝前墙这边走，下午我回来看见它还在半道上，慢悠悠地移动着身子，一点不急。似乎它已做好了长途跋涉的打算，今晚就在前面一点儿的地方过夜，第二天，太阳不太高时走到前墙根。天黑前争取爬过门槛，走到厨房与卧房的门口处。第二天再进卧房。不过，它要爬过卧房的门槛就得费很大工夫，先要爬上两层土块，再翻过一道高的木门槛，还得赶早点，趁我们没起来之前翻过来。厨房没有窗户，天窗也盖得很死，即使白天门口处也很暗，我们一走动起来就难说不踩着蚂蚁。卧房比厨房大许多，从山墙经过窗户到东墙根，至少是蚂蚁两天的路程。到第五天，蚂蚁才会从东墙根往炕沿处走，经过我们家唯一的柜子。这段最好走夜路，因为是那窝大黄蚂蚁的领地，会很危险。从东边炕头往西边炕头绕回时也是两天的路，最好也晚上走，沿着炕沿，经过打着鼾声的父亲的头、母亲的头、小弟权娃的头和小妹燕子的头，爬到我的头顶时已是另一个夜晚了。这样，小蚂蚁在我们家屋内绕一圈大概用十天的时间，等它回到窝里时，那个蚂蚁世界的事情是否已几经变故，老蚂蚁死了，小蚂蚁出生，它们会不会还认识它呢？！

小黑蚂蚁不咬人。偶尔爬到人身上，好一阵才觉出一点点痒。大黄蚂蚁也不咬人，但我不太喜欢。它们到处乱跑，且跑得飞快，让人不放心。不像小黑蚂蚁，出来排着整整齐齐的队，要到哪就径直到哪。大黄蚂蚁也排队，但队形乱糟糟。好像它们的头管得不严，好像每只蚂蚁都有自己的想法。

有一年春天，我想把这窝黄蚂蚁赶走。我想了一个绝好的办法。那时蚂蚁已经把屋内的洞口封住，打开墙外的洞口，在外面活动了。我端了半盆麸皮，从我们家东墙根的蚂蚁洞口处，一点一点往前撒，撒在地上的麸皮像一根细细的黄线，绕过林带、柴垛，穿过一片长着矮草的平地，再翻过一个坑（李家盖房子时挖的），一直伸到李家西墙根。我把撒剩的小半盆麸皮全倒在李家墙根，上面撒一把土盖住。然后一趟子跑回来，观察蚂蚁的动静。

先是一只洞口处闲游的蚂蚁发现了麸皮。咬住一块拖了一下，扔下又咬另一块。当它发现有好多麸皮后，突然转身朝洞口跑去。我发现它在洞口处停顿了一下，好像探头朝洞里喊了一声，里面好像没听见，它一头钻进去，不到两秒钟，大批蚂蚁像一股黄水涌了出来。

蚂蚁出洞后，一部分忙着往洞里搬近处的麸皮，一部分顺着我撒的线往前跑。有一个先头兵，速度非常快，跑一截子，对一粒麸皮咬一口，扔下再往前跑，好像给后面的蚂蚁做记号。我一直跟着这只蚂蚁绕过林带、柴垛，穿过那片长草的平地，再翻过那个洞，到了李家西墙根，蚂蚁发现墙根的一大堆麸皮后，几乎疯狂。它抬起两个前肢，高举着跳了几个蹦子，肯定还喊出了什么，但我听不见。跑了那么远的路，似乎一点不累。它飞快地绕麸皮堆转了一圈，又爬到堆顶上。往上爬时还踩翻一块麸皮，栽了一跟头。但它很快翻过身来，它向这边跑几步，又朝那边跑几步，看样子像是在伸长膀子量这堆麸皮到底有多大体积。

做完这一切，它连滚带爬从麸皮堆上下来，沿来路飞快地往回跑。没跑多远，碰到两只随后赶来的蚂蚁，见面一碰头，一只立马转头往回跑，另一只朝麸皮堆的方向跑去。往回跑的刚绕过柴垛，大批蚂蚁已沿这条线源源不断赶来了，仍看见有往回飞快跑的。只是我已经分不清刚才发现麸皮堆的那只这会儿跑到哪去了。我返回到蚂蚁洞口时，看见一股更粗的黑黄泉水正从洞口涌出来，沿我撒的那一溜黄色麸皮浩浩荡荡地朝李家墙根奔流而去。

我转身进屋拿了把铁锨，当我觉得洞里的蚂蚁已出来得差不多，大部分蚂蚁已经绕过柴垛快走到李家墙根了，我便果断地动手，在蚂蚁的来路上挖了一个一米多长、二十厘米宽的深槽子。我刚挖好，一大群嘴里衔着麸皮的蚂蚁已翻过那个大坑涌到跟前，看见断了的路都慌乱起来。有几个，像试探着要跳过来，结果掉进沟里，摔得好一阵才爬起来，叼起麸皮又要沿沟壁爬上来，那是不可能的，我挖的沟槽下边宽上边窄，蚂蚁爬不了多高就原掉下去。

而在另一边，迟缓赶来的一小部分蚂蚁也涌到沟沿上，两伙蚂蚁隔着沟相互挥手、跳蹦子。

怎么啦。

怎么回事。

我好像听见它们喊叫。

我知道蚂蚁是聪明动物。慌乱一阵后就会自动安静下来，处理好遇到的麻烦事情。以它们的聪明，肯定会想到在这堆麸皮下面重打一个洞，筑一个新窝，窝里造一个能盛下这堆麸皮的大粮仓。因为回去的路已经断了，况且家又那么远，回家的时间足够建一个新家了。就像我们村有几户人，在野地打了粮食，懒得拉回来，就盖一间房子，住下来就地吃掉。李家墙根的地不太硬，打起洞来也不费劲。

蚂蚁如果这样去做我就成功了。

我已经看见一部分蚂蚁叼着麸皮又回到李家墙根，好像商量着就按我的思路行动了。这时天不知不觉黑了，我才发现自己跟这窝蚂蚁耗了大半天了。我已经看不清地上的蚂蚁。况且，李家老二早就开始怀疑我，不住地朝这边望。他不清楚我在干什么。但他知道我不会干好事。我咳嗽了两声，装得啥事没有，踢着地上的草，绕过柴垛回到院子。

第二天，一大早我跑出来，发现那堆麸皮不见了，一粒也没有了。从李家墙根开始，一条细细的、踩得光光的蚂蚁路，穿过大土坑，通到我挖的沟槽边，沿沟边向北伸了一米多，到没沟的地方，又从对面折回来，再穿过草滩、绕过柴垛和林带，一直通到我们家墙根的蚂蚁洞口。

一只蚂蚁都没看见。

我
的
树

　　村子周围剩下有数的几棵大榆树，孤零零的，一棵远望着一棵，全歪歪扭扭，直爽点的树早都让人砍光了。

　　走南梁坡的路经过两棵大榆树。以前路是直的，为了能从榆树底下走过，路弯曲了两次，多出几里。但走路的人乐意。夏天人们最爱坐在榆树下乘凉，坐着坐着一歪身睡着。树干上爬满了红蚂蚁，枝叶上吊着黑蜘蛛。树梢上有鸟窝，四五个或七八个，像一只只粗陶大碗朝天举着。有时鸟聒醒人，看见一条蛇爬到树上偷鸟蛋吃，鸟没办法对付，只是乱叫。叫也没用，蛇还是往上爬，把头伸进鸟窝里。鸟其实可以想办法对付，飞到几十米高处，屁股对准蛇头，下一个蛋下来，准能把蛇打昏过去。

　　有些树枝上拴着红红绿绿的布条和绳头，那是人做的标记。谁拴了这个树枝就是谁的，等它稍长粗些好赖成个材料时便被人砍去。也往往等不到成材被人砍去。

　　村里早就规定了这些树不准砍。但没规定树枝也不许砍。也没规定死树不许砍。人想砍哪棵树时总先想办法把树整死。人有许多整树的办法，砍光树枝是其中一种。树被砍得光秃秃时，便没脸面活下去。

树也有许多办法往下活，我见过靠仅剩的一根斜枝缀着星星点点几片绿叶活过夏天的一棵大榆树。根被掏空像只多腿的怪兽立在沙梁上一年一年长出新叶的一棵胡杨树。被风刮倒躺在地上活了许多年的一棵沙枣树。

我不知道树为啥要委屈地活着，我知道实在活不下去了，树就会死掉，再不发出一片叶子。

我经常去东边河湾里那棵大榆树下玩，它是我的树，尽管我没用布条和绳头拴它。树的半腰处有一根和地平行的横枝，直直地指着村子。那次我在河湾放牛，爬到树上玩，大中午牛吃饱了卧在树下刍草。我脸贴着树皮，顺着那个横枝望过去，竟端端地望见我们家房顶的烟囱和滚滚涌出的一股子炊烟。

以后我在河湾放牛经常趴在那个枝杈上望。整个晌午我们家烟囱孤零零的，像一截枯树桩。这时家里没人，院门朝外扣着。到了中午烟囱会冒一阵子烟，那时家里人大都回去了，院子里很热闹，鸡和猪吵叫着要食吃，狗也围着人转，眼睛盯着锅和碗。烟熄时家里人开始吃饭。我带着水壶和馍馍，一直到天黑才赶牛回去。

夜里我常看见那棵树，一闭眼它就会出现，样子怪怪地黑站在河湾，一只手臂直端端指着我们家房子——看，就是那户人家，房顶上码着木头的那户人。它在指给谁看。谁一直在看着我们家，看见什么了。我独自地害怕着。

那根枝杈后来被张耘家砍走了，担在他们家羊圈棚上，头南梢北做了椽子。他们砍它时我正在河湾边的胡麻地割草，听见"鼟鼟"的砍树声，我提着镰刀站在埂子上，看见那棵树下停着牛车，一个人站在车上。看不清树上抡着斧头的那个人。

我想跑过去，却挪不动脚步。像一棵树一样呆立在那里。

我是那棵树（我已经是那棵树），我会看见我朝西的那个枝干，正被砍断，我会疼痛得叫出声，浑身颤动，我会绝望地看着它掉落地上，被人抬上车拉走。

从此我会一年一年地，望着西边那个村子。

我再没有一根伸向西边的树枝。

我受的教育

　　黄沙梁，我会慢慢悟知你对我的全部教育。这一生中，我最应该把那条老死窝中的黑狗称师傅。将那只爱藏蛋的母鸡叫老师。它们教给我的，到现在我才用了十分之一。

　　如果再有一次机会出生，让我在一根木头旁待二十年，我同样会知道世间的一切道理。这里的每一件事物都蕴含了全部。

　　一头温顺卖力的老牛教会谁容忍。一头犟牛身上的累累鞭痕让谁体悟到不顺从者的罹难和苦痛。树上的鸟也许养育了叽叽喳喳的多舌女人。卧在墙根的猪可能教了闲懒男人。而遍野荒草年复一年荣枯了谁的心境。一棵墙角土缝里的小草单独地教育了哪一个人。天上流云东来西去带走谁的心。东荡西荡的风孕育了谁的性情。起伏向远的沙梁造就了谁的胸襟。谁在一声虫鸣里醒来，一声狗吠中睡去。一片叶子落下谁的一生。一粒尘土飘起谁的一世。

　　谁收割了黄沙梁后一百年里的所有收成，留下空荡荡的年月等人们走去。

最终是那个站在自家草垛粪堆上眺望晚归牛羊的孩子，看到了整个的人生世界。那些一开始就站在高处看世界的人，到头来只看见一些人和一些牲口。

留下这个村庄

　　我没想这样早地回到黄沙梁。应该再晚一些。再晚一些。黄沙梁埋着太多的往事。我不想过早地触动它。一旦我挨近那些房子和地，一旦我的脚踩上那条土路，我一生的回想将从此开始。我会越来越深地陷入以往的年月里，再没有机会扭头看一眼我未来的日子。

　　我来老沙湾只是为了离它稍近一些，能隐约听见它的一点声音，闻到它的一丝气息。我给自己留下这个村庄，今生今世，我都不会轻易地走进它，打扰它。

　　我会克制地不让自己去踩那条路、推那扇门、开那页窗……在我的感觉中它们安静下来，树停住生长，土路上还是我离开时的那几行脚印，牲畜和人，也是那时的样子，走或叫，都无声无息。那扇门永远为我一个人虚掩着，木窗半合，树叶铺满院子，风不再吹刮它们。

我曾在一个秋天的傍晚，站在黄沙梁东边的荒野上，让吹过它的秋风一遍遍吹刮我的身体。我本来可以绕过河湾走进村子，却没这样做。我在荒野上找我熟悉的一棵老榆树。连根都没有了。根挖走后留下的树坑也让风刮平了。我只好站在它站立过的那地方，像一截枯木一样，迎风张望着那个已经光秃秃的村子。

　　我太熟悉这里的风了。多少年前它这样吹来时，我还是个孩子。多少年后我依旧像一个孩子，怀着初次的，莫名的惊奇、惆怅和欢喜，任由它一遍遍地吹拂。它吹那些秃墙一样吹我长大硬朗的身体。刮乱草垛一样刮我的头发。抖动树叶般抖我浑身的衣服。我感到它要穿透我了。我敞开心，松开每一节骨缝，让穿过村庄的一场风，同样呼啸着穿过我。那一刻，我就像与它静静相守的另一个村庄，它看不见我。我把它的一草一木，一事一物，把所有它知道不知道的全拿走了，收藏了，它不知觉。它快变成一片一无所有的废墟和影子了，它不理识。

　　还有一次，我几乎走到这个村庄跟前了。我搭乘认识不久的一个朋友的汽车，到沙梁下的下闸板口村随他看亲戚。一次偶然相遇中，这位朋友听说我是沙湾县人，就问我知不知道下闸板口村，他的老表舅在这个村子里，也是甘肃人。三十年前逃荒进新疆后没了音信，前不久刚联系上。他想去看看。

　　我说我太熟悉那个地方了，正好我也想去一趟，可以随他同去。

　　我没告诉这个朋友我是黄沙梁人。一开始他便误认为我在沙湾县城长大。我已不太像一个农民。当车穿过那些荒野和田地，渐渐地接近黄沙梁时，早年的生活情景像泉水一般涌上心头。有几次，我险些就要忍不住说出来了，又觉得不应该把这么大的隐秘告诉一个才认识不久的人。

故乡是一个人的羞涩处，也是一个人最大的隐秘。我把故乡隐藏在身后，单枪匹马去闯荡生活。我在世界的任何一个地方走动、居住和生活，那不是我的，我不会留下脚印。

我是在黄沙梁长大的树木，不管我的杈伸到哪里，枝条蔓过篱笆和墙，在别处开了花结了果，我的根还在黄沙梁。

他们整不死我，也无法改变我。

他们可以修理我的枝条，砍折我的丫杈，但无法整治我的根。他们的刀斧伸不到黄沙梁。

我和你相处再久，交情再深，只要你没去过（不知道）我的故乡，在内心深处我们便是陌路人。

汽车在不停地颠簸中驶过冒着热气的早春田野，到达下闸板口村已是半下午。这是离黄沙梁最近的一个村子，相距三四里路。我担心这个村里的人会认出我。他们每个人我看着都熟悉，像那条大路那片旧房子一样熟悉。虽然叫不上名字。那时我几乎天天穿过这个村子到十里外的上闸板口村上学，村里的狗都认下我们，不拦路追咬了。

我没跟那个朋友进他老舅家。我在马路上下了车。已经没人认得我。我从村中间穿过时，碰上好几个熟人，他们看一眼我，又低头走路或干活。蹿出一条白狗，险些咬住我的腿。我一蹲身，它后退了几步。再扑咬时被一个老人叫住。

好着呢嘛，老人家。我说。

我认识这个老人。我那时经常从他家门口过。这是一大户人家，院子很大，里面时常有许多人。每次路过院门我都朝里望一眼。有时他们也朝外看一眼。

老人家没有理我的问候。他望了一眼我，低头摸着白狗的脖子。

黄沙梁还有哪些人。我又问。

不知道。他没抬头，像对着狗耳朵在说。

王占还在不在。

在呢。他仍没抬头。去年冬天见他穿个皮袄从门口过去。不过也老掉了。

我又问了黄沙梁的一些事情，他都不知道。

那个村子经常没人。他说，尤其农忙时一连几个月听不到一点人声。也不知道那一村人在忙啥。地让他们越种越远。村子附近的地全撂荒了。

我走出村子，站在村后的沙梁上，久久久久地看着近在眼底的黄沙梁村。它像一堆破旧东西扔在荒野里。正是黄昏，四野里零星的人和牲畜，缓缓地朝村庄移动。到收工回家的时候了。烟尘稀淡地散在村庄上空。人说话的声音、狗叫声、开门的声音、铁锨锄头碰击的声音……听上去远远的，像远在多少年前。

我莫名地流着泪。什么时候，这个村庄的喧闹中，能再加进我的一两句声音，加在那声牛哞的后面，那个敲门声前面，或者那个母亲叫唤孩子的声音中间……

我突然那么渴望听见自己的声音，哪怕极微小的一声。

我知道它早已经不在那里。

只剩下风

　　我想听见风从很远处刮来的声音，听见树叶和草屑撞到墙上的声音，听见那根拴牛的榆木桩直戳戳划破天空的声音。

　　什么都没有。

　　只有空气，空空地跑过去。像黑暗中没有偷到东西的一个贼。

　　西边韩三家院子只剩下几堵破墙，东边李家的房子倒塌在乱草里，风从荒野到荒野，穿过我们家空荡荡的院子。再没有那扇一开一合的院门，像个笨人掰着手指一下一下地数着风。再没有圈棚上的高高草垛，让每一场风都撕走一些、再撕走一些，把呜呜的撕草声留在夜里。

　　风刮开院门时一种声音，父亲夜里起来去顶住院门时又是另一种声音——风被挡住了。风在院门外喊，像我们家的一个人回来晚了，进不了门。我们在它的喊声里醒来，听见院门又一次被刮开，听见风呼呼地鼓满院子，顶门的歪木棍扑腾倒在地上，然后一声不吭。它是歪的，滚不动。

我一直清楚地记得父亲在深夜走过院子的情景，记得风吹刮他衣服的声音。他或许弓着腰，一手按着头上的帽子，一手捂着衣襟，去关风刮开的院门。刮风的夜晚我们都不敢出去，或者装睡不愿出去。躺在炕上，我们听见父亲在院子里走动，听见他的脚步被风刮起来，像树叶一样一片接一片飘远。

　　那样的夜晚我总有一种隐隐的担心。门大敞着。我总是害怕父亲会顶着风走出院门，走过马路，穿过路那边韩三家的院子，一直走进西边的荒野里，再不回来。

　　许多年前，我的先父就是在这样一个深夜（深得都快看见曙色了），独自从炕上坐起来，穿好衣裳出去，再没有回来。那时我太小了，竟没听见他开门关门的声音，没听见他走过窗口的脚步和轻微的一两声咳嗽。或许我听见了。肯定听见了，只是我还不能从我的记忆里认出它们。

　　那时候，一刮风我便能听见远远近近的各种声音。地下密密麻麻的树根将大地连接在一起，树根之间又有更密麻的草根网在一起，连树叶也都相连着。刮风时一片叶子一动，很快碰动另一片，另一片又碰动一片，一会儿工夫，百里千里外的树叶像骨牌一样全哗啦啦动起来。那时我耳朵贴在黄沙梁任何一棵树根上，就能听见百里外的另一棵树下的动静。那时我随便守住一件东西，就有可能知道全部。

　　可是现在不行了，什么都没有了。大树被砍光，树根朽在地里。草成片枯死。土地龟裂成一块一块的。能够让我感知大地声息的那些事物消失了，只剩下风，它已经没有内容。

　　虽然也栽了些树，一排一排地立在渠边地头，但那些树的根连在一起不知要多少年时间。它们一个不认识一个。那些从别处移来的树，首先不认识这块地，树根一埋进土里便迷路了。不像以前那些树，根扎得又深又远，自己在土层中找到水和养分。现在的树都要人引水去浇，不然就渴死了。

父亲

　　我们家搬进这个院子的第二年，家里的重活儿开始逐渐落到我们兄弟几个身上，父亲过早地显出了老相，背稍重点的东西便显得很吃力，嘴里不时嘟囔一句：我都五十岁的人了，还出这么大力气。

　　他觉得自己早该闲坐到墙根晒太阳了。

　　母亲却认为他是装的。他看上去那么高大壮实，一只胳膊上的劲，比我们浑身的劲都大得多。一次他发脾气，一只手一拨，老三就飞出去三米。我见他发过两次火，都是对着老三、老四。我和大哥不怎么怕他，时常不听他的话。我们有自己的想法。我们一到这个家，他便把一切权力交给了母亲。家里买什么不买什么，都是母亲说了算。他看上去只是个干活儿的人，和我们一起起早贪黑。每天下地都是他赶车，坐在辕木上，很少挥鞭子。他嫌我们赶不好，只会用鞭子打牛，跑起来平路颠路不分。他试着让我赶过几次车。往前走叫"哒尿"。往左拐叫"嗷"。往右叫"外"。往后退叫"缩、缩"。我一慌忙就叫反。一次左边有个土疙瘩，应该喊

0 8 7

"外"让牛向右拐绕过去。我却喊成"嗷"。牛愣了一下，突然停住，扭头看着我，我一下不好意思，"外、外"了好几声。

我一个人赶车时就没这么紧张。其实根本用不着多操心，牛会自己往好路上走，遇到坑坎它会自觉躲过。它知道车轱辘碰到圪塄陷进坑都是自己多费劲。

我们在黄沙梁使唤老了三头牛。第一头是黑母牛，我们到这个家时它已不小岁数了，走路肉肉的，没一点脾气。父亲说它八岁了。八岁，跟我同岁，还是孩子呢。可牛只有十几岁的寿数，活到这个年龄就得考虑卖还是宰。黑母牛给我印象最深的是那副木讷神情。鞭子抽在身上也没反应。抽急了猛走几步，鞭子一停便慢下来，缓缓悠悠地挪着步子。父亲已经适应了这个慢劲。我们不行，老想快点走到地方，担心去晚了柴被人砍光、草被人割光。一见飞奔的马车牛车擦身而过，便禁不住抢起鞭子，"呔屎、呔屎"叫喊一阵。可是没用。鞭抽在它身上就像抽在地上一样，只腾起一股白土。黑母牛身上纵纵横横爬满了鞭痕。我们打它时一点都不心疼。似乎我们觉得，它已经不知道疼，再多抽几鞭就像往柴垛上多撂几棵柴一样无所谓了。它干得最重的活儿就是拉柴火，来回几十公里。遇到上坡和难走的路，我们也会帮着拉，肩上套根绳子，身体前倾着，那时牛会格外用力，我们和牛，就像一对兄弟。实在拉不动时，牛便伸长脖子，晃着头，哞哞地叫几声，那神情就像父亲背一麻袋重东西，边喘着气边埋怨：我都快五十岁的人了，还出这么大力气。

一年后，我才能勉强地叫出父亲。父亲一生气就嘟囔个不停。我们经常惹他生气。他说东，我们朝西。有一段时间我们故意和他对着干，他生了气跟母亲嘟囔，母亲因此也生气。在这个院子里我们有过一段很不愉快的日子。后来我们渐渐长大懂事，父亲也渐渐地老了。

我一直觉得我不太了解父亲，对这个和我们生活在一起叫他父亲的男人有种难言的陌生。他会说书，讲故事，在那些冬天的长夜里，我们围着他听。母亲在油灯旁纳鞋底。我们围坐在昏暗处，听着那些陌生的故事，感觉很远处的天，一片一片地亮了。我不知道父亲在这个家里过得快不快乐，幸福不幸福。他把我们一家人接进这个院子后悔吗！现在他和母亲还有我最小的妹妹妹夫一起住在沙湾县城。早几年他喜欢抽烟，吃晚饭时喝两盅酒。他从不多喝，再热闹的酒桌上也是喝两盅便早早离开。我去看他时，常带点烟和酒。他打开烟盒，自己叼一根，又递给我一根烟——许多年前他第一次递给我烟时也是这个动作，手臂半屈着，伸一下又缩一下，脸上堆着不自然的笑，我不知所措。现在他已经戒烟，酒也喝得更少了。我不知道该给他带去些什么。每次回去我都在他身边，默默地坐一会儿。依旧没什么要说的话。他偶尔问一句我的生活工作，就像许多年前我拉柴回到家，他问一句"牛拴好了吗？"我答一句。又是长时间的沉默。

木匠

一个人在夜里敲打东西，我睡不着。外面刮着清风，有一阵没一阵，好像大地在叹气。

敲打声一下一下蹦到高空，又顺风滑落下来，很沉地撞着人的耳膜。冯三一躺倒就开始说梦话，还是昨晚上说过的内容，他在跟梦中的一个人对话。他说一句，那个人说一句。我听不见他梦中那个人说些什么，所以无法明白冯三说话的全部内容。有一阵冯三长时间不吭声，他说了半句话，突然停住。我侧起身，耳朵贴近他的头，想听听梦中打断他说话的那个人正在说些什么。房子里亮堂堂的，那扇糊着报纸落满尘土的小窗户，还是把月光全放了进来。

一连两个晚上，我一睡倒，便感到自己躺在一片荒野上。冯三做梦的身体远远地横着，仿佛多少年的野草稀稀拉拉地荒在我们之间。

梦离他的身体又有多远。

我也睡着，我的梦离冯三的梦又有多远。

曾经是我们一家人睡了多少年的这面土炕上，冯三一个人又躺了多年。他一觉一觉地延接下去的已经不是我们家的睡眠。但他夜夜梦见的，会不会全是我们以往的生活呢？！

在那些生活将要全部地、无可挽救地变成睡梦的时候，我及时地赶了回来。

外面亮得像梦中的白天。风贴着地面刮，可以感到风吹过脚背，地上的落叶吹出一两拃远便停住。似乎风就这么一点点力气。

那个敲打声把我喊出了门，它在敲打一件我认识的东西。我必须出去看看。我十一岁那年，有个木匠想带我出去跟他学手艺。他给母亲许诺，要把所有木工手艺都传给我。母亲问我去不去。我没有主意，站着不吭声。

那个木匠在他叮叮咣咣的敲打声里，把我熟悉的木头棍棍棒棒变成了桌子、板凳和木箱。

我的影子黑黑地躺在地上，像一截烧焦的木头。其他东西的影子都淡淡的，似有似无，可能月光一夜一夜地，已经渗透那些墙和树木，把光亮照到它们的背阴处。我在这个地方少待了二十年。二十年前，这里的月光已经快要照透我了。我在别处长出的一些东西阻挡了它。

整个村子静静的，只有一个声音在响。我能听出来，是这个村子里的一件东西在敲打另一件东西。不像那个木匠，用他带来的一把外地斧头，砍我们村的木头，声音噌刺噌刺，像不认识的两条狗狠劲相咬，一点不留情。

许多年前的一个中午，一群孩子围在我们家院子里，看一个外地来的木匠打制家具。他的工具锁在一个油黑的木箱里，用一件取一件，不用的原装进去锁住。一件也不让人动。

那群孩子只有呆呆地看着他在木头上凿眼，把那些木棍棍锯成一截一截的摆放整齐。其中一个孩子想，要能用一下他的刨子，把这块木板刨平该多好呀。另一个想，能动动他的墨盒，在这根歪木头上打一根直直的黑线多好。

吃午饭时，那群孩子看着大人们给木匠单独做的白面馍馍，炒的肉菜。

长大了我也要当木匠。一个孩子说。

我也背个木箱四处去给人家做家具。另一个孩子说。

赶我们长大不知还有没有木头了。另一个孩子想。

我记不清自己为什么没有跟那个木匠去学艺，而是背着书包去了学堂。

那个木匠临走前在门外等了好长一阵。母亲把我拉进屋里。忘了是劝我去还是劝我不去。出来时，那个木匠刚刚离去。他踩起的一溜土还没落下来。

那群孩子中的一个，后来果真当了木匠。现在他就在我面前敲打着一样家具，身旁乱七八糟堆着些木料。一盏灯高挂在草棚顶上。我站在院墙外的黑暗处，想不起这个人的名字。但他肯定是那群孩子中的一个，过去多少年后，一个村庄里肯定有一大批人把孩提时候的梦想忘得一干二净。肯定还会有一个人默无声息地留下来，那一代人最初的生存愿望，被他一个人实现了。尽管这种愿望早已经过时。

我没去打扰他。

他抢一把斧子，干得卖力又专心。不知他能不能听到他的敲打声。整个村子在这个声音里睡着了。我猜想他已经叮叮当当地敲打了多少年。他的敲打声和狗吠鸡鸣一样已经成为村子的一部分。他砍这根木头时，村子里其他木头在听。他敲那个卯时，他早年敲紧现已松懈的一个卯在村子的某个角落里微微颤动。

我从来没把哪件活儿干到他这种程度。面对这个年纪与我相仿的人，我只能在一旁悄悄站着，像一根没用的干木头。

一截土墙

　　我走的时候还年轻，二十来岁。不知我说过的话在以后多少年里有没有人偶尔提起。我做过的事会不会一年一年地影响着村里的人。那时我曾认为什么是最重要最迫切的，并为此付出了多少青春时日。现在看来，我留在这个村庄里影响最深远的一件事，是打了这堵歪扭的土院墙。

　　我能想到在我走后的二十年里，这堵土墙每天晌午都把它的影子，从远处一点一点收回来，又在下午一寸寸地覆盖向另一个方向。它好像做着这样一件事：上午把黑暗全收回到墙根里，下午又将它远伸到大地的极远处。一堵土墙的影子能伸多远谁也说不清楚，半下午的时候，它的影子里顶多能坐三四个人，外加一条狗，七八只鸡。到了午后，半个村庄都在阴影中。再过一会儿，影子便没了尽头。整个大地都在一堵土墙的阴影里，也在和土墙同高的一个人或一头牛的阴影里。

我们从早晨开始打那截墙。那一年四弟十一岁。三弟十三岁。我十五岁。没等我们再长大些那段篱笆墙便不行了。根部的枝条朽了，到处是豁口和洞。几根木桩也不稳，一刮风前俯后仰的，呜呜地叫。那天早晨篱笆朝里倾斜，昨天下午还好端端的，可能夜里风刮的。我们没听见风刮响屋檐和树叶。可能一小股贼风，刮斜篱笆便跑了。父亲打量了一阵，过去蹬了一脚，整段篱笆齐齐倒了。靠近篱笆的几行菜也压倒了。我们以为父亲跟风生气，都不吭声地走过去，想把篱笆扶起来，再栽几个桩，加固加固。父亲说，算了，打段土墙吧。

母亲喊着吃早饭啦。

太阳从我们家柴垛后面，露出小半块脸。父亲从邱老二家扛来一个梯子，我从韩四家扛来一个梯子。打头堵墙得两个梯子，一头立一个，两边各并四根直椽子，拿绳绑住，中间槽子里填土，夯实，再往上移椽子，墙便一截一截升高。

我们家的梯子用一根独木做的，打墙用不着。木头在一米多高处分成两叉，叉上横绑了几根木棍踏脚，趴在墙上像个头朝下的人，朝上叉着两条腿，看着不太稳当，却也没人掉下来过。梯子稍短了些，搭斜了够不着，只能贴墙近些，这样人爬上去总担心朝后跌过去。梯子离房顶差一截子，上房时还容易，下的时候就困难些，一只脚伸下来，探几下挨不着梯子。挨着了，颤颤悠悠的不稳实。

只有我们家人敢用这个梯子上房。它看上去确实不像个梯子。一根木头顶着地，两个细叉挨墙，咋看都不稳当。一天中午正吃午饭，韩三和婆姨吵开了架，我们端着碗出来看，没听清为啥。架吵到火爆处，只听韩三大叫一声"不过了"，砰砰啪啪砸了几个碗，顺手一提锅耳，半锅饭倒进灶坑里，激起一股烟灰气。韩三提着锅奔到路上，抡圆了一甩，锅落到我们家房顶上，"嚓"的一声响。我父亲不愿意了，跑出院子。

"韩三，你不过了我们还要过，房顶砸坏了可让你赔。"

下午，太阳快落时，我们在院子里乘凉，韩三进来了，向父亲道了个歉，说要把房顶上的锅取回去做饭。婆姨站在路上，探着头望，不好意思进来。父亲说，你自己上去拿吧。我这房顶三年没漏雨，你一锅砸的要是漏开了雨，到时候可要你帮着上房泥。韩三端详着梯子不敢上，回头叫来了儿子韩四娃，四娃跟我弟弟一样大，爬了两下，赶紧跳下来。

没事。没事。我们一个劲喊着，他们还是不敢上，望望我们，又望望梯子，好像认为我们有意要害他们。

后来四娃扛来自家的梯子，上房把锅拿下来。第二年秋天那块房顶果然漏雨了。第三年夏天上了次房泥，我们兄弟四个上的，父亲也参加了。那时我觉得自己已经长大，没什么是我不能干的。

我们以为父亲会带着我们打那堵墙。他栽好梯子，椽子并排绑起来，后退了几步，斜眼瞄了几下，过来在一边架子上踩了两脚，往槽子里扔了几锨土，然后扛着锨下地去了。

父亲把这件活儿扔给我们兄弟仨了。

我提夯，三弟四弟上土。一堵新墙就在那个上午缓慢费力地向上升起。我们第一次打墙，但经常看大人们打墙，所以不用父亲教就知道怎样往上移椽子，怎样把椽头用绳绑住，再用一个木棍把绳绞紧别牢实。我们劲太小，砸两下夯就得抱着夯喘三口气。我们担心自己劲小，夯不结实，所以每一处都多夯几次，结果这堵墙打得过于结实，以致多少年后其他院墙早倒塌了，这堵墙还好端端站着。墙体被一场一场的风刮磨得光光溜溜，像岩石一样。只是墙中间那个窟窿，比以前大多了，能钻过一条狗。

这个窟窿是我和三弟挖的，当时只有锨头大，半墙深。为找一把小斧头我们在刚打好的墙上挖了一个洞。墙打到一米多高，再填一层土就可以封顶时，那把小斧头不见了。

会不会打到墙里去了？我望着三弟。

刚才不是你拿着吗？快想想放到哪了。三弟瞪着四弟。

四弟坐在土堆上，已经累得没劲说话。眼睛望着墙，愣望了一阵，站起来，捡了个木棍踮起脚尖在墙中间画了一个斧头形状。我和三弟你一锨我一锨，挖到墙中间时，看见那把小斧头平躺在墙体里，像是睡着了似的。

斧头掏出后留下的那个窟窿，我们用湿土塞住，用手按实。可是土一干边缘便裂开很宽的缝隙，没过多久便脱落下来。我们再没去管它，又过了许久，也许是一两年，那个窟窿竟通了，变成一个洞。三弟说是猫挖通的，有一次他看见黑猫趴在这个窟窿上挖土。我说不是，肯定是风刮通的。我第一次趴在这个洞口朝外望时，一股西风猛蹿进来，有水桶那么粗的一股风，挟带着土。其他的风正张狂地翻过院墙，顷刻间满院子是风，树疯狂地摇动，筐在地上滚，一件蓝衣服飘起来，袖子伸开，像了半截身子的人飞在天上。我贴着墙，挨着那个洞站着。风吹过它时发出呜呜的声音，像一个人鼓圆了嘴朝远处喊。夜里刮风时这个声音很吓人，像在喊人的魂，听着听着人便走进一场遥远的大风里。

后来我用一墩骆驼刺把它塞住了，根朝里，刺朝外，还在上面糊了两锨泥，刮风时那种声音就没有了。我们搬家那天看见院墙上蹲着坐着好些人，才突然觉得这个院子再不是我们的了，那些院墙再也阻挡不住什么，人都爬到墙头上了。我们在的时候从没有哪个外人敢爬上院墙。从它上面翻进翻出的，只有风。在它头上落脚、身上栖息的只有鸟和蜻蜓。

现在那些蜻蜓依旧落在墙上晒太阳，一动不动。它们不知道打这堵墙的人回来了。

如果没有这堵墙，没有二十年前那一天的劳动，这个地方可能会长几棵树、一些杂草。也可能光秃秃，啥也没有。

如果我乘黑把这堵墙移走，明天蜻蜓会不会飞来，一动不动，趴在空气上？

如果我收回二十年前那一天（那许多年）的劳动，从这个村庄里抽掉我亲手给予它的那部分——韩三家盖厨房时我帮忙垒的两层土块抹的一片墙泥；冯七家上屋梁时我从下面抬举的一把力气；我砍倒或栽植的树，踏平或踩成坑凹的那段路；我收割的那片麦地，乘夜从远处引来的一渠水；我说过的话，拴在门边柱子上的狗；我吸进和呼出的气，割草喂饱的羊和牛——黄沙梁会不会变成另个样子？

或许已经有人，从黄沙梁抽走了他们给予它的那部分。有的房子倒了，有的路不再通向一个地方，田野重新荒芜，树消失或死掉。有的墙上出现豁口和洞，说明有人将他们垒筑的那部分抽走了。其他人的劳动残立在风雨中。更多的人，没有来得及从黄沙梁收回他们的劳动。或许他们忘记了，或许黄沙梁忘记了他们。

过去千百年后，大地上许多东西都会无人认领。

两个村子

我把黄沙梁和老皇渠当成了一个村子。在我多少年的梦境与回忆中，它们叠合在一起。

两个村子里都横着一条不知修于何年从没见淌水的大渠，渠沿又高又厚实。村子都坐落在河的拐弯处。河挨着村子拐向远处，又在村后弯回来，形成一大片河湾地。

这是同一条河——玛纳斯河。

我那时真不知道有一天会来到这条河的最下游。在一条河结束的地方，我们开始新的生活。河流到黄沙梁村已完全没劲了，几乎看不出它在流动，但仍绕着弯子，九曲回肠地流过荒野，消失在不远的沙漠里。

在黄沙梁那些漫长的日日夜夜，我从没听见这条河的声音。它流得太静了，比村里任何一个人都静。比躺在院子里那根干木头都静（它在日光下晒久了，会噼啪一声，裂一道口子）。比一堵墙一块土块都静。

我想起那个黄昏穿过村子走远的一个外地人——低着头，弓着腰，驮一个破旧包裹，小心地迈着步子，不踩起一粒土，不惊动一条狗、一只鸡，甚至不抬头看一眼旁边的树和房子，只是盯着路，悄悄静静地穿过村子走了。

　　多少年后我能想起这个人，是因为那一刻我一样悄静地站在路边，我带的黑狗一声不响站在我身边。还有，我身后的这个小村庄，一样安安静静，让一个陌生人毫无惊扰地穿过村子走了。

　　这个人从河东边来的，他的湿裤腿还滴着水珠，鞋子提在手里。一行光脚印很快被随后涌来的羊群踩没了。羊的身上也湿淋淋的。那时河上没桥，人畜都蹚水过河。

　　老皇渠村那段河上也没桥。刮东风时河水的流淌声传进村里。河在那一段流得着急，像匆忙赶路，水面常漂走一些东西：木头、树枝、瓷盆和衣服。一年早春，父亲死在河湾里。父亲天没亮扛锨出去，大中午了没回来。母亲说，你参要出事了，赶快去找。

　　我们都不知道要出什么事。母亲的哭喊声惊动了村里人，都出来帮着找。半下午时才找到，父亲的铁锨插在河岸上，远远的母亲看见了，认了出来。雪刚消尽，岸上一片泥泞，我们一家人哭叫着朝河边跑。

　　那时我们家有八口人。大哥十岁，我七岁，最小的妹妹未满周岁。父亲死了，剩下七口人。过了一年多奶奶也死了，剩下母亲和我们未成年的五个孩子。又熬了两年，母亲再嫁，我们一家搬到黄沙梁。

　　也是一个早春，来接我们的后父赶一辆大马车，装上我们一家人和全部家当，顺着玛纳斯河西岸向北走。在摇摇晃晃的马车上，我们一直看着河湾里父亲和奶奶的坟渐渐远去、消失，我们生活了许多个年头的老皇渠村一点点地隐没在荒野尽头。一路上经过了三两个村子。有村子的地方河便出现一次，也那样绕一个弯，又不见了。

从半下午，到天黑，我们再没看见河，也没听见水声。我们以为远离了河。后父坐在前面只顾赶车，我们和他生得很，一句话不说。离开一个村子半天了，还看不见另一个村子。后父说前面不远就到了。我们已经不相信前面还会有村子，除了荒滩、荒滩尽头的沙漠，再啥都看不见。

天黑后不知又走了多久，我们都快睡着了，突然前面传来狗叫声。要进村了。后父说。我睁开眼睛，看见几点模糊的灯光，低低的，像挨在地上。

院子里黑黑地站着许多人，像等了许久，马车没停稳便涌过来，嘈嘈杂杂的，啥也看不清。有人从屋里端出一盏灯，一只手遮住灯罩，半个院子晃动着那只手的黑影。

我一直刻骨铭心地记着我们到达黄沙梁村的那个夜晚，每个细节都记得清清楚楚，似乎我从那一刻开始，突然懂得了记事。

这是老大。这是老二。

这是他母亲。

……

端灯的人把灯举过头顶。我在装满木头家具的马车上站起身的一瞬，看见了倾斜的房顶，和房顶后面几乎挂在树梢的北斗星。

我们被一个一个数着接下了车。

一共几个。

六个。后父答应。

门口涌了许多人，我们夹在中间跟随那盏灯走进屋子。屋里还有一盏灯，放在靠里墙的柜子上，灯苗细细的。炕上坐着一排老年人，笑嘻嘻地迎着我们。已经没有坐人的地方，我们全站在柜子旁。有人让开炕沿让母亲坐，母亲推辞了两句，坐上炕去。

这是你张大爷，叫。这是李二奶奶。

这是冯大妈。这是韩四爹。

满屋子烟和人影，那个日后我们叫父亲的男人一手端灯，挨个让我们认坐在炕上的那些人，我小声地叫着，只听见他们很亲热地答应声，一个也没认清。

一村懒人

　　在外面时我老担心这个村庄会变得面目全非。我在迅速变化的世界里四处谋生。每当一片旧屋拆毁，一群新楼拔地而起，我都会担心地想到黄沙梁。它是否也在变成这样呢？！他们把我熟悉的那条渠填掉，把我认识的那堵墙推倒，拆掉那些土房子。

　　如果这样，黄沙梁便永远消失了。它彻底埋在一个人心里。这个人将在不久的年月离去，携带一个村庄的全部记忆。从今往后，一千年一万年，谁都不会再找到它。

　　活着的人，可能一直在害怕那些离去的人们再转头回来，认出他们手中这把锨、脚下这条路，认出这间房子，这片天空这块地。他们改变世界的全部意义，就是让曾经在这个世界生存过的那些人，再找回不到这里。

　　黄沙梁是人们不想要的一个地方，村里人早对这个村子失望了，几十年来没盖一间新房子，没砌半堵新墙。人们早就想扔掉它到别处去生活。这个村庄因此幸运而完整地保存着以前的样子。没有一点人为的变故，只有岁月风雨对它的消磨——几乎所有的墙，都泥皮脱落。我离开时它们已斑驳地开始脱落，如今终于脱落光了，露出土块的干打垒的青褐墙体。没有谁往这些墙壁上再抹过一把泥。

这是一村庄懒人。

他们不在乎这个地方了。

那条不知修于何年从没淌过水的大渠，也从来没碍过谁的事，所以留存下来。只是谁家做泥活儿用土时，到渠沿上拉一车，留下一个坑。好在这些年很少有人家动过泥土。人已懒得收拾，所有地方都被眼看惯、脚走顺、手摸熟。连那段坑洼路，也被人走顺惯。路上还是二十年前我离开时的那几个坑和坎。每次牛车的一个轱辘轧那个坎时，车身猛地朝一边倾一下，辗过那个坑时，又猛地朝另一边歪一下。我那时曾想过把这段路整平，很简单的事，随手几锨，把坎挖掉，土垫到一边的坑里，路便平展展了。可是每次走过去我便懒得动了。大概村里人跟我一样，早习惯这么一倾一歪了，没这么两下生活也就太平顺了。这段路的性格就是这样的，它用坑坎逗人玩。牛有时也逗人玩，经过坑坎路段时，故意猛走几步，让车倾歪得更厉害些。坐在车上打盹的人被摇醒。并排坐着的两个人会肩撞肩头碰头。没绑牢实的草会掉下一捆。有时会把车弄翻，人摔出好远，玩笑开过头了，人恼火了，从地上爬起来，骂几声路、打两鞭牛，一身一脸的土。路上顿时响起一阵笑语哗叫。前前后后的车会停住，人走过来，笑话着赶车人，帮着把翻了的车扶起来，东西装好。

如果路上再没有车，空荡荡的。一个人在远路上翻了车，东西很沉，其他人从另外的路上走了。这人只有坐在路边等，一直等到天黑，还没有人，只好自己动手，把车卸了，用劲翻过空车，一件一件往上装东西，搬不上去的，忍痛扔掉。这时天更黑了，人没劲地赶着车，心里坎坎坷坷的，人、牛、路都顿觉无趣。

草长在墙根，长在院子里、门边上，长在屋顶和墙缝……这些东西不妨碍他们了。他们挨近一棵草生活，许多年前却不是这样的。

那时家家户户有一个大院子，用土墙或篱笆围着。门前是菜地，屋后是树和圈棚，也都高高低低围拢着。谁家院子里若长了草，会被笑话的。现在，几乎所有院子都不存在。院墙早已破损，门前的菜地荒凉着，只剩下房子孤零零地立在那里。因为没有了围墙，以前作为院子的这块与相邻的路和荒野便没有区别。草涌进来，荒野和家园连成一片，人再不用锨铲它们。草成了家人中的一个，人也是草丛中的一棵。雨水多的年成村子淹没在荒草里，艾蒿盖地，芦苇没房。人出没草中，离远了便分不清草在动还是人在动。干旱年成村子光秃秃的，堆着些没泥皮的土房子。模样古怪的人和牲畜走走停停。

更多年成半旱不旱，草木和人，死不了也活不旺势。人都靠路边走，耷拉着头，意思不大地过去一日又一日。草大多聚到背阴处，费劲地长几片叶，开几朵花儿，最后勉强结几粒籽。

草的生长不会惊噪人。除非刮风。草籽落地时顶多吵醒一只昆虫最后的秋梦。或者碰伤一只蚂蚁的细长后腿。

或许落不到地上。一些草籽落到羊身上，一些落在鸟的羽毛上，落在人的鞋坑和衣帽上，被带到很远，有水的地方。

在春天，羊摇摇屁股、鸟扇扇翅、人抖抖衣服，都会有草籽落地。你无意中便将一颗草籽从秋带到春。无意的一个动作，又将它播撒在所经之地。

有的草籽在你身上的隐蔽处，一藏多年。其间干旱和其他原因，这种草在大地上灭绝，枝被牛羊吃掉，火烧掉。根被人挖掉，虫毁掉。种子腐烂掉。春天和雨水重新降临时，大地上已没有发芽的种子。春天空空来临。你走过不再泛绿的潮湿大地，你觉得身上痒痒，禁不住抖抖身子——无论你是一条狗、一头羊、一匹马、一只鸡、一个人、一只老鼠，你都成为大地春天唯一的救星。

有时草籽在羊身上的厚厚绒毛中发芽，春天的一场雨后，羊身上会迅速泛青发绿，藏在羊毛中的各种草籽，凭着羊毛中的水分、温度和养分，很快伸出一枝一枝的绿芽子。这时羊变得急躁，无由地奔跑、叫、打滚、往树上墙上蹭。草根扎不透羊皮，便使劲沿着毛根四处延伸，把羊弄得痒痒的。伸不了多久便没了水分。太阳晒干羊毛时，所有的草便死了。如果连下几场雨，从野外归来的羊群，便像一片移动的绿草地。

人的生死却会惊动草。满院子草木返青的时候，这个家里的人死亡或出生，都会招来更多人。那时许多草会被踩死，被油腻滚烫的洗锅水浇死，被热炉灰蒙死。草不会拔腿跑开，只能把生命退回到根部，把孕育已久的花期再推迟一季。

那是一个人落地的回声，比一粒草籽坠落更重大和无奈。一个村庄里只有有数的一些人，无法跟遍地数不清的草木相比——一种草或许能数清自己。一株草的死亡或许引起遍地草木的哀悼和哭泣。我们听不到。人淹没在人的欢乐和悲苦中。无论生和死。一个人的落地都会惊动其他人。

一个人死了，其他人得帮衬着哭两声、烧几页纸、送条黑幛子。一个人出生了，其他人也要陪伴着笑几下，送点红绸子、花衣服。

　　生死是每个人都会遇到的事。在村里，这种看似礼节性的往来实则是一种换工。我死的时候你帮忙挖坑了，你死了我的子孙会去帮你抬棺木。大家都要死是不是。或者你出生时我去贺喜了，我去世时你就要来奔丧。这笔账你忘了，别人会为你记住。

坡上的村子

　　我对元兴宫村没有多少记忆。这个靠近天山的村庄建在一个大斜坡上，一下雨地上哗哗地淌着水，淌得迅疾。雨一停水便不知流到哪去了。

　　东西掉在地上也会滚。这里的东西都像长了腿似的，稍不留神就会再也找不见。

　　那年秋天，村里去了个卖西瓜的。拉了一车西瓜，卸到地上准备卖。等他一转身，西瓜动了起来，开始滚动得慢，接着越滚越快。元兴宫人从不种西瓜，种也白种，瓜蛋子稍长大些便开始滚动，把秧拉得细长细长。再长大些秧便拉不住，或被扯断或连根拔起。不管瓜熟不熟，长到时候都会顺坡滚下去。有的中途撞到石头上，碰个稀巴烂。有的在滚动中逐渐熟透。太阳晒热的荒坡将所有经过它的东西烘热烘熟。元兴宫人也想过办法，在每个西瓜下挖一个坑。可是，锹头大的小坑显然没多少阻力。尤其刮起下山风，连人都会滚。谁能挡住谁呢？！

卖西瓜的是个瘦老头，扯直嗓子大喊大叫。村里出来许多人帮着追西瓜。狗也帮着追。猪和牛也撒着欢追。到后来，没追回几个。一车西瓜几乎全滚到十几里外的坡下村。

元兴宫人丢了东西都到坡下的村子去找。

村里很少有圆东西。连石头都是扁的。筐全是方的。木头用墙或木桩挡着。可能滚动的物件上都有一根绳子，不用时拴牛一样拴在木桩上。到地里干活儿，首先在歇脚处打个木桩，车用绳拴上。石磙子用铁丝拴上。

那是个留不住东西的村庄。它建在坡上。

黄沙梁在大地的最低洼处，雨落在哪，便在哪停住。只要没人动，一千年一万年后，一切都还在原地。也还是原来的模样和姿势。挖地三尺，我会找到消失多年的一洼水。它直直地渗下去，捉迷藏一样藏到了地深处。在那地方喊一声，一切就会出来。只要记住那些东西的位置。当它们不在了，不是升到天上便是被土埋住。没有别的去处。

那些牛走来走去最后回到牛圈里。树在砍掉的地方又长出些细枝。早年掉在地上的一根针，越来越深地扎进土里。它不会忘记回来的路。每天每天，太阳从我们家柴垛后面升起，又落到路对面韩三家的牛圈后面。风只刮走了风。土直直扬起又直直落下，谁家的土原落到谁家房顶院子里。

我们家在元兴宫只住了五年。父亲不习惯种坡地。他在那个大斜坡上使锨挥锄都觉得不对劲。不像黄沙梁的地，平躺着的，顺顺展展，咋侍弄咋舒服。元兴宫的地像墙一样斜立着，不让人过去。

最难干的活儿是浇地。水像从天上下来的，沿坡地漫漶而下，简直没法收拾。没挨地皮便飞逝过去，地皮还干着，水已淌得不见。有时水在地里冲条沟，水全从沟里跑了，两旁的庄稼却干看着渴死。

那一次，父亲半夜回到家，气得一句话不说。天刚黑时大哥出去迎过他一次。我们以为车陷进渠沟里了。大哥回来时天已经黑透了。

"路上没有的，啥都看不见。我趴到地上听了一阵，也没听见车轱辘声。"

"会不会走糊涂了，车赶到别的庄子里去了？"

母亲让我上房顶喊几声。我爬上梯子。夜空黑黑的，只有两三颗星星，又高又远。村子里一片寂静，什么都看不见，偶尔从谁家烟囱冒出些火星，一晃就不见了。我鼓足力正要喊，突然觉得这地方那么陌生。我喊不出来。嗓子被什么东西堵住。是我不熟悉的这个地方的气。我愣愣地站了好一阵，原下来了。

将近半夜时，狗把我们叫醒。听到车马声。母亲开门出去。屋里灯一直亮着。餐桌上摆着一只碗一双筷子。我们跟着爬起来。马车已进了院子，黑暗中父亲解开套具，气哼哼的。我接过缰绳袁牵马进圈棚，拍了拍马背，全是汗水。

第二天我们才知道，父亲拉草回来时，右边车轱辘滚珠烂了，咯咯直响。父亲把车停好，用几块石头垫起车轴，卸下轱辘准备修一修，结果一松手，那只轱辘滚了起来，他赶紧追，就没追上。跟着跑了几百米，眼看轱辘越滚越快，才想起来应该骑着马追。赶回来卸了套具，车拴好，上马追去。跑了十几公里，才在一丛红柳中找到它。幸亏被红柳挡住，要不然就没尽头地滚下去了，直滚到黄沙梁都说不定呢。轱辘平躺在红柳丛里，轮胎被石头碰烂几处。

本来中途快追上了。坡上有个放羊的看见了，想帮忙拦住。飞滚下来的车轱辘惊散了羊群。放羊的似乎很有经验，他候在那里，轱辘飞奔而过时，一脚蹬去，轱辘倒地了。一躺倒它便滚不成了。可惜他蹬得过猛，轱辘倒地后蹦了两下，又立起来跑了。

放羊的只好看着它滚去，对随后骑马奔来的父亲做副无奈的样子。

父亲费了很大劲袁才把那个车轱辘弄回来。从半下午到天黑、天更黑，马驮着一只轱辘，父亲牵着马，一路上坡往回走。

远远的敲门声

一

我时常怀想起这样一个场景：我从屋里出来，穿过杂草拥围的沙石小路，走向院门……我好像去给一个人开门，我不知道来找我的人是谁。敲门声传到屋里，有种很远的感觉。我一下就听出是我的院门发出的声音——它不同于村里任何一扇门的声音——手在不规则的门板上的敲击声夹杂着门框松动的哐啷声。我时常在似睡非睡间，看见自己走在屋门和院门之间的那段路上。透过木板门的缝隙，隐约看见一个晃动的人影。有时敲门人等急了，会扯嗓子喊一声。我答应着，加快步子。有时来人在外面跳个蹦子，我便看见一个认识或不认识的人头猛然蹿过墙头又落下去，我紧走几步。但在多少次的回想中，我从没有走到院门口，而是一直在屋门和院门间的那段路上。

我不理解自己为什么牢牢记住了这个场景，每当想起它，都会有种依依不舍，说不出滋味的感觉。后来，有事无事，我都喜欢让这个情节浮现在脑海里，我知道这种回味对我来说已经是一种享受。

我从屋门出来，走向院门……两道门之间的这段距离，是我一直不愿走完、在心中一直没让它走完的一段路程。

多少年后我才想明白：这是一段家里的路。它不同于我以后走在世界任何一个地方。我趿拉着鞋、斜披着衣服。或许刚从午睡中醒来，迷迷糊糊，听到敲门声，屋门和院门间有一段距离，我得走一阵子才能过去。在很长一段年月中，我拥有这样的两道门。我从一道门出来，走向另一道门——用一根歪木棍牢牢顶住的院门。我要去打开它，看看是谁，为什么事来找我。我走得轻松自在，不像是赶路，只是在家园里的一次散步。一出院门，就是外面了。马路一直在院门外的荒野上横躺着，多少年后，我就是从这道门出去，踏上满是烫土的马路，变成一个四处奔波的路人。

二

那是我离开父母独立生活的第四个年头。我在一个城郊乡农机站当管理员。一切都没有理出头绪，我正处在一生中最散乱的时期。整天犹犹豫豫，不知道自己该干什么，能干成什么。诗也写得没多大起色，虽然出了一本小诗集，但我远没有找到自己。我想，还是先结婚吧。婚是迟早要结的，况且是人生中数得过来的几件大事之一，办完一件少一件。

现在我依然认为这个选择是多么正确。当时若有一件更大更重要的事把结婚这件事耽搁了，那我的这辈子可就逊色多了。我可能正生活在别的地方，干着截然不同的事，和另一个女人生儿育女，过着难以想象的日子。那将是多大的错误。

我这一生干得最成功的一件事，是娶了我现在的妻子。她是这一带最好最美的女子，幸亏我早下手，早早娶到了她。不然，像我这样的人哪配有这种福分。尤其当我老了之后，坐在依然温柔美丽的妻子身旁，回想几十年来那些平常温馨的日日夜夜，这是我沧桑一生的唯一安慰。我没有扔掉生活，没有扔掉爱。

那时正是为了结婚，为了以后的这一切，我开始了一生中第一件大工程：盖房子。

三

妻子在县城一家银行工作，我想把房子盖得离她近一些。

我找到了城郊村的村长阿不拉江，他是我的朋友，我给他送了一只羊，他非常够朋友地指给我村庄最后面的一块地方。

那是一个淤满细沙的沟，有一小股水从沟底流到村后的田野里。我坐在沟沿上犹豫了半天，最后还是决定动手吧。

我从邻村叫来了一辆推土机，用了整整一天时间把沟填平。那时我管着这一带拖拉机的油料供应，驾驶员们都愿意帮我的忙。

砌房基的时候，过来一个放羊老汉。他告诉我，这条沟是个老河床，不能在上面盖房子。我问为啥，他说河水迟早还要来，你不能把水道堵了。我问他河水多久没走这个道了。他说已经几十年了。我说，那它再不会走这个道了。水早从别处走了，它把这个道忘了。

放羊老汉没再跟我说下去，他的一群羊已走得很远了，望过去羊群在朝一个方向流动，缓缓地，像有意放慢着流逝的速度，却已经到了远处。

这个跟着羊群走了几十年的老汉，对水也一定有他超乎常人的见解。可惜他追羊群去了。

我还是没敢轻视老汉的话，及时地挖了一个小渠，把沟底的那股水引过去。我看着水很不情愿地从新改的渠道往前流，流了半个小时，才绕过我的宅基地，回到房后的老渠道里。水一进老渠道，一下子流得畅快了。

我让水走了一段弯路，水会不会因此迟到呢？！

水流在世上，也许根本没有目的。尤其这些小渠沟里的水，我随便挖两锨就能把它引到别处去。遇到房子这样的大东西，水只能绕着走。我不知道时间是怎样流过村庄的。它肯定不会像水一样、路一样绕过一幢幢房子一个个人。时间是漫过去的。我一直想问问那个放羊人，他看到时间了吗。在时间的河床上我能不能盖一间房子。

但在这条旧河床上我盖起了一院新房子。我在这个院子里成了家，有了一个女儿，我们一起度过了多年的幸福安逸生活。

四

第一次听到敲门声，是在房子盖好后第二年的夏天，我刚安上院门不久。

我的房子后面有一个大坑，是奠房基时挖的，有一人多深，坑底长着枯黄的杂草。我常下到坑里方便，有几次被过路人看见，让我很不心安。我想，要是坑里的草长高长密些，我蹲进去就不会担心了。在一个下午，我挖了一截渠，把小渠沟的水引到坑里。这个大坑好像没有底似的，水淌进去冒个泡就不见。我也没耐心等，第二天也没去管它。到了第三天中午，我正收拾菜地，院门响了，我愣了一下。院门又响了起来，比上次更急。我慌忙扔下活儿走过去，移开顶门棍，见一个扛锨的人气冲冲地站在门口。

是你把水放到坑里的？

我点了点头。

我的十几亩地全靠这点水浇灌，你却把它放到坑里泡石头，你不想让我活命了是不是？

他越说越激动，那架势像要跟我打架。我害怕他肩上的铁锨，赶紧笑着把他让进院子，摘了两根黄瓜递给他，解释说，我以为水是闲流着呢。水在房子边上流了几年都没见人管过。

哪有闲流的水啊。他的语气缓和多了。

老早以前那水才叫闲流呢，那时你住的这个房子下面就是一条河，一年四季水白白地流，连头都不回。后来，来了许多人在河边开荒种地，建起了一个又一个村子。可是，地没种多少年，河水没了。水不知流到哪去了，把这一带的土地都晾干了。

他边说边巡视我的院子，好像我把那一河水藏起来了。

那你觉得，河水还会不会再来？我想起那个放羊老汉的话，随便问了一句。

他一撇嘴：你说笑话呢！

我一直没有顺着这条小渠走到头，去看看这个人种的地。不知道他收的粮够不够一家人吃。春天的某个早晨我抬起头，发现屋后的那片田野又绿了。秋天的某个下午它变黄了。我只是看两眼而已。我很少出门。从那以后来找我的人逐渐多起来，敲门声往往是和缓轻柔的。我再不像第一次听到自己的门被人敲响时那样慌忙。我在一阵阵的敲门声中平静下来。有时院门一天没人敲，我会觉得清寂。

我似乎在这里等待什么。盖好房子住下来等，娶妻生女一块儿等，却又不知等待的到底是什么。

门响了，我走过去，打开门，不是。是一个邻居，来借东西。

门又响了。……还不是。是个问路的人，他打问一个我不知道的地方。我摇摇头。过了一会儿，邻居家的门响了。

其实那段岁月里我等来了一生中最重要的东西。只是我自己浑然不知。

——我的女儿一天天长大，变得懂事而可爱。妻子完全适应了跟我在一起的生活，她接受了我的闲散、懒惰和寡言。我开始了我的那些村庄诗的写作。我最重要的诗篇都是在这个院子里完成的。

有一首题为《一个夜晚》的小诗，记录了发生在这个院子里一个夜晚的平凡事件。

你和孩子都睡着了

妻　这个夜里

我听见我们的旧院门

被风刮开

外面很不安静

我们的老黄狗

在远远的路上叫了两声

我从你身旁爬起来

去关那扇院门

我们的院子

有一辆摔破的马车

和一些去年的干草

矮矮的土院墙围在四周

每天进来出去

我们都要把院门关好

用一根歪木棍牢牢顶住

我们一直活得小心翼翼

没有更多东西

放在院子

妻 这个夜里

若你一个人醒来

听见外面很粗很粗的风声

那一定是我们的旧院门

挡住了什么

风在夜里刮得很费劲

这种夜晚你不要一个人睡醒

第二天早晨我们一块儿出去

看刮得干干净净的院子

几片很远处的树叶

落到窗台上

你和女儿高兴地去捡

　　许多年后，我重读这首诗的时候，我被感动了。这个平凡的小事件在我心中变得那么重大而永恒。读着这首诗，曾经的那段生活又完整地回来了。

五

　　那是一个冬天的早晨，我打开屋门，看见院内积雪盈尺，院门大敞着。一夜的大风雪已经停歇，雪从敞开的大门涌进来，在墙根积了厚厚一堆。一行动物的脚印清晰地留在院子里。看得出，它是在雪停之后进来的，像个闲散的观光者，在院子里转了一圈，还在墙角处撕吃了几口草，礼节性地留下几枚铜钱大的黑色粪蛋儿，权当草钱。我追踪到院门外，看见这行蹄印斜穿过马路那边的田野，一直消失在地尽头。这是多么遥远的一位来客，它或许在风雪中走了一夜，想找个地方休息。它巡视了我的大院子，好像不太满意，或许觉得不安全，怕打扰我的生活。它不知道我是个好人，只要留下来，它的下半生便会像我一样悠闲安逸，不再东奔西跑了。我会像对我的鸡、牛和狗一样对待它的。

　　可是它走了，永远不会再走进这个院子。我像失去了一件自己未曾留意的东西，怅然地站了好一阵。

　　另外一个夜晚，我忘了关大门。早晨起来，院子里少了一根木头。这根木头是我从一个赶车人手里买来的，当时也没啥用处，觉着喜欢就买下了。我想好木头迟早总会派上好用处。

我走出院门看了看，大清早的，路上没几个人。地上的脚印也看不太清。我爬上屋顶，把整个村子观察了一遍，发现村南边有一户人正在盖房子，墙已经砌好了，几个人站在墙头上吆喝着上大梁。

我从房顶下来，背着手慢悠悠地走过去，没到跟前便一眼认出我的那根木头，它平展展地横在房顶上，因为太长，还被锯掉了一个小头。我看了一眼站在墙头上的几个人，全是本村的，认识。他们见我来了都停住活儿，呆呆地立在墙上。我也不理他们，两眼直直地盯住我的木头，一声不吭。

过了几分钟，房主人——一个叫胡木的干瘦老头勾着腰走到我跟前。

大兄弟，你看，缺根大梁，一时急用买不上，大清早见你院子里扔着一根，就拿来用了，本打算等你睡醒了去给你送钱，这不……说着递上几张钱来。我没接，也没吭声。一扭头原背着手慢悠悠地回来了。

快中午时，我正在屋子里想事情，院门响了，敲得很轻，听上去远远的。我披了件衣服，不慌不忙地走过去，移开顶门的木棒。胡木家的两个儿子扛着根大木头直端端进了院子。把木头放到墙根，而后走到我跟前，齐齐地鞠了一躬，啥都没说就走了。

我过去看了看，这根木头比我的那根还粗些，木质也不错。我用草把它盖住，以防雨淋日晒。后来有几个人看上了这根木头，想买去做大梁，都被我拒绝了。我想留下自己用，却一直没派上用场，这根木头就这样在墙根躺了许多年，最后朽掉了。

我离开那个院子时，还特意过去踢了它一脚。我想最好能用它换几个钱。我不相信一根好木头就这样完蛋了。我躬下身把木头翻了个个，结果发现下面朽得更厉害，恐怕当柴火都烧不出烟火了。

这时，我又想起了被那户人家扛去做了大梁的那根木头，它现在怎么样了呢？

一根木头咋整都是几十年的光景，几十年一过，可能谁都好不到哪去。

我当时竟没想通这个道理。我有点可惜自己，不愿像那根木头一样朽在这个院子里。我离开了家。再后来，我就到了一个乌烟瘴气的城市里。我常常坐在阁楼里怀想那个院子，想从屋门到院门间的那段路。想那个红红绿绿的小菜园。那棵我看着它长大的沙枣树……我时常咳嗽，一到阴天就腿疼。这时我便后悔自己不该离开那个院子满世界乱跑，把腿早早地跑坏。我本来可以自然安逸地在那个院子里老去。错在我自视太高，总觉得自己是块材料，结果给用成这个样子。

现在我哪都去不了了，唯一的事情就是修理自己，像修理一架坏掉的老机器，这儿修好了，那儿又不行了。生活把一个人用坏便扔到一边不管了，剩下的都是你自己的事了。

我也像城市人一样，在楼房门外加了一道防盗门，两门前仅一拳的距离，有人找我，往往不敲外边的铁制防盗门，而是把手伸进来，直接敲里面的木门。我一开门就看见楼梯，一迈步就到外面了。

生活已彻底攻破了我的第一道门，一切东西都逼到了跟前。现在，我只有躲在唯一的一道门后面。

家园荒芜

一

我背着一捆柴火回到家里，院门敞开着，地上落满了好几个秋天的树叶。我放下柴，喊了声，"妈，我回来了。"又喊了声，"大哥。"院子里静静的，没有一个人答应。我推开房门，里面空空的，像是多少年没人居住。我走到村中间的马路上，看见前后左右的邻居都盖了新房，红砖碧瓦。我们家的房子又矮又破旧地夹在中间……

这是我几年来经常重复做的一个梦，梦中的家就在我十七岁以前生活过的一个叫黄沙梁的村庄。

尽管我离开黄沙梁已有十多年，但在所有的梦中，我都回到这个偏远的小村庄里，不是背一捆柴回到家，便是扛一把铁锨站在地头，看着我们家那块地荒草萋萋，夹在其他人家郁郁葱葱的粮田中间。虽然我们家从黄沙梁搬走时，那块地已分给别人去种，但在我的梦中它一直荒弃着。年复一年，别人家的地里长着高高的玉米和金黄的麦子，我们家的地中一棵苗都没有。多少个梦中我就站在那块荒地中，茫然无措，仿佛来晚了，错过了季节，又仿佛没有。我的几个兄弟也都被类似的梦折磨着，似乎那片土地一直在招呼我们回去，我们成了它永远的劳力，即使走得再远，它也能唤回我们，一个夜晚又一个夜晚地去干那些没干完的活儿，收拾那个荒芜已久的院子。

二

我常想，是我一手造成了这个家园的荒芜。我若不把全家从偏远贫穷的黄沙梁村搬到离县城较近的元兴宫村，又进一步地搬进县城，我的父母和兄弟们会留在农村，安安心心种好那块地，收拾好那院房子，至少不会让它荒芜。

假如我没考学出来，家里又会多一个帮手，一个不算强壮但绝对勤快务实的好劳力。若真那样，我们家的地里每年都会有一个好收成，麦子会比哪一家的都长得饱满整齐。那一地玉米会像一群壮实的大个子，每个秋天都高高壮壮地站在浩荡的田野中。房子有可能翻新，瓦盖顶，砖铺地。宅院有可能扩大。

我们家东边很早时有一块十几亩的空地，虽没有打围墙圈住，但父亲一直认为那块空地是我们家的。他一直占着那块地等着他的儿女们长大后去盖房筑院。

后来，经村长再三劝说，父亲才勉强同意给一户新来的河南人在那块空地上划了一角房基地。

在我的印象中父亲和我们一家始终不是那户河南人的对手。自从盖好房子后，那户河南人便得寸进尺，一点一点地占地，今年盖一个猪圈，明年围一个羊圈，后年又开一块菜园。两三年工夫，那块地差不多让他们占完了。为此，我们全家出动与那户河南人吵过几架，也打过几架，终未收回失地。那户河南人有两个壮实儿子，我父亲虽有五个儿子却都没成人。父亲只好咬牙切齿、忍辱负重地等待我们长大。

父亲认为我们长大后的第一件事，应该是把原属于我们家的那块地抢回来。

我们却让父亲彻底失望了。

当我们兄弟几个终于长到能抢锨舞棒地和那户河南人抗争的时候，由于已经成为的事实，也由于成长这个过程太漫长，以致使我们淡忘了许多陈怨旧事，再没人提起那块地的事。

只有父亲刻骨铭心地记着属于我们家的那块地，我看见他时常隔着院墙窥视。有一次他带着我翻过那户河南人的院墙，在院子的顶东边挖出他三十年前埋在地里的一块石头，告诉我，这就是我们家的地界，狗日的硬给占了。

那时我十四岁，正读初中。我明白父亲的用意。当他把那块挖出来的石头原原本本埋进土里的时候，我便知道我再不能忘记这个位置，那块石头将从此埋在我心里。

至今我还时常追想父亲当年拿一把锨在长满蒿草的荒地上埋一块石头时的情景。那时他或许还没成家，但他想到了自己会儿女成群，家族旺盛。他要给子孙们圈一块地，他希望儿孙们的宅院连着他的宅院，一连一大片。

那时村子刚刚建立，没谁约定他该圈多大的院子，占多少亩地。他凭自己的能力盖了幢房子，围了一个不小的院子，又在他的院子东边选好一块地，量出足够的亩数，把一块石头埋进去。

我们永远不会有父亲那样的经历了，永远不会有父亲当年那样的权利，随便在土地上埋一块石头，打一个桩，筑一段篱笆便认定这块地是他的。我们再不会有属于自己的土地和庄园，再不会有了。

十几年后的一天，当我回到阔别已久的黄沙梁村，眼前的景象竟让我不敢相信：无论我们家，还是那户河南人家的宅院都一样破败地荒弃在那里，院墙倒塌，残墙断壁间芦苇丛生。我们家的房子搬迁时卖给一个叫冯三的光棍，还勉强有两间没塌的破房子。只是房前屋后的树已死的死，伐的伐，剩下孤零零几棵了。那一园桃树也不见踪迹。只有我亲手用土块和木棒搭造的门楼，还孤挺在那里，虽然门面已不见，门框也只剩半边，但门楼挺立着，从下面看上去每根木棒每块土坯都那么亲切熟悉。那户河南人家的宅院则一片废墟，连堵完整的墙都找不到了。

这时，我又想起父亲埋的那块石头。不用我们兄弟动一拳一脚，这块地便谁的也不是了。它重新荒芜了。我们家和那户河南人家都搬到了县城。那户河南人在县城开了家饭馆，租的是别人的房子，他再不会与谁争地、抢地了。整座县城都是别人的。

我好不容易在荒草和烂土块中找到父亲埋石头的位置。我没有挖出它，这块石头将没意思地埋下去，不知道父亲会不会时常想起它，但我相信他不会忘记。这块石头已作为父亲生命中最坚硬的一块骨头提前埋进土地中了。父亲失去一个又一个家园后到了城里，他现在给一个建筑工地看大门，他晚上睡不着觉，便找了一个晚上不睡觉的差事。

多少个夜里，父亲眼睁睁地看着跟自己毫无关系的一个工地，那些横七竖八的钢筋、砖瓦和冷冰冰的水泥制品，全没有他当年看守自家麦田时的那种温馨感觉。

父亲告诉我，这段时间他经常梦见有人叫他回去。就在前两天，他还梦见一个本村人给他捎信来，说我们家的地里长满了草，让他带着儿子们回去锄草。他告诉那个捎信人，我们家的地早给别人种了，我们家早就搬到城里不种地了。那人却说：地一直给你们家留着呢，那是你们家的地，你别想跑掉。

每次睡醒后，父亲都会茫然无措地坐上好一阵。

三

大哥是个典型的知识型农民，他上学到高中，虽没考上大学，但凭这点学历在村里一直从事记工员、会计之类的轻松活儿，这使他虽身在农村也多少脱离了日日下地干活儿的苦差。

在我的印象中大哥从小就不愿当农民，他的瘦弱身体也不适合种地这种苦力活儿。

按说，我们家搬到县城后，大哥从此可以与土地彻底绝缘。凭他的聪明，在城里随便谋个差事也会挣到钱。可是，他却一直没在城里找到一件称心的工作。就在前年，他又回到我们生活多年的那个乡村，和另一个农民合伙承包了四百亩荒地，打井、开荒共投资十五万元。

两个身无分文的农民，靠借钱、贷款筹集了这笔钱，他们肯在一片不毛之地上花如此大的血本，冒如此大的风险真让人无法理喻。

结果，因地开出得晚了，第一年只种了些葵花。甚至没等到它们长熟，当几百亩地中稀稀的几乎可以数过来的葵花开花的时候，大哥便背负几万元的债回到县城。

直接原因是那口投资十万元的机井打歪了（也幸亏打歪了，后来靠打官司补偿了一些损失），而最根本的原因是，那是一片压根儿种不出粮食的盐碱地。

几辈人都没看上没动过一锹一锄的一片荒地，大哥竟看上了，是因为这块地一旦开出来，在承包期的六十年里，他就是地主。也因为能垦种的好地早被人垦种了，轮到他时只剩下这些盐碱滩。大哥做梦都想有一片自己的土地，在地头建一个属于自己的庄园。多少年的农民生涯中他虽收过不少的粮食，但他总觉得，在种别人的地。一块地种不了几年又会落到别人手里。

大哥花了一年多时间，开得好好的，整得平展展的四百亩地，从此将一年一年地荒芜下去，再不会有人去种它，谁都清楚了：这块地确实种不出粮食。

过不了一两年，那些开荒时被连根挖除的碱蒿子、红柳和铃铛刺，又会卷土重来，一丛一丛地长满这块地。但打起的埂子不会很快消失，挖好的水渠多少年后还会清晰地穿过土地，通到地头上那截树桩一样的锈钢管旁。那就是耗资十万元打歪的那口机井。

在广大农村，像这样成片成片荒弃的土地太多了，看到它的人也许不会在乎，顶多把它当一片荒野。

只有垦种过它，最终扔掉它远走的那个人，把它当成一块地。

一块种荒的土地。

人对一片土地彻底失望时，会扔掉它去寻找另一片土地。对一个农民来说，只要有一丝希望，哪怕穷困潦倒地活下去，他也不愿离乡离土去寻找新居。因为他知道创家立业的艰辛，知道扔荒土地和家园的痛苦。

在大哥一生中的无数个梦中，他都会梦见自己扛一把锄头，回到一望无际的那四百亩荒地，看着密密麻麻的荒草中不见一颗粮食，他会没命地挥动锄头，越锄草越多，越锄越荒凉。每次梦醒后他都要呆呆地回想一阵。

那是他一个人的荒凉。他独自在内心承受着的四百亩地的一大片荒凉。尽管他最终可以不耕而食，在外面挣了大钱，干成了大事，但这种荣耀并不能一次性地抵消以往生活中的所有遗憾。他终生都会为当农民时没种好的那块地、没收回的那茬粮食、没制好的那件农具而遗憾，终生的奋斗可能都是对以往缺憾的一种补偿，但永远都不会补全。

上个月，我再去看大哥时，他似乎已从那片荒地上回过神来。他又借了一笔钱，买了一套电焊设备，在自家的院子里搭了个棚，搞起电焊营生。他终于对土地彻底失望了。他那双握惯锄把的手开始适应着握焊枪时，他的农民生涯便从此结束了。给他打下手帮忙的是我最小的一个弟弟，不到一个月工夫，他们已经能焊出漂亮标准的钢门钢窗了。

在院子的另一角，是四弟投资架设的一个小型炼铁炉，在我们兄弟五个中，他在农村待的时间最长，也是我们家唯一靠种地有了几个钱的人。我们家从元兴宫搬到县城后，留下他，带着媳妇和一个刚满周岁的孩子，守着那一大院房子。靠全家人留下的近百亩好地和牲口农具，他自然比村里那些人多地少的人家收入要高些，但他还是种不下去了。

一年一年的种地生涯对他来说，就像一幕一幕的相同梦境。你眼巴巴地看着庄稼青了黄、黄了青。你的心境随着季节转了一圈，原地回到那种老叹息、老欣喜、老失望之中。你跳不出这个圈子。尽管每个春天你都那样满怀憧憬，耕耘播种。每个夏天你都那样鼓足干劲，信心十足。每个秋天你都那样充满丰收的喜庆。但这一切只是一场徒劳。到了第二年春天，你的全部收获又原原本本投入到土地中，你又变成了穷光蛋，两手空空，拥有的只是那一年比一年遥远的憧憬，一年不如一年的信心和干劲，一年淡似一年的丰收喜庆。

四

四弟搬到县城后，我们家留在元兴宫的那院房子的卖与不卖在家里引起争执。

四弟搬家前已和一户村民谈好了房价。

父亲坚决不同意卖房，他说那个价钱太便宜，那么大一个院子，大大小小十几间房子，还有房前屋后的好几百棵杨树，都能当椽子了。

哪有好几百棵树。母亲反驳说，别听你爸瞎说，前几天让他去砍几棵树来搭葡萄架，他还说树不成材，砍了可惜。才几天工夫就都成椽子了。

我想，父亲最根本的意思是不想卖掉房子，对于他经营多年，每棵树每堵墙每寸土都浸透着他的汗水的这个宅院，卖多贵他都会嫌便宜的。

在他心中那一棵棵环家护院的杨树是多么高大、壮实啊。它们在父亲心中的地位，我们这些离家经年的儿女怎能轻易揣测呢。

一个又一个炎热夏天，父亲从地里回来，坐在那些树叶的阴凉下，喝碗水喘口粗气。

一个又一个不眠之夜父亲忍住腰疼腿疼，倾听树叶哗哗响动的声音，浮想自己的平凡一生。那些树叶渐渐在他心中变得巨大无比。

甚至家里的一草一木一土，都在父亲心中变得珍贵无比，你若拿一块赤金换他的一根旧锨把，他也未必愿意。

况且，这很可能是父亲一生中最后一个农家院子了。他再无力在另一片土地上重建一个这样大、这样温馨的宅院。对于他，这就是最后的家园，尽管它破旧、低矮、墙院不整。

父亲还是没有留住这个院子，随着儿女们的长大成人，父亲的话已显得无足轻重。我们家在农村的最后一座家园就这样便宜卖掉了。地也租给了别人。我们一大家人成了没有城市户口的城里人，没有地和家园的农民。在县城的边缘，我们买了两块宅地，盖起两幢我们家历史上迄今为止最高大漂亮的土砖木结构的房子，尽管房前也有一块菜地，屋旁也栽了几行杨树，但在我心中它永远无法和以前的那两个宅院相比。

或许多少年之后，它一样会弥漫浓郁的家园气息，在我们被生活挤到一边，失去很多不敢奢望久远的拥有时，会情不自禁地怀念我们家曾经坐落在城市边缘的这两院房子。而现在，它只是一个小小的穴，一个仅供生存的窝。

五

今年秋天的一个深夜，我从长途客车下来，穿过黑暗寂静的沙湾县城，回到自己的家门口。

几个月前，我辞掉从事多年的乡农机站管理员的职务，孤身进入首府乌鲁木齐，在一家报社做编辑。每隔一个星期，我回来一次，和家人团聚。

我们家住的是妻子单位的两层庭院式小楼。楼前有一个小院，院子里种了几棵葡萄，现在已硕果累累了。

我敲了几下院门，没有人回应。妻子和女儿都已睡熟了。我又跑到楼后，对着窗户喊了几声，家里依旧静悄悄的。已经是凌晨三点，整个县城都在睡眠中，街上偶尔急匆匆过去一个骑自行车的人影，不远处一家酒店的灯亮着，好像还有人在喝酒。

记忆中从未这样晚回过家。在家时总是不等下班就回来，天一黑便锁上院门，在家里看书看电视，陪伴妻子女儿。

我找了几块砖垫在墙根，纵身翻进院子。在这样寂静的深夜，我想我的敲门声和叫喊肯定惊动了半个县城。明天半县城人都会知道有个男人半夜进不了家门。但谁都不会知道这个人是我。这个小县城进来十个、一百个人也不会觉得多谁。这个家里缺了我一个便一下子显得冷清。

因为我不在家，女儿只好把钥匙挂在脖子上，每天下午放学自己开门，自己进屋找水喝，找东西吃，刮风下雨天也没有人接她。妻子每天下班只好一个人做饭，一个人干着本是两个人的家务活儿：洗衣、拖地、照管孩子……就连架上的葡萄，也只能等我回来摘。为了通风向阳，葡萄架搭得高过了房顶，每次离家前，我都给女儿摘好一篮葡萄放着。可是，每次都是不等我回来她就早早吃完，接下来只有眼巴巴看着头顶一串一串的葡萄，盼着我回来给她摘。

我很感激妻子给我生了一个好女儿，我一点不想要儿子。我不像父亲，希望母亲给他生养几个能传宗接代的好劳力。我已经没有土地。在我的生活中，不会再出现多重多累的活儿非要我有个儿子做帮手才行。我自己足够对付了。况且，我实在不愿看到一个酷似我的男人一天天地在这个家里成长起来，那容貌、那架势、那腔调，简直就像是你的复制。作为一个父亲、一个男人，我非但不会为此自豪和骄傲，它只会令我产生一种被替代的感觉。

我渴望的是有两个女人的温馨家庭，一个叫我爸爸，一个叫我丈夫。更多时候我把她们当成两个女儿去喜欢去爱护。我如愿以偿，拥有了这样一个美好的家庭，而我却又离开它，来到一个陌生城市，我到底在寻求什么。

我轻轻敲楼房的门。我想我跳进院子时的响声足以惊醒家里人，可屋子里静静的没有回应。我推开伙房的门，拉亮灯，在碗柜里找到半盘剩菜和一个馍馍，自个吃了起来。我本打算赶回家吃晚饭，没想到车在路上一坏再坏，把时间耽搁到这么晚。本该是家人欢聚的一顿晚饭，现在却只有我独自吞咽了。毕竟是到了家里，虽是残汤剩饭，感觉却跟坐在郊外某个冷清饭馆大不一样。

我边吃边环视伙房里的一切，炉旁的煤、桌上的青菜和米，还有窗台上瓶瓶罐罐里的油盐酱醋及各种调料。我不在的时候，家里的生活依旧在继续着，没有因为我不在家而少生一次火，少做一顿饭，少洗一次碗。我忽然感到我在这个家里并不像我想象的那样重要。也许这才是正常的。人不应该把自己看得过分重要，无论对一个家庭还是对社会。因为你一旦重要到不可缺少的地步，你的离开便会造成别人对周围环境的伤害。这样多不好。

在碗柜抽屉里我找到楼房门上的钥匙，轻轻打开门进去。妻子和女儿都睡在楼上，我拉开客厅的灯，看见家里的一切都还是原来的样子，家具的摆设、墙上的字画。连我没装好的一截电线，依旧斜吊在墙上。只有电视柜上多了一个相架，里面是我几年前在承德拍的一张彩色照片，后来听妻子说，是女儿整理书桌时翻出来的，她把它摆在了那里。女儿已经知道思念爸爸了。

我脱掉鞋，轻轻走上楼梯，女儿睡在楼梯口的一间小屋里，这是我的书房，背对着街道，有一扇面朝南的窗户，既安静又阳光明媚。后来女儿也看上了这间小房子，便抢去做了她的卧室和书房。女儿睡觉时喜欢把门从里面扣住，她这么小就懂得了戒备什么，妻子却向来是半掩着门睡觉，我一侧身便进到卧室了。

妻子熟睡在床上，从窗户斜照进来的月光，正好落在她露在外面的一条腿上。我似乎多少次在什么地方见到过这样的月光。妻子的脸在朦胧的月光中显得更加美丽动人。我没有开灯，有好一阵，我只是愣愣地站在床边，神情恍惚，仿佛又扛着锹来到一片荒草萋萋的田地边。

这些年我目睹了许许多多的荒芜景象：家园荒凉、田地荒芜……我却不知道，真正的荒凉在这张铺满月光的床上。

这一次，是我两手空空，站在荒睡已久的妻子身旁。

我和妻子生活了近十年，从未这样长久地离开她。自从有了妻子和女儿，我就从没想到过要到别处去生活。我原打算在这个小镇上过一辈子算了。我把父母和兄弟一个个从农村搬到县城，我想让这个家有个好的前景，让父母兄弟们待在一起有个照应。我做到这一点了，可我还是不满足。

我辞掉安逸的工作，孤身进入乌鲁木齐。我想，我若能在这个城市打好基础，同样会把全家从沙湾县城搬进首府，就像当初把他们从元兴宫村搬到县城一样。一户农民，只能靠这种方式一步一步地走进城市，最后彻底扔掉土地变成城市人。

可我没想到，家园荒芜的阴影又一次蔓延到我的家里。我追求并实现着这个家的兴旺和繁荣，荒凉却从背后步步逼近，它更强大，也更深远地浸透在生活中、灵魂中。

我宁让土地荒弃十年，也不愿我心爱的妻子荒睡一晚。十多年前，我写下的这些天真的诗句竟道出了一个深刻无比的哲理：人无法忍受人的荒芜。

在这间卧室，这张铺满月光的床上，一个夜晚又一个夜晚，我的妻子在等我的时候独自睡着。谁会懂得，她一个晚上荒掉的，是我一生都收不回来的，无法补偿的。那些荒睡的夜晚将永远寂寞地空在她的一生里，空在我充满内疚的心中，成为我一个人的荒凉。

今生今世的证据

我走的时候，我还不懂得怜惜曾经拥有的事物，我们随便把一堵院墙推倒，砍掉那些树，拆毁圈棚和炉灶，我们想它没用处了。我们搬去的地方会有许多新东西。一切都会再有的，随着日子一天天好转。

我走的时候还不知道向那些熟悉的东西去告别，不知道回过头说一句：草，你要一年年地长下去啊。土墙，你站稳了，千万不能倒啊。房子，你能撑到哪一年就强撑到哪一年，万一你塌了，可千万把破墙圈留下，把朝南的门洞和窗口留下，把墙角的烟道和锅头留下，把破瓦片留下，最好留下一小块泥皮，即使墙皮全脱落光，也在不经意的、风雨冲刷不到的那个墙角上，留下巴掌大的一小块吧，留下泥皮上的烟垢和灰，留下划痕、朽在墙中的木橛和铁钉，这些都是我今生今世的证据啊。

我走的时候，我还不知道曾经的生活有一天，会需要证明。

有一天会再没有人能够相信过去。我也会对以往的一切产生怀疑。那是我曾有过的生活吗？我真看见过地深处的大风？更黑，更猛，朝着相反的方向，刮动万物的骨骸和根须。我真听见过一只大鸟在夜晚的叫声？整个村子静静的，只有那只鸟在叫。我真的沿那条黑寂的村巷仓皇奔逃？背后是紧追不舍的瘸腿男人，他的那条好腿一下一下地捣着地。我真的有过一棵自己的大榆树？真的有一根拴牛的榆木桩，它的横杈直端端指着我们家院门，找到它我便找到了回家的路。还有，我真沐浴过那样恒久明亮的月光？它一夜一夜地已经照透墙、树木和道路，把银白的月辉渗浸到事物的背面。在那时候，那些东西不转身便正面背面都领受到月光，我不回头就看见了以往。

现在，谁还能说出一棵草、一根木头的全部真实。谁会看见一场一场的风吹倒旧墙、刮破院门，穿过一个人慢慢松开的骨缝，把所有所有的风声留在他的一生中。

这一切，难道不是一场一场的梦。如果没有那些旧房子和路，没有扬起又落下的尘土，没有与我一同长大仍旧活在村里的人、牲畜，没有还在吹刮着的那一场一场的风，谁会证实以往的生活——即使有它们，一个人内心的生存谁又能见证。

我回到曾经是我的现在已成别人的村庄。只几十年工夫，它变成另一个样子。尽管我早知道它会变成这样——许多年前他们往这些墙上抹泥巴、刷白灰时，我便知道这些白灰和泥皮迟早会脱落得一干二净。他们打那些土墙时我便清楚这些墙最终会回到土里——他们挖墙边的土，一截一截往上打墙，还喊着打夯的号子，让远远近近的人都知道这个地方在打墙盖房子了。墙打好后每堵墙边都留下一个坑，墙打得越高，坑便越大越深。他们也不填它，顶多在坑里栽几棵树，那些坑便一直在墙边等着，一年又一年，那时我就知道一个土坑漫长等待的是什么。

　　但我却不知道这一切面目全非、行将消失时，一只早年间日日以清脆嘹亮的鸣叫唤醒人们的大红公鸡、一条老死窝中的黑狗、每个午后都照在（已经消失的）门框上的那一缕夕阳……是否也与一粒土一样归于沉寂。还有，在它们中间悄无声息度过童年、少年、青年时光的我，他的快乐、孤独、无人感知的惊恐与激动……对于今天的生活，它们是否变得毫无意义。

　　当家园废失，我知道所有回家的脚步都已踏踏实实地迈上了虚无之途。

先父

一

　　我比年少时更需要一个父亲，他住在我隔壁，夜里我听他打呼噜，很费劲地喘气。看他弓腰推门进来，一脸皱纹，眼皮耷拉，张开剩下两颗牙齿的嘴，对我说一句话。我们在一张餐桌上吃饭，他坐上席，我在他旁边，看着他颤巍巍伸出一只青筋暴露的手，已经抓不住什么，又抖抖地勉力去抓住。听他咳嗽，大口喘气——这就是数年之后的我自己。一个父亲，把全部的老年展示给儿子。一如我把整个童年、青年带回到他眼前。

　　在一个家里，儿子守着父亲老去，就像父亲看着儿子长大成人。这个过程中儿子慢慢懂得老是怎么回事。父亲在前面蹚路。父亲离开后儿子会知道自己四十岁时该做什么，五十岁、六十岁时要考虑什么。到了七八十岁，该放下什么，去着手操劳什么。

　　可是，我没有这样一个老父亲。

我活得比你还老的时候，身心的一部分仍旧是一个孩子。我叫你爹，叫你父亲，你再不答应。我叫你爹的那部分永远地长不大了。

多少年后，我活到你死亡的年龄：三十七岁。我想，我能过去这一年，就比你都老了。作为一个女儿的父亲，我会活得更老。那时想起年纪轻轻就离去的你，就像怀想一个早夭的儿子。你给我童年，我自己走向青年、中年。

我的女儿只看见过你的坟墓。我清明带着她上坟，让她跪在你的墓前磕头，叫你爷爷。你这个没福气的人，没有活到她张口叫你爷爷的年龄。如果你能够，在那个几乎活不下去的年月，想到多少年后，会有一个孙女附在耳边轻声叫你爷爷，亲你胡子拉碴的脸，或许你会为此活下去。但你没有。

二

留下五个儿女的父亲，在五条回家的路上。一到夜晚，村庄的五个方向有你的脚步声。狗都不认识你了。五个儿女分别出去开门，看见不同的月色星空。他们早已忘记模样的父亲，一脸漆黑，站在夜色中。

多年来儿女们记住的，是五个不同的父亲。或许根本没有一个父亲。所有对你的记忆都是空的。我们好像从来就没有过你。只是觉得跟别人一样应该有一个父亲，尽管是一个死去的父亲。每年清明我们上坟去看你，给你烧纸，烧烟和酒。边烧边在坟头吃喝说笑。喝剩下的酒埋在你的头顶。临走了再跪在墓碑前叫声父亲。

我们真的有过一个父亲吗？

当我们谈起你时，几乎没有一点共同的记忆。我不知道五岁便失去你的弟弟记住的那个父亲是谁。当时还在母亲怀中哇哇大哭的妹妹记住的，又是怎样一个父亲。母亲记忆中的那个丈夫跟我们又有什么关系。你死的那年我八岁，大哥十一岁，最小的妹妹才八个月。我的记忆中没有一点你的影子。我对你的所有记忆是我构想的。我自己创造了一个父亲，通过母亲、认识你的那些人。也通过我自己。

如果生命是一滴水，那我一定流经了上游，经过我的所有祖先，爷爷奶奶、父亲母亲，就像我迷茫中经过的无数个黑夜。我浑然不觉的黑夜。我睁开眼睛。只是我不知道我来到世上那几年里，我看见了什么。我的童年被我丢掉了。包括那个我叫父亲的人。

我真的早已忘了，这个把我带到世上的人。我记不起他的样子，忘了他怎样在我记忆模糊的幼年，教我说话，逗我玩，让我骑在他的脖子上，在院子里走。我忘了他的个头，想不起家里仅存的一张照片上，那个面容清瘦的男人曾经跟我有过什么关系。他把我拉扯到八岁，他走了。可我八岁之前的记忆全是黑夜，我看不清他。

我需要一个父亲，在我成年之后，把我最初的那段人生讲给我。就像你需要一个儿子，当你死后，我还在世间传播你的种子。你把我的童年全带走了，连一点影子都没留下。

我只知道有过一个父亲。在我前头，隐约走过这样一个人。

我的有一脚踩在他的脚印上，隔着厚厚的尘土。我的有一声追上他的声。我吸的有一口气，是他呼出的。

你死后我所有的童年之梦全破灭了。剩下的只是生存。

三

　　我没见过爷爷，他在父亲很小时便去世了。我的奶奶活到七十八岁。那是我看见的唯一一个亲人的老年。父亲死后她又活了三年，或许是四年。她把全部的老年光景示意给了母亲。我们的奶奶，那个老年丧子的奶奶，我已经想不起她的模样，记忆中只有一个灰灰的老人，灰白头发，灰旧衣服，弓着背，小脚，挂拐，活在一群未成年的孙儿中。她给我们做饭，洗碗。晚上睡在最里边的炕角。我仿佛记得她在深夜里的咳嗽和喘息，记得她摸索着下炕，开门出去。过一会儿，又进来，摸索着上炕。全是黑黑的感觉。有一个早晨，她再没有醒来，母亲做好早饭喊她，我们也大声喊她。她就睡在那个炕角，弓着身，背对我们，像一个熟睡的孩子。

　　母亲肯定知道奶奶的更多细节，她没有讲给我们。我们也很少问过。仿佛我们对自己的童年更感兴趣。童年是我们自己的陌生人。我们并不想看清陪伴童年的那个老人。我们连自己都无法弄清。印象中奶奶只是一个遥远的亲人，一个称谓。她死的时候，我们的童年还没有结束。她什么都没有看见，除了自己独生儿子的死，她在那样的年月里，看不见我们前途的一丝光亮。我们的未来向她关闭了。她对我们的所有记忆是愁苦。她走的时候，一定从童年领走了我们，在遥远的天国，她抚养着永远长不大的一群孙儿孙女。

四

在我八岁，你离世的第二年，我看见十二岁时的光景：个头稍高一些，胳膊长到锨把粗，能抱动两块土块，背一大捆柴从野地回来，走更远的路去大队买东西——那是我大哥当时的岁数。我和他隔了四年，看见自己在慢慢朝一捆背不动的柴走近，我的身体正一碗饭、一碗水地长到能背起一捆柴、一袋粮食。

然后我到了十六岁，外出上学。十九岁到安吉小镇工作。那时大哥已下地劳动，我有了跟他不一样的生活，我再不用回去种地。

可是，到了四十岁，我对年岁突然没有了感觉。路被尘土蒙蔽。我不知道四十岁以后的下一年我是多大。我的父亲没有把那时的人生活给我看。他藏起我的老年，让我时刻回到童年。在那里，他的儿女永远都记得他收工回来的那些黄昏，晚饭的香味飘在院子。我们记住的饭菜全是那时的味道。我一生都在找寻那个傍晚那顿饭的味道。已经忘了是什么饭，一家人围坐在桌旁，筷子摆齐，等父亲的脚步声踩进院子，等他带回一身尘土，在院门外拍打。

有这样一些日子，父亲就永远是父亲了，没有谁能替代他。我们做他的儿女，他再不回来我们还是他的儿女。一次次，我们回到有他的年月，回到他收工回来的那些傍晚，看见他一身尘土，头上落着草叶。他把铁锨立在墙根，一脸疲惫。母亲端来水让他洗脸，他坐在土墙的阴影里，一动不动，好像叹着气，我们全在一旁看着他。多少年后，他早不在人世，我们还在那里一动不动看着他。我们叫他父亲，声音传不过去。盛好饭，碗递不过去。

五

你死去后我的一部分也在死去。你离开的那个早晨我也永远地离开了，留在世上的那个我究竟是谁。

父亲，只有你能认出你的儿子。他从小流落人世，不知家，不知冷暖饥饱。只有你记得我身上的胎记，记得我初来人世的模样和眼神，记得我第一眼看你时，紧张陌生的表情和勉强的一丝微笑。

我一直等你来认出我。我像一个父亲看儿子一样，一直看着我从八岁长到四十岁。这应该是你做的事情。你闭上眼睛不管我了。我是否已经不像你的儿子。我自己拉扯大自己。这个四十岁的我到底是谁。除了你，是否还有一双父亲的眼睛，在看着我。

我在世间待得太久了。谁拍打过我头上的土。谁会像擦拭尘埃一样，拭去我的年龄、皱纹，认出最初的模样。当我淹没在熙攘人群中，谁会在身后喊一声：呔，儿子。我回过头，看见我童年时的父亲，我满含热泪，一步步向他走去，从四十岁，走到八岁。我一直想把那个八岁的我从童年领出来。如果我能回去，我会像一个好父亲，拉着那个八岁孩子的手，一直走到现在。那样我会认识我，知道自己走过了怎样一条路。

现在，我站在四十岁的黄土梁上，望不见自己的老年，也看不清远去的童年。

我一直等你来认出我，告诉我辈分，一一指给我母亲兄弟。他们一样急切地等着我回去认出他们。当我叫出大哥时，那个太不像我的长兄一脸欢喜，他被辨认出来。当我喊出母亲时，我一下喊出我自己，一个四十岁的儿子，回到家里，最小的妹妹都三十岁了。

我们有了一个后父。家里已经没你的位置。

你在世间只留下名字，我为怀念你的名字把整个人生留在世上。我的身体承受你留下的重负，从小到大，你不去背的一捆柴我去背回来，你不再干的活儿我一件件干完。他们说我是你儿子，可是你是谁，是我怎样的一个父亲。我跟你走掉的那部分一遍遍地喊着父亲。我留下的身体扛起你的铁锨。你没挖到头的一截水渠我得接着挖完，你垒剩的半堵墙我们还得垒下去。

六

如果你在身旁，我可能会活成另外一个人。你放弃了教养我的职责。没有你我不知道该听谁的。谁有资格教育我做人做事。我以谁为榜样一岁岁成长。我像一棵荒野中的树，听由了风、阳光、雨水和自己的性情。谁告诉过我哪个枝丫长歪了。谁曾经修剪过我。如果你在，我肯定不会是现在的样子。尽管我从小就反抗你，听母亲说，我自小就不听你的话，你说东，我朝西。你指南，我故意向北。但我最终仍长得跟你一模一样。没有什么能改变你的旨意。我是你儿子，你孕育我的那一刻我便再无法改变。但我一直都想改变，我想活得跟你不一样。我活得跟你不一样时，内心的图景也许早已跟你一模一样。

早年认识你的人，见了我都说：你跟你父亲那时候一模一样。

我终究跟你一样了。你不在我也没活成别人的儿子。

可是，你那时坚持的也许我早已放弃，你舍身而守的，我或许已不了了之。没有你我会相信谁呢？！你在时我连你的话都不信。

现在我想听你的，你却一句不说。我多想让你吩咐我干一件事，就像早年，你收工回来，叫我把你背来的一捆柴码在墙根。那时我那么的不情愿，码一半，剩下一半。你看见了，大声呵斥我。我再动一动，码上另一半，仍扔下一两根，让你看着不舒服。

可是现在，谁会安排我去干一件事呢？！我终日闲闲。半生来我听过谁的半句话。我把谁放在眼里，心存佩服。

父亲，我现在多么想你在身边，喊我的名字，说一句话，让我去门外的小店买一盒火柴，让我快一点。我干不好时你瞪我一眼，甚至骂我一顿。

如今我多么想做一件你让我做的事情，哪怕让我倒杯水。只要你吭一声，递个眼神，我会多么快乐地去做。

父亲，我如今多想听你说一些道理，哪怕是老掉牙的，我会毕恭毕敬倾听，频频点头。你不会给我更新的东西。我需要那些新东西吗？

父亲，我渴求的仅仅是你说过千遍的老话。我需要的仅仅是能够坐在你身旁，听你呼吸，看你抽烟的样子，吸一口，深咽下去，再缓缓吐出。我现在都想不起你是否抽烟，我想你时完全记不起你的样子。不知道你长着怎样一双眼睛，蓄着多长的头发和胡须，你的个子多高，坐着和走路是怎样的架势。还有你的声音，我听了八年，都没记住。我在生活中失去你，又在记忆中把你丢掉。

七

你短暂落脚的地方，无一不成为我长久的生活地。有一年你偶然途经，吃过一顿便饭的沙湾县城，我住了二十年。你和母亲进疆后度过第一个冬天的乌鲁木齐，我又生活了十年。没有谁知道你的名字，在这些地方，当我说出我是你的儿子，没有谁知道。四十年前，在这里拉过一冬天石头的你，像一粒尘土埋在尘土中。

只有在故乡金塔，你的名字还牢牢被人记住。我的堂叔及亲戚们，一提到你至今满口惋惜。他们说你可惜了。一家人打柴放牛供你上学。年纪轻轻做到县中学校长、团委书记。

要是不去新疆，不早早死掉，也该做到县长了。

他们谈到你的活泼性格，能弹会唱，一手好毛笔字。在一个叔叔家，我看到你早年写在两片白布上的家谱，端正有力的小楷。墨迹浓黑，仿佛你刚刚写好离去。

他们听说我是你儿子时，那种眼神，似乎在看多少年前的你。在那里我是你儿子。在我生活的地方你是我父亲。他们因为我而知道你，但你不在人世。我指给别人的是我的后父，他拉扯我们长大成人。他是多么的陌生，永远像一个外人。平常我们一起干活儿，吃饭，张口闭口叫他父亲。每当清明，我们便会想起另一个父亲，我们准备烧纸、祭食去上坟，他一个人留在家，无所事事。不知道他死后，我们会不会一样惦念他。他的祖坟在另一个村子，相距几十公里，我们不可能把他跟先父埋在一起，他有自己的坟地。到那时，我们会有两处坟地要扫，两个父亲要念记。

八

埋你的时候，我的一个远亲姨父掌事。他给你选了玛纳斯河边的一块高地，把你埋在龙头，前面留出奶奶的位置。他对我们说，后面这块空地是留给我们的。我那时多小，一点不知道死亡的事，不知道自己以后也会死，这块地留给我们干什么。

我的姨父料理丧事时，让我们、让他的儿子们站在一旁，将来他死了，我们会知道怎样埋他。这是做儿子的必须要学会的一件事，就像父母懂得怎样生养你，你要学会怎样为父母送终。在儿子成年后，父母的后事便成了时时要面对的一件事，父母在准备，儿女们也在准备，用很多年、很多个早晨和黄昏，相互厮守，等待一个迟早会来到的时辰，它来了，我们会痛苦，伤心流泪，等待的日子全是幸福。

父亲，你没有让我真正当一次儿子，为你穿寿衣，修容，清洗身体，然后，像抱一个婴儿一样，把你放进被褥一新的寿房。我那时八岁，看见他们把你装进棺材。我甚至不知道死亡是怎么回事。在我的记忆中埋你的墓坑是一个长方的地洞，他们把你放进去，棺材头上摆一碗米饭，插上筷子，我们趴在坑边，跟着母亲大声哭喊，看人们一锨锨把土填进去。我一直认为你从另一个出口走了。他们堵死这边，让你走得更远。多少年来我一直想你会回来，有一天突然推开家门，看见你稍稍长大几岁的儿女，衣衫破旧，看见你清瘦憔悴的妻子，拉扯五个儿女艰难度日。看见只剩下一张遗像的老母亲。你走的时候，会想到我们将活成怎样。我成年以后，还常常想着，有一天我会在一条异乡的路上遇见你，那时你已认不出我，但我一定会认出你，领你回家。一个丢掉又找回来的老父亲，我们需要他的时候他离去了。等我长大，过上富裕日子，他从远方流浪回来，老得走不动路。他给我一个赡养父亲的机会。也给我一个料理死亡的机会。这是父亲应该给儿子的，你没有给我。你早早把死亡给了别人。

九

我将在黑暗中孤独地走下去，没有你引路。四十岁以后的寂寞人生，衰老已经开始，我不知道自己在年老腰疼时，怎样在深夜独自忍受，又在白天若无其事，一样干活儿说话。在老得没牙时，喝不喜欢的稀粥，把一块肉含在口中，慢慢地嚼。我身体迟早会老到这一天。到那时，我会怎样面对自己的衰老。父亲，你是我的骨肉亲人，你的每一丝疼痛我都能感知。衰老是一个缓慢到来的过程，也许我会像接受自己长个子、生胡须一样，接受脱发、骨质增生，以及衰老带来的各种病痛。

但是，你忍受过的病痛我一定能坦然忍受。我小时候，有大哥，有母亲和奶奶，引领我长大。也有我单独寂寞的成长。我更需要你教会我怎样衰老和死亡。

如果你在身旁，我会早早知道，自己的腿在多大年龄变老，走不动路。眼睛在哪一年秋天花去。这一年到来时，我会有时间给自己准备老花镜和拐杖。我会在眼睛彻底失明前，记住回家的路，和那些常用物件的位置。我会知道你在多大年龄开始为自己准备后事，吩咐你的大儿子，准备一口好棺材，白松木的，两条木凳支起，放在草棚下。着手还外欠的债。把你一生交往的好朋友介绍给儿子，你死后无论我走到哪，遇到什么难事，认识你的人会说，这是你的后人。他们中的某个人，会伸手帮我一把。

可是，没有一个叫父亲的人，白发飘飘，把我向老年引。我不知道老是什么样子。我的腿不把酸痛告诉我。我的腰不把弯曲告诉我。我的皮肤不把皱纹告诉我。我老了我不知道。就像我年少时，不知道自己是一个孩子。我去沙漠砍柴，打土块，背猪草。干大人的活儿。没人告诉我是个孩子。父亲离开的那一年我们全长大了，从最小的妹妹，到我。你剩给我们的全是大人的日子。我的童年不见了。

直到有一天，我背一大捆柴回家，累了在一户人家墙根歇息，那家的女人问我多大了，我说十三岁。她说，你还是个孩子，就干这么重的活儿。我羞愧地低下头，看见自己细细的腿和胳膊，露着肋骨的前胸和独自长大的一双脚。你都死去多少年了，我以为自己早长大了，可还小小的，个子不高，没有多少劲。背不动半麻袋粮食。

如果寿命跟遗传有关，在你死亡的年龄，我会做好该做的事。如果我活过你的寿数，我就再无遗憾。我的儿女们，会有一个长寿的父亲。他们会比我活得更长久。有一个老父亲在前面引领，他们会活得自在从容。

现在，我在你没活过的年龄，给你说出这些。我说的时候，我能感觉到你在听。我也在听，父亲。

写于2002年底
改于2003年底

后父

我们家住的地方有一条金沟河，民国时"日产斗金"。现在已少有人淘金了，上游河岸千疮百孔，到处是淘金人留下的无底金洞。金子淘完了，河又变成河。我们住在下游，用淘洗过金子的河水浇地，也能在河边的淤沙中看见闪闪发亮的金屑。这一带的老户人家，对金子从不稀罕，谁家没有过成疙瘩的黄金。我们家就有过一裆裤金子，那是多少我都不敢说出来。听我后父讲，他父亲在那时，也去上游的山里淘金。是在麦收后，地里没啥活儿了，赶上马车，一人拿一把小鬃毛刷子，在河边的石头缝儿里扫金子。全是颗粒金，几十天就弄半袋子。

我们家那一裆裤金子，后来不知去向。后父只是说整光了。咋整光的就不说了。有几年他说自己藏的有金子呢，有几年又说没有了。我们就在他的金子谎话里，过了一年又一年。到现在，家里再没有人会相信他藏的有金子。

但我们家确实有过一裆裤金子。我后父也确实是一个有过金子的人，他说起金子来，一脸的自足和不在乎。

我们家邻居也有过一褡裢金子。那家的王老爷子，却从来不提金子的事。我后父说，他们家的金子，在新中国成立前三区革命逃战乱时，过玛纳斯河，家里的马不够用，把一褡裢金子交给本村的一个骑马人。过河后就失散了。

多少年后，王老爷子竟然找到了那个人，他就住在河对面的玛纳斯县，那个人也承认帮助驮过一褡裢金子，但过河后为了逃命，就把金子扔了。

"命要紧，哪能顾上金子。"那个人说。

王老爷子开始不信，后来偷偷打探了几年，这家人穷得钩子上揽毡，根本不像有金子的人家。后来就不追要了。王老爷子也再不提金子的事了。

那我们家的金子呢？后父闭口不说。早先我们住在他的旧房子，他有时给我母亲说金子的事。我们隐约觉得他藏的有金子。他是这里的老户，老新疆人，家底子厚。啥叫家底子？就是墙根子底下埋的有金子。听说村里的老户人家，都藏的有金子，却从来不说自己有。成疙瘩的金子埋在破房子底下，自己过穷日子，装得跟没钱人似的。我母亲也半信半疑地觉得我后父有金子。他不拿出来，可能是留了一手。

我们家搬出太平渠村那天，有用的东西都装上拖拉机，几只羊也装上了拖拉机，我母亲想，这下后父该把金子挖出来了吧。我们要搬到元兴宫去生活，后父的旧院子也便宜卖给了村里的光棍冯四，他不会把金子留给别人吧。可是，后父只是磨磨蹭蹭在他的旧院子转了几圈，捡了几根烂木棒扔到车上。然后，自己也上到车上。

这地方的有钱人，有过好多金子的人家，突然全变成了穷人。留下的全是有关金子的故事，不知道金子去了哪里。

20世纪七八十年代，经常有人到我们这地方来挖金子。有一年大地主张寿山的孙子带一帮人，在他们家的老庄子上挖了三个月，留下一个大坑。另一年中地主方家的后人又在自家的老房子下挖了一个大坑。最大的一个坑是小地主唐人田家羊倌的后人挖的。羊倌曾看见唐家的人把一个坛子埋在羊圈下面。坛子由两个人抬，里面肯定是贵重东西。羊倌夜里睡在羊圈棚顶，看得清清楚楚。敌人打来时，唐家人仓皇逃跑，没顾上把东西挖出来。后来也再没有唐家人音信，可能没逃掉，全被杀死了。

那个坑是三台推土机挖的，挖了两年。头一年挖到冬天停工了。第二年开春又挖了一个月。金子真是贵重，一点点东西，就要人挖这么大的坑。听人说，金子在地下会走动。但人又不知道金子会朝哪个方向走动，一年走几步。几十年来可能早已离开老地方，走得很远。也可能会朝下走，越走越深。或朝上走，走到地面，早被人拾走。所以，人在埋金子的羊圈棚下挖不到金子，便会把坑往大往深挖。这个坑一旦开挖了，便不会轻易罢休。因为挖坑要花钱雇人雇车，还要向当地的"土地爷"交土管费。假如花一万块钱还没找到金子，他就会再投五千块。这跟赌博押宝一样，总不甘心，金子会在下一锹土里，下一铲就会推出那个装金子的坛子。结果坑越挖越大，直挖到河边，挖到别人家墙根。往往是坑挖得越大，越证明没挖到东西。

在我们村边，那个挖得最深最大的坑，已经被当成水库。我们叫金坑水库。另几个小一点的坑被村民放水养鱼，有叫金鱼塘的，叫金塘子的。这些土坑纷纷被村民承包，合同一定六十年。那些人都鬼得很，借养鱼的钱把坑又往大往深挖，说是整理鱼塘，其实想侥幸找到金子。找不到也不要紧，养着鱼，占着坑。反正有一坛金子在里面呢。这里的老户人，都相信金子没有走远。好多走远的人又回来，守着早已破败的老房底子。从没听说谁挖到或拾到过金子。但埋金子的地方会被人牢牢记住。多少年后谁做梦听到黄金的动静，这地方又会无端地被挖一个大坑。

　　我后父的旧院子，以后会不会被我们挖成一个大坑呢？

　　有时候我想，后父可能真的藏有金子呢，他经常回太平渠村去看他的老房子。早年家里有马车时赶着马车去，后来我们家搬到县城，马车卖了，他就坐班车去，说是去要账。那院老房子作价四百五十块钱卖给冯四，只给了两百块，剩下的钱一直要不回来。冯四没钱。一年四季都没钱。他是五保户，不种地，村里救济一点口粮。冯四不可能把口粮卖掉还我们家的钱。后父知道这些，但依旧每年去要。去了跟冯四一起住在老房子里。我们就想，他可能打着要钱的幌子，去看他埋的金子。这么多年，他来来去去地到太平渠，可能已经把金子挖出来，挖出来会藏哪儿呢？可能已经埋到我们现在的房子底下。

　　也许他没挖出来，那些金子依旧在太平渠的老房子底下。也许后父把它埋进去时就没想过要挖出来，他是留给自己的。留到最后，不知道会以什么样的方式给我们。也许他隐约说那一褡裢金子的时候，就已经把它给了我们。后父现在有八十岁了，因为年龄大了，这几年去太平渠少了，金子的事也说得少了。但经常说村里的老房子，说冯四的钱还没给，说要把老房子收回来。后父这样看重他的老房子，总让我们觉得那个老房底子下真的埋了金子。

　　将来有一天，我们会不会真的相信了那一褡裢金子的事，兄弟几个，雇一台推土机，轰轰隆隆地进到我们的老院子？

改于2010年10月

一
片
叶
子
下
生
活

一　逃跑的粮食

　　小红，那片正午田野的明亮安静，一直延伸到我日渐开阔的中年人生。

　　成长着的庄稼，不以它们的成长惊扰我们。

　　跳过水渠，走上一段窄窄田埂。你的长裙不适合在渠沟交错的田地间步行，却适合与草和庄稼沾惹亲近。

　　一村庄人在睡午觉。大片大片的庄稼们，扔给正午灼热的太阳。

　　我们说笑着走去时，是否惊扰了那一大片玉米的静静生长。你快乐的欢笑会不会使早过花期的草木，丢下正结着的种子，反身重蹈含苞吐蕊的花开之路。

　　我听说玉米是怕受惊吓的作物。谷粒结籽时，听到狗叫声就会吓得停住，往上长一叶子，狗叫停了再一点一点结籽。所以，到秋天掰苞谷时，我们发现有些棒子上缺一排谷粒，有些缺两三排。还有的棒子半截子没籽，空秃秃的，像遗忘的一件事。

到了七月，磨镰刀的声音会使麦子再度返青。这些种地人都知道。每年这个月份农人闭户关门，晚上不点灯，黑黑地把镰刀磨亮。第二天一家人齐齐地来到地里，镰刀高举。麦子看见农人来了，知道再跑不掉，就低头受割。

小红，返青是麦子逃跑的方式之一。它往回跑。其余的我就不说了。我要给粮食留一条路——只有它们和我知道的逃跑之路。

庄稼地和村子其实是两块不一样的作物，它们相互收割又相互种植。长成一代人要费多少个季节的粮食。多少个季节的粮食在这块地里长熟时，一代人也跟着老掉了。

更多时光里这两块作物在相互倾听。苞谷日日听着村子里的事情抽穗扬花，长黄叶子。人夜夜耳闻庄稼的声音入梦。村里人睡觉，不管头南头北，耳朵总对着自己的庄稼地。地里一有响动人立马惊醒。上房顶望一阵。大喝一声。全村的狗一时齐吠。狗一吠，村子周围的庄稼都静悄悄了。

小红，我说了这么多你会不会听懂。你快乐的笑声肯定让这块庄稼有个好收成。它们能听懂你的欢笑。我也会。走完这段埂子，我希望能听懂你说话的心。就像农人听懂一棵苞米。一地苞米的生长声，尽管我们听不见，但一定大得吓人。

你看农人在地里，很少说话。怕说漏了嘴，让作物听见。一片麦地如果听见主人说，明年这块地不种麦子了，它就会记在心里，刮风时使劲摇晃，摇落许多麦粒。下年不管农人种啥，它都会长出一地麦苗子。

麦子会自己种自己。还会逃跑。

种地人一辈子扛着锹追赶粮食。打好多的埂子拦住粮食。挖渠沟。陷害粮食。捆绑粮食。碾碎粮食。离心最近的地方盛装粮食。粮食跑到哪儿就追赶到哪里。拖老带幼。背井离乡。千里万里就为追一口粮食。

小红，有一种粮食在人生的远路上，默默黄熟，摇落在地。我们很少能被它滋养。我们徒劳的脚，往往朝着它的反方向，奔波不已。

说出这些并不是我已经超越俗世的粮食。正相反，多少年来我一直，被俗世的粮食亏欠着，没有气力走向更远处。

我只是独自地怀想那片远地上的麦子，一年年地熟透黄落，再熟透黄落。我背对着它们，走进这片村庄田野里。

对我来说，能赶上这一季的苞谷长熟，已经是不错的幸福，尽管不是我的。还有比我更幸福的那一村人，他们被眼看成熟的庄稼围住，稻子，苞米，葵花，在他们仰面朝天的午睡里，又抽穗又长籽。

只有他们知道，今年的丰收是跑不掉了。

二 驴脑子里的事情

縻在渠沿上的一头驴，一直盯着我们走到眼前，又走过去，还盯着我们看。它吃饱了草没事，看看天，眯一阵眼睛，再看几眼苞谷地，望望地边上的村子，想着大中午的，主人也不牵它回去歇凉。终于看见两个不认识的人，一男一女，走出村子钻进庄稼地。驴能认出男人女人。有些牲畜分不清男女。大多数人得偏头往驴肚子底下看，才能认出公母。

你知道吗？驴眼睛看人最真实，它不小看人，也不会看大。只斜眼看人。鸡看人分七八截子，一眼一眼地看上去，脑子里才有个全人的影像。而且，鸡没记性，看一眼忘一眼。鸡主要看人手里有没有撒给它的苞谷，它不关心人脖子上面长啥样子。

据说牛眼睛里的人比正常人大得多。所以牛服人，心甘情愿让人使唤。鹅眼睛中人小小的，像一只可以吃掉的虫子。所以鹅不怕人。见了人直扑过来，嘴大张，鹅鹅地叫，想把人吞下去。人最怕想法比自己胆大的动物。人惹狗都不敢惹鹅。

老鼠只认识人的脚和鞋子。人的腿上面是啥东西它从来不知道。人睡着时老鼠敢爬到人脸上，往人嘴里钻，却很少敢走近人的鞋子。人常常拿鞋子吓老鼠，睡前把鞋放在头边，一前一后，老鼠以为那里站着一个人，就不敢过来。

你知道那头驴脑子里想啥事情？

走出好远了驴还看着我们。我们回头看它时，它把头转了过去。但我知道它仍在看。它的眼睛长在头两边，只要它转一下眼珠子，就会看见我们一前一后走进苞谷地。

一道窄窄的田埂被人走成了路，从苞谷地中穿过去。刮风时两块苞米地的叶子会碰到一起。这可能是两家人的苞谷。长成两种样子。这我能看出来。左边这块肯定早播种两三天，叶子比右边这片的要老一些。右边这片上的肥料充足，苞谷秆壮，棒子也粗实。一家人勤快些，一家人懒，地里的草在告诉我。

我说，即使我离开两百年回来，我仍会知道这块田野上的事情，它不会长出让我不认识的作物。麦子收割了，苞谷还叶子青青长在地里。红花红到头，该一心一意结它有棱角的种子。它的刺从今天开始越长越尖硬，让贪嘴的鸟儿嘴角流血，歪着身子咽下一粒。还有日日迎着太阳转动的金黄葵花，在一个下午脖子硬了，太阳再喊不动它。

快走出苞谷地了，我一回头望你。你知道我脑子里想啥事情。你一笑，头低下。你的眼神中有我走不出的一片玉米地。我没敢活动的心思也许早让那头毛驴看得清清楚楚。

也许那头驴脑子里的事情，是这片大地上最后的秘密。它不会泄露的心思里，秋天的苞谷和从眼前晃过的一男一女，会留下怎样的一个故事。你欢快的笑声肯定在它长毛的长耳朵里，回荡三日。它跟我一样，会牢牢记着你。

三 一片叶子下生活

如果我们要求不高，一片叶子下安置一生的日子。花粉佐餐，露水茶饮，左邻一只叫花姑娘的甲壳虫，右邻两只忙忙碌碌的褐黄蚂蚁。这样的秋天，各种粮食的香味弥漫在空气里，粥一样稠浓的西北风，喝一口便饱了肚子。

我会让你喜欢上这样的日子，生生世世跟我过下去。叶子下怀孕，叶子上产子。我让你一次生一百个孩子。他们三两天长大，到另一片叶子下过自己的生活。我们不计划生育，只计划好用多久时间，让田野上到处是我们的子女。他们天生可爱懂事，我们的孩子，只接受阳光和风的教育，在露水和花粉里领受我们的全部旨意。他们向南飞，向北飞，向东飞，都回到家里。

如果我们要求不高，一小洼水边，一块土下，一个浅浅的牛蹄窝里，都能安排好一生的日子。针尖小的一丝阳光暖热身子，头发细的一丝清风，让我们凉爽半个下午。

我们不要家具，不要床，困了你睡在我身上，我睡在一粒发芽的草籽上，梦中我们被手掌一样的蓓蕾捧起，越举越高，醒来时就到夏天了。扇扇双翅，我要到花花绿绿的田野转一趟。一朵叫紫胭的花上你睡午觉，一朵叫红媚的花儿在头顶撑开凉棚。谁也不惊动你，紫色花粉沾满身子，红色花粉落进梦里。等我转一圈回来，拍拍屁股，宝贝，快起来怀孕生子，东边那片麦茬地里空空荡荡，我们把子孙繁衍到那里。

如果不嫌轻，我们还可以像两股风一样过日子。春天的早晨你从东边那条山谷吹过来，我从南边那片田野刮过去。我们遇到一起合成一股风。是两股紧紧抱在一起的风。

我们吹开花朵不吹起一粒尘土。

吹开尘土，看见埋没多年的事物，跟新的一样。

当更大更猛的风刮过田野，我们在哗哗的叶子声里藏起了自己，不跟它们刮往远处。

围绕村子，一根杨树枝上的红布条够你吹动一个下午，一把旧镰刀上的斑驳尘锈够我们拂拭一辈子。生活在哪儿停住，哪儿就有锈迹和累累尘土。我们吹不动更重的东西，石磨盘下的天空草地，压在深厚墙基下的金子银子，还有更沉重的这片村庄田野的百年心事。

也许，吹响一片叶子，摇落一粒草籽，吹醒一只眼睛里的晴朗天空——这些才是我们最想做的。

可是，我还是喜欢一片叶子下的安闲日子，叶子上怀孕，叶子下产子。田野上到处是我们可爱的孩子。

如果我们死了，收回快乐忙碌的四肢，一动不动躺在微风里。说好了，谁也不蹬腿，躺多久也不翻身。

不要把我们的死告诉孩子。死亡仅仅是我们的事。孩子们会一代一代地生活下去。

如果我们不死，只有头顶的叶子黄落，身下的叶子也黄落。落叶铺满秋天的道路。下雪前我们搭乘拉禾秆的牛车回到村子。天渐渐冷了，我们不穿冬衣，长一身毛。你长一身红毛，我长一身黑毛。一红一黑站在雪地。太冷了就到老鼠洞穴蚂蚁洞穴避寒几日。

不想过冬天也可以，选一个隐蔽处昏然睡去，一直睡到春暖草绿。睁开眼，我会不会已经不认识你，你会不会被西风刮到河那边的田野里。冬眠前我们最好手握手面对面，紧抱在一起。春天最早的阳光从东边照来，先温暖你的小身子。如果你先醒了，坐起来等我一会儿。太阳照到我的脸上我就醒来，动动身体，睁开眼睛，看见你正一口一口吹我身上的尘土。

又一年春天了。你说。

又一年春天了。我说。

我们在城里的房子是否已被拆除。在城里的车是否已经跑丢了轱辘。城里的朋友，是否全变成老鼠，顺着墙根溜出街市，跑到村庄田野里。

你说，等他们全变成老鼠了，我们再回去。

四　迟疑的刀

这是别人的田野，有一条埂子让我们走路，一渠沟清水让你洗手濯足。有没有一小块地，让我们播自己的种子。

我们有自己的种子吗？如果真有一块地，几千亩、几万亩这样大的地，除了任它长草开花，长树，落雪下雨，荒成沙漠戈壁，还能种下什么呢？！

当我们一路忙活着走远时，大地上的秋天从一粒草籽落地开始，一直地铺展开去。牛车走坏道路。鸟儿在空中疾飞急叫，眼睛都红了。没有粮仓的鸟儿们，眼巴巴看着人一车车把粮食全收回去。随后的第一场雪，又将落地的谷粒全都盖住。整个冬天鸟站在最冷的树枝上，盯着人家的院子，盯着人家的烟囱冒烟，一群一伙地飞过去，围着黑烟囱取暖。老鼠在人收获前的半个月里，已经装满仓，封好洞，等人挥镰舞叉来到地里，老鼠已步态悠闲地在田间散步，装得若无其事，一会儿站在一块土疙瘩上叫一声：快收快收，要下雨了。一会儿又在地头喊：这里漏了两束麦子，捡回去，别浪费了。

每当这个时候，小红，你知道谁在收割人这种作物，一镰挨一镰地，那把刀从来不老，从不漏掉一个，嚓嚓嚓的收割声响在身后，我们回过头，看见自己割倒的一片麦田，看见田地，那几千几万里的莽莽大野里，几万万年间的人们，一片片地割倒在地，我们是剩在地头的最后一长溜子。

我们青青的叶子是否让时光之镰稍稍缓迟？

你勉力坚持，不肯放弃的青春美丽，是否已经改变了命运前途？

我看见那个提刀的人，隐约在田地那边。在随风摇曳的大片麦穗与豆秧那头，是他一动不动的那颗头。

他看着整个一大片金黄麦田。

他下镰的时候，不会在乎一两株叶青穗绿的麦子。他的镰刀绕不过去。他的收成里不缺少还没成熟的那几粒果实。他的喜庆中夹杂的一两声细微哭泣只有我们听见。他的镰刀不认识生命。

他是谁呢？

当那把镰刀握在我们手中，我们又是谁呢？

我在老奇台半截沟村一户人家门前的地里，见过独独的一株青玉米。其他的玉米秆全收割了，一捆捆立在地边。这株玉米独独地长在地中间，秆上结着一大一小两个青棒子，正抽穗呢。

陪同的人说，这户人家的日子过得不好，媳妇跑掉了，丢下一个五六岁的孩子，跟父亲一起过生活。种几亩地，还养了几头猪。听说还欠着笔钱，日子紧巴巴的。

正是九月末的天气，老奇台那片田野的收获已经结束。麦子在七月就收割完。麦茬地已翻了一半，又该压冬麦了。西瓜落秧。砍掉头的葵花秆，被压倒切碎，埋在地里。

几乎所有作物都缩短了生长期。田野的生机早早结束。还有一个多月的晴热天气。那株孤独的青玉米，会有足够的时间抽穗，结籽，长成果实。

在这片大地的无边收割中，有一把镰刀迟疑了，握刀的手软了一下——他绕过这株青玉米。

就像我绕过整个人世在一棵草叶下停住脚步。

这个秋天嚓嚓嚓的镰刀声在老奇台的田野上已经停息，在别处的田野上它正在继续，一直要到大雪封地，依旧青青的草和庄稼就地冻死，未及收回的庄稼埋在雪中，留给能够熬过冬天、活到雪消地开的鸟和老鼠。这都是再平常不过的事。这场可怕的大收获中，唯一迟疑的那把镰刀，或许已经苍老。它的刃锈蚀在迟疑的那一瞬间。它的光芒不再被人看见。

现在，那把镰刀就扔在院墙的破土块上，握过它的手正提着一桶猪食。他的几头猪在圈里哼哼了好一阵了。我们没有打扰他，甚至没问他一句话。

这是他再平常不过的生活了。他可怜的一点收获淹没在全村人的大丰收里。他有数的几头猪都没长大，不停地要食。他已该上学的儿子在渠沟玩泥巴，脸上、手上、前胸后背的斑斑泥土，不知要多久才能一点点脱去，或许一辈子都不会——这个孩子从泥土中走出来，是多么的遥远和不易。

但他留住的那株唯一的青玉米，已经牢牢长在一个人心里——这是二〇〇〇年秋天，我在这片村庄大地的行走中遇到的最有意义的一件事。

日子没过好的一户穷人，让一株青玉米好好地生长下去。那最后长熟的两棵棒子，或许够我吃一辈子。

但我等不到它长熟。这户人家也不会用它做口粮。他只是让它长老，赶开羊，打走一头馋嘴的牛，等它结饱籽粒，长黄叶子，金色的穗壳撒落在地，又随风飘起。那时他会走过去，三两下把棒子掰了，扔进猪圈里。

2000年底

最后的铁匠

铁匠比那些城外的农民，更早地闻到麦香。在库车，麦芒初黄，铁匠们便打好一把把镰刀，等待赶集的农民来买。铁匠赶着季节做铁活儿，春耕前打犁铧、铲子、刨锄子和各种农机具零件。麦收前打镰刀。当农民们顶着烈日割麦时，铁匠已转手打制他们刨地挖渠的坎土曼了。

铁匠们知道，这些东西打早了没用。打晚了，就卖不出去，只有挂在墙上等待明年。

吐尔洪·吐迪是这个祖传十三代的铁匠家庭中最年轻的小铁匠。他十三岁跟父亲学打铁，今年二十四岁。成家一年多了，有个不到一岁的儿子。吐尔洪说，他的孩子长大后说啥也不让他打铁了，叫他好好上学，出来干别的去。吐尔洪说他当时就不愿学打铁，父亲却硬逼着他学。打铁太累人，又挣不上钱。他们家打了十几代铁了，还住在这些破烂房子里，他结婚时都没钱盖一间新房子。

吐尔洪的父亲吐迪·艾则孜也是十二三岁学打铁。他父亲是库车城里有名的铁匠，一年四季，来定做铁器的人络绎不绝。那时的家境比现在稍好一些，妇女们头戴面纱，在家做饭看管孩子，从不到铁匠炉前去干活儿。父亲的一把锤子养活一家人，日子还算过得去。吐迪也是不愿跟父亲学打铁，没干几天就跑掉了。他嫌打铁锤太重，累死累活挥半天才挣几块钱，他想出去做买卖。父亲给了他一点钱，他买了一车西瓜，卸在街边叫卖。结果，西瓜一半是生的，卖不出去。生意做赔了，才又垂头丧气回到父亲的打铁炉旁。

父亲说，我们就是干这个的，祖宗给我们选了打铁这一行都快一千年了，多少朝代灭掉了。我们虽没挣到多少钱，却也活得好好的。只要一代一代把手艺传下去，就会有一口饭吃。我们不干这个干啥去。

吐迪就这样硬着头皮干了下来，从父亲手里学会了打制各种农具。父亲去世后，他又把手艺传给四个弟弟和一个妹妹。他们又接着往下一辈传。如今在库车老城，他们家族共有十几个打铁的。吐迪的两个弟弟和一个侄子，跟他同在沙依巴克街边的一条小巷子里打铁，一人一个铁炉，紧挨着。吐迪和儿子吐尔洪的炉子在最里边，两个弟弟和侄子的炉子安在巷口，一天到晚炉火不断，铁锤叮叮当当。吐迪的妹妹在另一条街上开铁匠铺，是城里有名的女铁匠，善做一些小农具，活儿做得精巧细致。

吐迪说他儿子吐尔洪坎土曼打得可以，打镰刀还不行，欠点儿功夫。铁匠家有自己的规矩，每样铁活儿都必须学到师傅满意了，才可以另立铁炉去做活儿。不然学个半吊子手艺，打的镰刀割不下麦子，那会败坏家族的荣誉。吐迪是这个家族中最年长者，无论说话还是教儿子打镰刀，都一脸严肃。他今年五十六岁，看上去还很壮实。他正把自己的手艺一样一样地传给儿子吐尔洪·吐迪。从打最简单的蚂蟥钉，到打坎土曼、镰刀，但吐迪·艾则孜知道，有些很微妙的东西，是无法准确地传给下一代的。铁匠活儿就这样，锤打到最后越来越没力气。每一代间都在失传一些东西。比如手的感觉，一把镰刀打到什么程度刚好。尽管手把手地教，一双手终究无法把那种微妙的感觉传给另一双手。

还有，一把镰刀面对的广阔田野，各种各样的人。每一把镰刀都会不一样，因为每一只用镰刀的手不一样，每只手的习惯不一样。打镰刀的人，靠一双手，给千万只不一样的手打制如意家什。想到远近田野里埋头劳作的那些人，劲儿大的、劲儿小的、女人、男人、未成年的孩子……铁匠的每一把镰刀，都针对他想到的某一个人。从一块废铁烧红，落下第一锤，到打成成品，铁匠心中首先成型的是用这把镰刀的那个人。在飞溅的火星和叮叮当当的锤声里，那个人逐渐清晰，从远远的麦田中直起身，一步步走近。这时候铁匠手中的镰刀还是一弯扁铁，但已经有了雏形，像一个幼芽刚从土里长出来。铁匠知道它会长成怎样的一把大弯镰，铁匠的锤从那一刻起，变得干脆而有力。

这片田野上，男人大多喜欢用大弯镰，一下搂一大片麦子，嚓的一声割倒。大开大合的干法。这种镰刀呈抛物线形，镰刀从把手伸出，朝后弯一定幅度，像铅球运动员向后倾身用力，然后朝前直伸而去，刀刃一直伸到用镰者性情与气力的极端处。每把大镰刀又都有微小的差异。也有怜惜气力的人，用一把半大镰刀，游刃有余。还有人喜欢蹲着干活儿，镰刀小巧，一下搂一小把麦子，几乎能数清自家地里长了多少棵麦子。还有那些妇女，用耳环一样弯弯的镰刀，搂过来的每株麦穗都不会散失。

打镰刀的人，要给每一只不同的手准备镰刀，还要想到左撇子、反手握镰的人。一把镰刀用五年就不行了，坎土曼用七八年。五年前在这买过镰刀的那些人，今年又该来了，还有那个短胳膊买买提，五年前定做过一只长把镰刀，也该用坏了。也许就这一两天，他正筹备一把镰刀的钱呢。这两年棉花价不稳定，农民一年比一年穷。麦子一公斤才卖几毛钱。割麦子的镰刀自然卖不上好价。七八块钱出手，就算不错。已经好几年，一把镰刀卖不到十块钱。什么东西都不值钱，杏子一公斤四五毛钱。卖两筐杏子的钱，才够买一把镰刀。因为缺钱，一把该扔掉的破镰刀也许又留在手里，磨一磨再用一个夏季。

不论什么情况，打镰刀的人都会将这把镰刀打好，挂在墙上等着。不管这个人来与不来。铁匠活儿不会放坏。一把镰刀只适合某一个人，别人不会买它。打镰刀的人，每年都剩下几把镰刀，等不到买主。它们在铁匠铺黑黑的墙壁上，挂到明年，挂到后年，有的一挂多年。铁匠从不轻易把他打的镰刀毁掉重打，他相信走远的人还会回来。不管过去多少年，他曾经想到的那个人，终究会在茫茫田野中抬起头来，一步一步向这把镰刀走近。在铁匠家族近一千年的打铁历史中，还没有一把百年前的镰刀剩到今天。

只有一回，吐迪的太爷掌锤时，给一个左撇子打过一把歪把大弯镰。那人交了两块钱定金，便一去不回。吐迪的太爷打好镰刀，等了一年又一年，等到太爷下世，吐迪的爷爷掌锤，他父亲跟着学徒时，终于等来一个左撇子，他一眼看上那把镰刀，二话没说就买走了。这把镰刀等了整整六十七年，用它的人终于又出现了。

在那六十七年里，铁匠每年都取下那把镰刀敲打几下。打铁的人认为，他们的敲打声能提醒远近村落里买镰刀的人。他们时常取下找不到买主的镰刀敲打几下，每次都能看出一把镰刀的欠缺处：这个地方少打了两锤，那个地方敲偏了。手工活儿就是这样，永远都不能说完成，打成了还可打得更精细。随着人的手艺进步和对使用者的认识理解不同，一把镰刀可以永远地敲打下去。那些锤点，落在多少年前的锤点上。叮叮当当的锤声，在一条窄窄的胡同里流传，后一声追赶着前一声。后一声仿佛前一声的回音。一声比一声遥远、空洞。仿佛每一锤都是千年前那一锤的回声，一声声地传回来，沿我们看不见的一条古老胡同。

吐迪·艾则孜打镰刀时眼皮低垂，眯成细细弯镰似的眼睛里，只有一把逐渐成形的镰刀。儿子吐尔洪就没这么专注了，手里打着镰刀，心里不知道想着啥事情，眼睛东张西望。铁匠炉旁一天到晚围着人，有来买镰刀的，有闲着没事看打镰刀的。天冷了还是烤火的好地方，无家可归的人，冻极了就挨近铁匠炉，手伸进炉火里燎两下，又赶紧塞回袖筒赶路去了。

麦收前常有来修镰刀的乡下人，一坐大半天。一把卖掉的镰刀，三五年后又回到铁匠炉前，用得豁豁牙牙，木把也松动了。铁匠举起镰刀，扫一眼就能认出这把是不是自己打的。旧镰刀扔进炉中，烧红、修刃、淬火，看上去又跟新的一样。修一把旧镰刀一两块钱，也有耍赖皮不给钱的，丢下一句好话就走了，三五年不见面，直到镰刀再次用坏。一把镰刀顶多修两次，铁匠就再不会修了。修好一把旧镰刀，就等于少卖一把新的。

吐迪家的每一把镰刀上，都留有自己的记痕。过去三十年五十年，甚至一二百年，他们都能认出自己家族打制的镰刀。那些记痕留在不易磨损的镰刀臂弯处，像两排月牙形的指甲印，千年以来他们就这样传递记忆。每一代的印记都有所不同，一样的月牙形指甲印，在家族的每一个铁匠手里排出不同的形式。没有具体的图谱记载每一代祖先打出的印记是怎样的形式。这种简单的变化，过去几代人数百年后，肯定会有一个后代打在镰刀弯臂上的印记与某个祖先的完全一致，冥冥中他们叠合在一起。那把千年前的镰刀，又神秘地、不被觉察地握在某个人手里。他用它割麦子、割草、芟树枝、削锨把儿和鞭杆……千百年来，就是这些永远不变的事情在磨损着一把又一把镰刀。

打镰刀的人把自己的年年月月打进黑铁里，铁块烧红、变冷，再烧红；锤子落下、挥起，再落下。这些看似简单、千年不变的手工活儿，也许一旦失传便永远地消失了，我们再不会找回它。那是一种生活方式。它不仅仅是架一个打铁炉，掌握火候，把一块铁打成镰刀这样简单的一件事。更重要的是打铁人长年累月、一代一代积累下来的那种心理，通过一把镰刀对世界人生的理解与认知，到头来真正失传的是这些东西。

吐尔洪·吐迪家的铁匠铺，还会一年一年敲打下去。打到他跟父亲一样的年岁还有几十年时间呢，到那时不知生活变成什么样子。他是否会像父亲一样，虽然自己当初不愿学打铁，却又硬逼着儿子去学这门累人的笨重手艺。在这段漫长的铁匠生涯中，一个人的想法或许会渐渐地变得跟祖先一样古老。不管过去多少年，社会怎样变革，我们总会在一生的某个时期，跟远在时光那头的祖先们，想到一起。

　　吐尔洪会从父亲吐迪那里，学会打铁的所有手艺，他是否再往下传，就是他自己的事了。那片田野还会一年一年地生长麦子，每家每户的一小畦麦地，还要用镰刀去收割。那些从铁匠铺里，一锤一锤敲打出来的镰刀，就像一弯过时的月亮，暗淡、古老、陈旧，却永不会沉落。

通往田野的小巷

　　顺着一条巷子往前走，经过铁匠铺、馕坑、烧土陶的作坊，不知不觉地，便进入一片果园或苞谷地。八九月份，白色、红色的桑葚斑斑点点熟落在地。鸟在头顶的枝叶间鸣叫，巷子里的人家静悄悄的。很久，听见一辆毛驴车的声音，驴蹄嘀嗒嘀嗒地点踏过来，毛驴小小的，黑色，白眼圈，宽长的车排上铺着红毡子，上搭红布凉棚。赶车的多为小孩和老人，坐车的，多是些丰满漂亮的女人，服饰艳丽，爱用浓郁香水，一路过去，留香数里，把鸟的头都熏晕了。如果不是巴扎日，老城的热闹仅在龟兹古渡两旁，饭馆、商店、清真寺、手工作坊，以及桥上桥下的各种民间交易。这一块是库车老城跳动不息的古老心脏，它的头是昼夜高昂的清真大寺，它的手臂时时背在身后，双腿埋在千年尘土里，不再迈动半步。

　　库车城外的田野更像田野，田地间野草果树杂生。不像其他地方的田野，是纯粹的庄稼世界。

在城郊乌恰乡的麦田里，芦苇和种类繁多的野草，长得跟麦子一样旺势。高大的桑树、杏树耸在麦田中间。白杨树挨挨挤挤围拢四周，简直像一个植物乐园。桑树、杏树虽高大繁茂，却不欺麦子。它的根直扎下去，不与麦子争夺地表层的养分。在它的庞大树冠下，麦子一片油绿。

有人说，南疆的农民懒惰，地里长满了草。我倒觉得，这跟懒没关系，而是一种生存态度。在许多地方，人们已经过于勤快，把大地改变得只适合人自己居住。他们忙忙碌碌，从来不会为一只飞过头顶的鸟想一想，它会在哪儿落脚。它的食物和水在哪里？还有那些对他们没有用处的野草，全铲除干净，虫子消灭光。在那里，除了人吃的粮食，土地再没有生长万物的权利。

库车农民的生活就像他们的民歌一样缓慢悠长。那些毛驴，一步三个蹄印地走在千年乡道上，驴车上的人悠悠然然，再长的路，再要紧的事也是这种走法。不管太阳什么时候出来，又什么时候落山。田地里的杂草，就在他们的缓慢与悠然间，生长出来，长到跟麦子一样高，一样结饱籽粒。

在这片田野里，一棵草可以放心地长到老而不必担心被人铲除。一棵树也无须担忧自己长错位置，只要长出来，就会生长下去。人的粮食和毛驴爱吃的杂草长在同一块地里。鸟在树枝上做窠，在树下的麦田捉虫子吃，有时也啄食半黄的麦粒，人睁一眼闭一眼。库车的麦田里没有麦草人，鸟连真人都不怕，敢落到人帽上。敢把窝筑在一伸手就够到的矮树枝上。

一年四季，田野的气息从那些弯曲的小巷吹进老城。杏花开败了，麦穗扬花。桑子熟落时，葡萄下架。靠农业养活，以手工谋生的库车老城，它的每一条巷子都通往果园和麦地。沿着它的每一条土路都走回到过去。毛驴车，这种古老可爱的交通工具，悠悠晃晃，载着人们，在这块绿洲上，一年一年地原地打转，永远跑不快，跑不了多远。也永远不需要跑多快多远。

不远的绿洲之外，是荒无人烟的戈壁沙漠。

阿格村夜晚

阿格村的空气布满浓浓的木头味道，仿佛那些白杨树晒了整天的太阳后打出一连串饱嗝。我们进村时天已经黑了一阵，村子里没电。在汽车的灯光里看见路边摆着剥了皮的白杨木，一摞一摞的，紧靠着林带。不时看见几个维吾尔族男孩坐在木头上，车灯扫过后他们又回到夜色中。看见一个穿红衣裙的女孩，跑过马路捡一样东西，又借着车灯跑回来。细细的腰身，半高个子，扭头朝汽车望一眼，脸圆圆的，眼睛黑黑，似乎这个晚上一过，她就会长大。我们再不会见到她。一朵暗处的花朵，她的美丽向更暗处开放，直至凋谢。还有那些在木头上玩耍的孩子，说着我们不明白的话语，暗暗地成长。我们不了解他们今天的晚上，就不会知道他们的明天。村子里没一点儿光明，夜浓得跟酽茶一样。头顶远远的星光照着他们，在白杨树哗哗的响声里，模糊、暗哑，看不清彼此，相互隐匿又心明无误。前半夜里说着后半生的事情，后半夜全是自己记不清的梦。我们只是偶然路经，在车灯的一晃中看见那些维吾尔族的童年身影，不知道他们什么时候聚在那里，又会在什么时候，悄然地散去。

　　再次看见他们是在另一天下午。他们或躺或坐在路边的白杨树下，满脸胡须，手里拿着镰刀。我们站在另一排白杨树下，隔着白热的阳光，听不清他们在说些什么。麦子长在身后的田野里，眼看要黄熟了，又好像还得些日子。他们手握镰刀，一天天地坐在那里等。对面是乡政府办公室。他们说着话，眼睛斜视着乡政府大门。我们进去办事，喝几杯茶出来他们还在那里。书记的小车出去上一趟县城又回来他们还在那里。这一任乡长下台后一任上台他们还坐在那里。我们不知道他们在等待什么。一人一亩地的麦子，对这些维吾尔族壮汉来说显然不是件大事。毛驴的草和孩子的衣食也似乎不是什么太大的事，尽管地里的收成刚刚够吃饱肚子。除了老婆孩子和一头听话的毛驴，其余全部家产就只是房前屋后的白杨树了。那是另一层天空，白天绿荫覆盖，夜晚撑高月色，让哗哗的树叶声，带着一两句突兀的驴鸣狗吠，荡远又回来。就是那样的夜晚使我们之间变得遥远、陌生。白天我们有时走过去，跟他们一一握手，生疏地问答几句，用我们或他们的语言。我们想接近时，就会感受到那些不可交换的言辞与言辞之间、手与手、眼睛与眼睛、呼吸与呼吸之间，横隔着无数个我们看不清的遥远夜晚。在那些长夜里，他们坐在白杨树下，村子里没有灯光，偶尔的驴叫声打破暗夜的宁静。在更暗的夜里他们聚在树梢上面的高远星空，东一片西一片，发着不属于这个世界的微弱光明。我们再不会走过去，伸出手。那是一种永远的远，对于我们。

我另外的一生已经开始

　　我说不出有四个孩子那户人家的穷。他们垒在库车河边的矮小房子，萎缩地挤在同样低矮的一片民舍中间。家里除了土炕上半片烂毡，和炉子上一只黑黑的铁皮茶壶，再什么都没有。没有地、没有果园、没有生意。四个未成年的孩子，大的十二三岁，小的几岁，都待在家里。母亲病恹恹的样子，父亲偶尔出去打一阵零工。我不知道他们怎么生活。快中午了，那座冷冷的炉子上会做出怎样一顿饭食，他们的粮食藏在哪里。

　　我同样说不出坐在街边那个老人的孤独。他叫阿不利孜，是亚哈乡农民。他说自己是挖坎土曼的人，挖了一辈子，现在没劲了。村里把他当"五保户"，每月给一点口粮，也够吃了。但他不愿待在家里等死，每个巴扎日他都上老城来。他在老城里有几个"关系户"，隔些日子他便去那些人家走一趟，他们好赖都会给他一些东西：一块馕、几毛钱、一件旧衣服。更多时候他坐在街边，一坐大半天。看街上赶巴扎的人，听他们吆喝、讨价还价。看着看着他就瞌睡了，头一歪睡着了。他对我说，小伙子，你知道不知道，死亡就是这个样子，他们都在动，你不动了。你还能看见他们在动，一直地走动，却没有一个人会走过来，喊醒你。

这个老人把死亡都说出来了，我还能说些什么？

我只有不停地走动。在我没去过的每条街每个巷子里走动。我不认识一个人，又好似全都认识。那些叫阿不都拉、买买提、古丽的人，我不会在另外的地方遇见。他们属于这座老城的陈旧街巷。他们低矮得都快碰头的房子、没打直的土墙、在尘土中慢慢长大却永远高不过尘土的孩子。我目光平静地看着这些时，的确心疼着在这种不变的生活中耗掉一生的人们。我知道我比他们生活得要好一些。我的家景看上去比他们富裕。我的孩子穿着漂亮干净的衣服在学校学习，我的妻子有一份收入不菲的体面工作，她不用为家人的吃穿发愁。

可是，当我坐在街边，啃着买来的一块馕，喝着矿泉水，眼望走动的人群时，我知道我和他们是一样的，尘土一样多地落在我身上。我什么都不想，有一点饥饿，半块馕就满足了。有些瞌睡，打个盹儿又醒了。这个时刻一直地延长下去，我也可以和他们一样，在老城的缓慢光阴中老去。我的孩子一样会光着脚，在厚厚的尘土中奔来跳去，她的欢笑一点儿不会比现在少。

我能让这个时刻一直地延长下去吗？

这一刻里我另外的一生仿佛已经开始。我清楚地看见另一种生活中的我自己：眼神忧郁，满脸胡须，背有点驼。名字叫亚生，或者买买提，是个木工，打馕师傅，或者是铁匠，会一门不好不坏的手艺。年轻时靠力气，老了靠技艺。我打的镰刀把多少个夏天的麦子割掉了，可我，每年挣的钱刚够吃饱肚子。

我没有钱让我的女儿上学，没有钱给她买漂亮合身的衣服。她的幸福在哪里我不知道，她长大，我长老。等她长大了还要在这条老街上寻食觅吃，等我长老了我依旧一无所有。

　　你看，我的腿都跑坏了，还是找不到一个好的归宿，我的手指都变僵硬了，还没挣下一点儿养老的粮食。

　　我会把手艺传给女儿，教她学打铁，像吐迪家的女铁匠一样，打各种精巧耐用的铁器，挂在墙上等人来买。我不知道她是否喜欢这种叮叮当当的生活，不喜欢又能去做什么。如果我什么手艺都没有，我就教她最简单简朴的生活，像巴扎上那些做小买卖的妇女，纱巾蒙面，买一把香菜，分成更小的七八把，一毛钱一把地卖，挣几毛钱算几毛。重要的是我想教会她快乐。我留下贫穷，让她继承；留下苦难，让她承担。我没留下快乐，她要学会自己寻找，在最简单的生活中找到快乐，把自己漫长的一生度过。

　　我不知道这种日子的尽头是什么。我的孩子，没人教她自己学会舞蹈，快乐的舞蹈、忧伤的舞蹈。在土街土巷里跳，在果园葡萄架下跳。没有地毯也要跳，没有弹拨儿伴奏也要跳。学会唱歌，把快乐唱出来，把忧伤唱出来，唱出祖祖辈辈的梦想。如果我们的幸福不在今生，那它一定在来世。我会教导我的孩子去信仰。我什么都没留下，如果再不留给她信仰，她靠什么去支撑漫长一生的向往。

　　如果我死了——不会有什么大事，只是一点小病，我没钱去医治，一直地拖着，小病成大病，早早地把一生结束了。那时我的女儿才十几岁，像我在果园小巷遇到的那个叫古丽莎的女孩一样，她十二岁没有了父亲，剩下母亲和一个妹妹。她从那时起辍学打工，学钉箱子。开始每月挣几十块钱，后来挣一百多块，现在

179

她十七岁了，已经是一个技艺娴熟的制箱师傅，一家人靠她每月二百五十元到三百元的收入维持生活。

古丽莎长得清秀好看，一双水灵的大眼睛里，闪烁着她这个年龄女孩子少有的忧郁。那个下午，我坐在她身旁，看她熟练地把铜皮包在木箱上，又敲打出各种好看的图案。我听她说家里的事：母亲身体不好，一直待在家，妹妹也辍学了，给人家当保姆。我问一句，古丽莎说一句，我不问她便低着头默默干活儿，有时抬头看我一眼。我不敢看她的眼睛，那时刻，我就像她早已过世的父亲，羞愧地低着头，看着她一天到晚地干活儿，小小年纪就累弯了腰，细细的手指变得粗糙。我在心里深深地心疼着她，又面含微笑，像另外一个人。

如果我真的死了，像《古兰经》中说的那样，我会坐在一颗闪亮的星宿上，远远地望着我生活过的地方，望着我在尘土中劳忙的亲人。那时，我应该什么都可以说出来，一切都能够说清楚。可是，那些来自天上的声音，又是多么的遥远模糊。

黑
狗

狗　吠

狗在夜里开会。每当月圆之夜，一条狗站在圈棚草垛上，汪汪地对着月亮叫。一时间，满村子响起狗扒草垛的沙沙声。很快，汪汪的狗吠从每个草垛上升起来。所有窗户熄灭。月亮成了狗的会议桌，一声声的狗吠汇在月亮的圆桌上，似乎那里有一个倾听者。

村长亚生经常半夜醒来，听见狗开会。那些吠叫悠长地传往天上，月光像狗毛一样茸茸地覆盖村子。这时候全村人都在梦里，包工头玉素甫睡着了，铁匠吐迪睡着了，整天叽叽喳喳的艾布睡着了。夜晚是狗的。村长亚生这样认为。狗给睡着的人说话。人睡着时听狗的，醒来听村长的。白天村长在喇叭上喊话时，狗都静悄悄的，不插嘴。

狗不咬村长。村长到谁家狗都摇尾巴。狗靠鼻子就能闻出谁是村长。村长身上酒和羊肉味最重。有些年包工头玉素甫身上的酒味羊肉味比村长还重，狗好多年前就把玉素甫记住了。这个人和村长一样不能咬。现在玉素甫身上没酒味道了，肉味道也没以前重了，狗还是不敢咬玉素甫。在阿不旦村，有关谁能咬谁不能咬的信息，早被大狗传授给小狗，代代相传。不认识村长和玉素甫的狗早被打死了。狗一年四季跟着村长亚生和老板玉素甫跑，他们两个到哪家，哪家就会有肉和酒的味道飘出来。一般的吃喝没狗的事，炒个肉菜吃顿饭，不会有骨头扔出来，狗站一阵就散了。要是宰羊大吃，狗就有可啃的骨头了。早年村里谁家宰羊，树上落满啊啊大叫的乌鸦，门口围满汪汪直叫的狗。都是奔着人啃光的羊骨头来的。现在没乌鸦了，狗还在。谁家宰羊都不得罪狗，啃过的骨头给自己家狗留一些，剩下的从门口扔出去，把围了半天的狗打发了。得罪一条狗比得罪一个人麻烦。玉素甫当包工头的时候，惹了村里的大黑狗，至今村里人还记得大黑狗追咬玉素甫的情景。

摩托车

那天大黑狗和花母狗趴在路边头对头说事情，玉素甫的摩托车开过来，狗对玉素甫和他的摩托车熟悉得很，不在意。玉素甫也没在意，摩托车呜的一声从狗身边过去，只听一声惨叫，玉素甫回头看见大黑狗跳着蹦子叫，花母狗站在一边惊慌地看。玉素甫也没多管，摩托车一轰油门跑了。

第二天，玉素甫去乡上办事，摩托车刚出村，大黑狗突然从路边蹿出来，直扑上来，玉素甫慌忙闪躲，人和摩托车一起翻到林带里。玉素甫从车上甩出去，翻了一个驴打滚，爬起来看大黑狗已经跑远。

还有敢咬我的狗，皮子痒了，不想活了？玉素甫心里骂着，扶起躺在地上后轮还在飞转的摩托车。

　　玉素甫不知道，他把村里最凶的大黑狗轧伤残了，这条狗报复了他。昨天，大黑狗屁股对着路，尾巴懒懒地伸在路上，玉素甫没看见，摩托车直接开过去，前轮轧着尾巴中间，后轮轧着尾巴梢，大黑狗尾巴断成三节，再不能高高竖起来。公狗最骄傲的姿势是翘尾巴。尾巴翘多高，狗就有多大本事。大黑狗现在只能把尾巴根竖起来，断了的尾巴从中间耷拉下来。尾巴是一条公狗骄傲的旗。大黑狗的旗倒了。花母狗也不跟它好了。

　　大黑狗是村里的一霸。阿不旦村虽然是白狗的天下，纯白的狗是贵族狗，狗头是条大白狗。但大黑狗的名气也很大，人们把它的主人叫大黑狗买买提。村里几十个买买提，和狗有关系的外号有四五个。除了大黑狗买买提和大白狗买买提，还有一个小时候被狗咬断脚后筋，走路一瘸一拐的，叫狗腿子买买提。另一个被狗咬断半个小指头，叫狗指头买买提。

　　大黑狗从此恨上玉素甫的摩托车，玉素甫摩托车开到哪儿，它追到哪儿。只要玉素甫的摩托车在村里跑，后面总跟着追咬他的大黑狗。玉素甫生气得很，我一个大老板，老是被一条狗追着咬，多没面子。玉素甫找狗主人买买提，买买提当着玉素甫的面，把自己的狗棒打了一顿，边打边说："狗养的，你睁开狗眼认清楚了，这是玉素甫大老板，你也敢咬。狗眼瞎了吗？以后见了玉素甫老板，只准摇尾巴，听见没有。你再追着人家的摩托车咬，我剥你的皮。"

　　几棒下去，狗缩成一团。直哀叫。

　　大黑狗第二天见了玉素甫的摩托车，依旧追着咬。玉素甫摩托车停在门口，出来发现搭在上面的坐垫被撕下来，咬了几个洞。大黑狗远远站着望。

玉素甫又找到买买提家。

"哎，大黑狗买买提，你的狗你管不着，给我管，这是二百块钱，你的狗我买了。"

"玉素甫老板，我们家虽然穷，但也不会靠卖狗生活。这个狗我们养了好多年，我们家里的人一样。多少钱我也不会卖的。"

"它既然像你家的人一样，为啥不管教好，天天追着咬我。我就是没防住把它的尾巴轧了一下，我给它扔过羊骨头，也算赔礼了吧，它还不放过我。"

"狗嘛，畜生，你玉素甫老板不要和它一般见识。"

"那我和你一般见识。你的狗咬了我，你说咋办吧。"

"我把它拴住，不让它出去。行了吧。"

"你现在才想起把它拴住，以前咋不拴，它已经把我咬了好多次，把我的摩托车垫子撕了。它追着我在村里跑，让我没面子。它和我过不去，我也不饶它。就这二百块钱，你要就收下，不要我拿走。你卖不卖我都会叫人把你的狗打死。"

大黑狗躲在羊圈棚下，眼睛盯着玉素甫和主人，知道他们在谈它的事，感到有些不妙。它听不懂人话，但知道人在说什么。人说一个事情时，眼睛、手、身体动作，都已经把这个事情说出来了。人常说的一些东西的名字，比如坎土曼、毛驴、馕、茶、肉、村长、老板、买买提、洋岗子、巴郎子等等，狗都熟悉，人发出哪个声音时，狗就知道在说啥。狗当然最清楚人把自己叫狗。大黑狗听惯了人们叫它大黑狗，和叫其他狗不一样。村里黑狗最多，人把黑狗都叫狗。身上一块黑一块白的叫花狗，黑毛白毛长在一起叫杂毛狗。唯独叫它大黑狗。

狗有时听见人把人也叫狗，两个人一个指着一个说："狗养的。"另一个说："你狗日的。"

狗能看出来两个人在生气，一个骂一个，像两个狗嘴对着咬架。人吵架的时候，怎么把狗牵进去。狗听到人说狗这个词，以为人叫自己，也跑过来帮忙，嘴对着咬。

被咬的人不愿意。"你狗娘养的没出息把狗叫来帮忙，谁家没狗。狗，上。"

两家的狗撕咬在一起。狗一咬在一起，人就不吵了，站在一旁叫喊着给自家的狗助威。一场人和人的吵架立马变成狗咬狗，很快围来好多狗，人吵架时狗就在一旁看热闹。狗最爱凑热闹，哪儿有声音先往哪儿跑。最早链轨拖拉机进村时后面追着一群狗，玉素甫的小四轮和摩托车开进村时后面跟着一群狗，石油卡车进村时后面一样跟着一群狗，结果有两条狗被卡车碾死。狗没想到这个巨大的家伙竟然跑得比狗快，狗躲闪不及，喂了车轱辘。

狗最害怕警车，不敢跟着警车声跑，警笛声一叫，狗都躲起来。好多年前的一天，呜呜尖叫的警笛声进了村子，村里所有狗耳朵竖起来，从来没有哪个东西发出这样刺耳的声音，狗围过去，看见几个头上闪红光的家伙在路上窜，狗好奇地追着跑。车上下来的人手提带铁钩的棒子，狗很快发现，它们要遭殃了。那一天，村里一半的狗被打死，一半的狗跑了，跑掉的狗里又有一半被追到村外荒野用枪打死，剩下的狗跑得更远，晚上偷偷跑回来的几条狗又被埋伏在村口的人打死，其余的狗不敢再进村，在荒野中当了一阵子野狗，打狗运动结束后，人骑着毛驴到野地，把自家的狗叫回来。有几条叫不回来，变成野狗游荡在沙漠荒野。

大黑狗看见买买提被洋岗子叫过去，头挨着头说话，知道他们在说着关于自己的事。大黑狗警惕地盯着玉素甫，耳朵却朝向主人，大黑狗从主人说话的表情，已经觉察出什么。

大黑狗看见男主人一脸无奈地走过来。

"狗卖给你可以，但你不能打死它，你自己养，还是卖掉，我不管，你要向我保证不打死它。"买买提对玉素甫说这些话时，眼睛不时看着大黑狗。

刚才，买买提的洋岗子把他叫过去说，"玉素甫要干啥，谁都挡不住。我们不卖给他，他也会叫人把狗打死。他的建筑队一大群人，谁能惹起他。还是把狗给他拉走吧。二百块钱也不少了，家里正缺钱呢，两个孩子的学费还没交，老师都在班上点过好几次名，让欠学费的学生赶快把钱拿来。还有，你的咳嗽病都好几年了，我经常半夜被你咳嗽醒。剩下的钱你去看看病。这条大黑狗，这些年给我们家惹了多少事。它以为自己有本事，谁都敢咬。可我们是穷人家。我们谁都惹不起。它咬了人，咬了别人家狗，都是我们去求人家原谅。它投错主了，应该生活在一个有钱有势人家。"

玉素甫答应不打死狗，"我让它给我看工地。这么厉害的狗，我要打死它，村里那些狗崽子也不愿意。它有一帮子狗朋友呢。它咬我的时候，后面跟着好几条狗帮着咬。"

洋岗子过去把狗抱住，绳子拴在狗脖子上，又头上脊背上抚摸了一阵。然后牵过来，绳子一头交给玉素甫。狗不愿意地后退着，望望买买提，又望望女主人。狗已经知道怎么回事了。

"你快拉走吧，我的巴郎子上学去了，回来看见大黑狗不在了，肯定会哭，会跑到你家里要狗。"买买提的洋岗子说。

大黑狗

玉素甫没有把大黑狗留下看工地，拉到巴扎上卖了。卖给一个不认识的人。

一个月后，大黑狗跑了回来。大黑狗跑回来没有回家，蹲在路边等玉素甫。那天玉素甫在乡上喝了酒，晕晕乎乎骑着摩托车回村，看见自己卖掉的大黑狗蹲在路中间，眼睛直直望自己，不知道要干啥。玉素甫摩托冲着大黑狗骑过去，想把它捉住，狗猛地扑过来，玉素甫吓了一跳，加油门就跑，大黑狗在后面追，一直追进村子。好多人看见大黑狗追咬玉素甫，后面还跟着几条狗帮着追。大家都知道玉素甫把这条狗得罪了。有的扔一个土块儿想把狗打走，有的背着手看热闹。

大黑狗追进村子停住，扬起头"汪汪"了几声，转身走出村子。

大黑狗知道自己被主人卖了，不能再回家，它现在是玉素甫的狗，也不是玉素甫的狗了，玉素甫把它卖给了另一个人。那人是收破烂的，院子里堆满破烂东西。大黑狗被拉去拴在大门口，狗一个人都不认识，不知道该咬谁不咬谁，狗自己嘴对着天哭叫了几天，嗓子哑了，然后就不叫了。这家人的狗食还不错，能吃饱，不时有骨头啃，有和垃圾一起拾来的剩饭吃。就是垃圾的味道难闻，成堆的垃圾里有驴和羊的味道，有狗的味道，主要是人的味道，还有大黑狗依稀熟悉的人的味道。是谁的味道呢，怎么在这里闻到？大黑狗想不起来。可能在收来的破烂堆里，有它熟悉的人的一只破鞋、一顶烂帽子，一件袷袢。狗朝前扑了几下，要不是被铁链拴住，它会从破烂堆里把闻到的熟悉东西找出来，继而找到东西的主人。

　　大黑狗在拴它的铁链子上还闻到另一条狗的味道，是条母狗，气味很浓。窝里的麦草垫上，外面地上，到处是它的味道。一种发泄在窝里的寂寞的味道。晚上大黑狗睡着，梦见一条白母狗，浑身纯白，水门红红地朝外翻着。大黑狗被它自己下身的东西弄醒了，它硬硬地蹿出来，顶到前腿上。大黑狗不知道曾经住在这个窝里的母狗去哪儿了。或许挣脱铁链游窝去了。大黑狗闻出母狗的味道很年轻。一条年轻的白母狗，一定长得非常好看，和村里那些年轻漂亮的母狗一样。大黑狗在村里有七八条喜欢的年轻母狗。阿不旦村的狗头虽然是大白狗，好多母狗愿意和大白狗相好，希望自己生一窝纯白的狗崽子。但是，那些黑母狗和大白狗的后代，多半是不白不黑的杂毛狗。再说，一条大白狗也忙不过来，狗发情的时候，母狗比公狗着急，四处游窝，游到大白狗窝前，看见好多母狗排着队。母狗等不及，后面的水流了一路，公狗闻着气味追过来，母狗耐不住，刚发情时还想找大白狗、找心爱的公狗，到忍不住的时候，碰见谁就给谁了。母狗发情，一下子就解决了，跟一条公狗怀上，水门就关了。公狗可不行，它有责任。村里所有母狗都怀上孕，村外游荡的母狗也都怀上孕，村里村外的路上没了母狗发情的气味了，公狗才罢休。这期间有的公狗轮上几十次，有的一两次，有的一次都没沾上。

　　大黑狗的情侣仅次于大白狗。从发情的前几个月，成群的母狗就跟着它的屁股转了。

　　狗发情时最讨厌村里的巴郎子，拿狗当游戏。狗交配叫连蛋。两条狗连在一起半天分不开。母狗的里面带锁，公狗进去就被锁住，射完精才让出来。可能射一次两次都不开锁。一旦进去了，公狗的把柄就被母狗牢牢抓住。直到母狗满足了，才肯放开。母狗知道公狗还会去找其他母狗，它只能用锁住不放的办法多要一阵，把公狗榨干。

公狗进去的时候是舒服的，一旦被母狗锁住，就难受了。公狗疼得乱叫，母狗也乱叫。痛和快搅在一起。狗的叫声引来看热闹的狗，也引来调皮孩子。两个狗连蛋在一起，一条头东，一条头西，屁股对屁股，像长了两个头的狗，使劲往两个方向跑，跑半天还在原地打圈。

孩子拿来木棍，串在公母狗屁股中间，抬起来。狗叫得更厉害。这是真疼了。但母狗还不解锁。大人看见孩子玩狗，把孩子喝开。有些大人也这样玩狗，孩子跟着学会了。大人对孩子说："母狗带锁的，千万别招惹。"都是说给眼看长大的男孩。女孩远远偷看。村里人骂吝啬的人"母狗"，或"狗屄"，就是说光进不能出。

大黑狗这样的厉害狗，孩子不敢玩。大黑狗是条有脸面的狗，也不在人多处爬母狗，发情季节它的屁股后面跟着一群母狗，大黑狗前面跑，母狗后面撵，跑着把其他母狗甩了，带着一条喜欢的到村外沙包后面。

县　城

大黑狗在一个晚上挣断铁链跑出来，脖子上还吊着一截铁环，一摆一晃，哗哗响。

龟兹老城空空的，河滩大巴扎上只有石头，沿街的店铺都关着门窗。大黑狗靠着店铺墙根走，那里还散发着烤肉抓饭的味道。

碰见几条逛街的狗，围上来咬它，大黑狗一龇牙，它们全吓跑了。可能是城外村庄的狗，走路的样子很慌张，显然不是走在自己的地盘上。

大黑狗走上龟兹古渡大桥，桥头的清真寺安安静静，半个月亮挂在上面。大黑狗对这一片很熟悉，主人经常带着它到老城赶大巴扎。巴扎日清真寺前挤满了人，卖骨头汤、凉粉、粽子、冰水的小贩挤在人流中。狗有时从人群中闻到死人味道。这些走动的人中间有一两个人已经死了。他们不知道自己死了，还不停下，还在走、说话。狗想从人群中找到已经死了的人，把他认出来。狗刚走上桥头就被主人喊回来。主人不让狗去那里。狗不明白主人为啥不让去。死人的味道弥漫在狗的鼻子。在村里，谁家死了人，或者有人快死了，狗都能闻出来。狗闻见死亡味道，就拖着哭腔叫。人把狗的这种声音叫"叫丧"。人听到狗叫丧，就知道村里死人了，或者有人要死了。

大黑狗望了望星星，认准阿不旦村的方位。狗夜夜看星星，知道阿不旦村在哪颗星星下面。桥上护栏边睡着两个人，头对头。大黑狗小心绕开。走过大桥一条马路直通县城。大黑狗以前都是跟着主人的驴车赶巴扎，都是绕过大半个县城，走到老城。回去时又绕过大半个县城。县城几年前就不让驴车进入。大黑狗也从来没进过县城。县城每年都在变大，驴车去老城巴扎的路就越来越远。今晚大黑狗不想绕县城了，它要从路灯照亮的街道径直穿进去。

大黑狗听说县城一到晚上就变成一座狗城，附近村庄的狗，夜里三五结群跑到城里逛街。逛完老城逛新城。那时县城的人都睡了，饭店商店都已关门。路灯也半明半暗。狗溜着墙根走，饭店门前，垃圾箱里，到处能找到好吃东西。狗吃饱了，对着头顶路灯汪汪叫，在其他街道找食的狗汪汪回应，狗在中央广场合成一群，毛茸茸一片。那些狗打着饱嗝，抬腿在路灯杆上撒尿，在花池边拉狗屎，跳到群众大舞台上戏耍，打闹够了四散而去，从各个街巷出城回村。

龟兹县城每晚都有狗光临。老城可吃的东西不多。狗对老城都熟悉，白天狗跟着主人的驴车进老城，饭馆门口的一点骨头渣都被狗捡拾光，洒了肉汤的地都被狗舔干净。新城里白天没狗，晚饭后街道上的垃圾也没人收拾，不光有骨头、吃剩一半的馕、火腿肠，连整块的肉都能捡到。在个别饭馆的后堂，溜门缝儿进去，拖一只整羊出来，这样的好事时有发生。

早几年，只有附近村庄的狗夜晚进城找好食吃，一来一伙。几个村庄的狗就是几伙。街上碰见了还咬群架。后来远近村庄的狗都知道县城有好吃的，天一黑就往县城跑。都怨狗嘴太长，吃了好吃的还要叫着说出去。县城一到晚上就变成狗城，每条街上都有狗在跑，狗在叫。还有人被狗咬伤。

除了清晨早起的清洁工抱怨街上的狗屎多了，城里人对狗倒不介意。狗连夜把饭店门口、垃圾箱边的食物垃圾都清理了，连晚上醉鬼吐的东西，都被狗舔干净。晚上的狗叫声也并没有影响城市人的睡眠，相反，好多城里人的失眠被街上的狗叫治愈。大多数城里人是从乡下来的，听着狗叫睡眠更踏实。因为街上跑着狗，晚上小偷不敢上街，县城的偷盗少了，警车晚上不巡逻。

村里的偷盗却多起来。夜晚狗进城小偷下乡。村里人追小偷追到城里。带着狗追，狗比主人熟悉县城，领着主人走街串巷，把贼追赶得没处跑。

早几年大黑狗就听亚西村一条花母狗说过县城的事，花母狗的父母是城郊村的，长大后抱给了亚西村人家。母狗小时候经常听母亲说到县城吃好的去，母亲半夜撇下它们一窝狗崽儿，去了县城，天快亮回来，肚子吃得饱饱，嘴里还叼着一块肉。母亲吃好了，奶水就多。稍大些花母狗也随母亲去过几次县城，尝过县城垃圾箱里的好吃东西。花母狗所在的亚西村离阿不旦村有十几里路，有一年花母狗游窝到阿不旦村，认识了大黑狗。大黑狗让它怀了七个狗娃子。以后花母狗经常到阿不旦村来，不发情的时候也来。花母狗在村外叫几声，大黑狗听到了就跑出村，和它会面。花母狗漂亮又有修养，不进村和村里的母狗争风吃醋，也不愿让大黑狗难堪，它们约会在村外的苞谷地。那次花母狗躺在大黑狗怀里，舔着大黑狗的脸，给它说小时候半夜跟母亲去县城的事。大黑狗喜欢这只小母狗，身子浑圆，眼光也高，不愧是小时候吃过肉的，没饿着过，不像村里一些狗，眼睛无时不盯着墙根底下；啥肮脏食物都吃。也难怪，一生下来就是饿死鬼，母亲吃不饱肚子，没奶，主人家又没好吃的喂狗，人都吃不饱，哪有狗吃的，能耐个命活下来，就不错了。

大黑狗也曾带着村里的狗半夜去县城找好吃的。都是走到半路回来了。阿不旦村离县城太远，来回几十公里。就是吃一肚子好东西，跑回来也空了。跟没吃一样。

街道亮着路灯，像村庄的白天一样。已经半夜了，街上还有行人，大黑狗鼻子闻了闻，半个熟人都没有。大黑狗没看见传说中满街跑的那些狗，今晚它们怎么不在街上，难道吃饱回家了吗？还是县城街道上从来就没来过狗，大黑狗没闻见街上有其他狗的味道，那些狗到县城找好吃的说法，难道只是狗的梦话，从县城边传到远处的阿不旦。

大黑狗靠着墙根和路灯的阴影走。碰到一堆食物，知道是醉鬼吐出的东西。大黑狗在村里吃过这样的东西，村里有两个醉鬼，经常喝醉躺在路边。一个醉鬼吐出的东西，能把两条狗吃醉，有时看见醉鬼身边躺着两条醉狗。狗吃醉了不吐，就是身体软软地睡死过去。狗在村里醉了，躺一晚上也不会出事。在外面可不能醉。大黑狗舔了几口，没敢贪吃，就往前走了。要是自己醉倒了，肯定糊里糊涂就成了别人肚子里的东西。大黑狗听别的狗说过，老城边的新城里，人吃狗肉，好多狗最后都拉到那里被人吃了。大黑狗在街上闻到吃了狗肉的人身上的狗味道。村里没人吃狗肉。狗和人一样，活到最后老死，埋掉。驴也一样，活到最后老死，埋掉。只有羊和牛可怜，活不到最后，早早被人宰了，皮子卖掉，肉被吃掉，骨头被人啃一遍，又被狗啃一遍，还埋不掉，被拾破烂的收去，卖给工厂，加工成更高级的营养食品，被人再吃一遍。大黑狗有一次在一个孩子吃的袋装食品中，闻到它很久前啃过的一块干骨头的味道。大黑狗对这块骨头记忆很深，一块羊大腿骨，在玉素甫家门外的垃圾堆找到的。也不是它找到的。是村长亚生家的黄母狗找到的，叼在嘴里献给它。不知是村长家的狗啃骨头啃烦了，还是有意给它献爱心，大黑狗没管那么多，叼着骨头跑过半个村子。嘴里有一块骨头叼着的狗，就像屁股下面有一辆摩托车骑着的人一样风光。大黑狗回到窝里，把骨头翻来覆去琢磨了一遍，骨头缝儿里有一丝肉，骨头里还有一点骨髓，狗用舌头感觉到，却怎么也吃不到，狗就含在嘴里嘞，嘞了好几天，那丝肉和那点骨髓还没嘞出来，但骨头里的肉味道已经被它嘞没了，只剩下干骨头被太阳晒出的腊油味儿。有一天，干骨头不在了，可能被孩子拿出去，卖给收破烂的人。

收破烂的啥都收，骨头、破羊皮、废铁、酒瓶子、旧电视机、收音机。骨头收去卖给骨粉厂，加工成营养骨粉。大黑狗不清楚，它啃得精光扔掉的一块干骨头的味道，怎么又进到食品袋里，被孩子吃得津津有味。

狗的路

　　大黑狗出县城后径直朝阿不旦村方向奔跑，穿农田过荒野。它没走大路，人的路太绕弯。大黑狗喜欢县城街道，直直的，像狗走的路，但又不直通到狗要去的地方。狗在世界上没有路。在村里没有，村外荒野上也没有。狗追兔子时，不顺着兔子的路跑。兔子路太绕弯。狗只是对着兔子跑的方向追，狗能判断出兔子跑的方向，它跑直路追，所以兔子绕来绕去，还是被狗捉住。

　　阿不旦村外的荒野上，以前最多的是兔子的路和羊的路。羊和兔子都喜欢在荒野中踩出自己的路，然后一年年地顺着走，这样省劲又不会迷路。人到荒野中没有自己的路，只有一条驴车道从村子通到荒野，然后分散成许多车辙印，消失了。人到野外各有各的事情，很难走到一起。人喜欢沿着羊道走，羊能过去的地方人也能过去。兔子路和羊的路有时重合，不知道羊借了兔子路，还是兔子借了羊道。兔子路比羊道窄。最窄的是蚂蚁路，有半个小指头宽，蚂蚁是双行道，每时每刻都有来去奔跑的蚂蚁，各走一边，蚂蚁也是靠右走。再就是老鼠的路，有两个手指头宽，老鼠路是单行道，老鼠出门排一溜跑过去，找到吃的排一溜回来。碰到迎面来的老鼠，一斜身让过去。稍受惊吓就四处乱窜。

　　自从荒野中出现一条黑乎乎的大公路，把好多动物的路截断。

荒野就不像以前了。好长时间，动物不敢接近柏油路，这条黑路有一股难闻的怪味道。动物的路上也有味道，兔子路有兔子味，老鼠路有老鼠味，人的路上有人味。这条油黑道路上却没有人味。

直到现在，蚂蚁还没有穿过这个黑乎乎的道路。蚂蚁搬家到公路边就停住，下一次搬家远离公路。不论黑蚂蚁还是黄蚂蚁，都不敢爬上比它们还黑的公路。老鼠最先跑到路上，老鼠从刺鼻的黑沥青味中分辨出人的味道，知道这是一条人的路，但没有人走动，只有一种巨大的东西轰隆隆过来过去，好多老鼠被它轧死。尽管这样，老鼠还是很快把洞穴筑在公路边，路上不时有人遗落的食物，自从荒野中有人开垦种地，这条石油公路也变成往外运输农产品的道路。路边遗落最多是棉花，老鼠把棉籽剥开吃了，棉花拖到洞里当被窝儿，生小老鼠的时候，棉花是最好的铺盖，精光的小老鼠生育在温软的棉花里。野黄羊在半年以后才敢跑过公路，它们一旦不害怕公路，马上又会贪恋它，在公路上撒欢，卧在路中间晒太阳。野猪对待公路的方式特别，它用嘴拱路边的沥青，想把路面拱掉。鸟沿着公路飞，不时落下寻路上的食物。路上死亡最多的是老鼠，其次是鸟，还有黄羊。撞死的黄羊马上被司机拉走，留下一摊血。老鼠和鸟的尸体会长久地留在公路上，被车轮反复碾轧，最后成尘土被风刮走。

早年进荒野的人，沿着兔子的路走，沿着羊道走，人进荒野都领着狗，狗知道人的路是怎么走出来的。狗跟着人进城赶巴扎，知道往城里走的路越走越宽越走越平坦。去荒野的路，越走越窄越走越坎坷，走到最后没路了，整个荒野敞开在那里，荒野像一条没边没沿的路。这时人就没方向了，不知道往哪儿走，只有沿着羊道走，沿着兔子路走。走着走着这些路变成人的，兔子和羊不见了。

从县城到阿不旦村，大黑狗穿过五个村子。村子挡在路中间，黑黢黢的，像一头卧在那里的巨大动物。它闭着眼睛，没有一个窗户亮灯。但狗是它的耳朵和眼睛。大黑狗穿过这些村庄时，它脖子上铁环的响声惊动了村里的狗，它被五个村庄的狗追咬，一个村庄的狗叫传到另一个村庄，另一个村庄的狗叫又往下传，最后是阿不旦村的狗叫，从县城边，到阿不旦村，六个村庄的狗叫连成一片。

大黑狗到阿不旦村时，天已经亮了。它在村外看见村子渐渐明亮起来，房子、树的轮廓清晰起来。这样看的时候，大黑狗眼泪汪汪，知道自己已经是一条外狗，这个村庄没有它的窝了。它被卖掉了。

大黑狗站在村头等玉素甫的摩托车，村子里逐渐有了声音，狗叫声、机器声、驴蹄声混杂在一起，先是一辆拖拉机突突突开出村子，司机对它按了声喇叭。接着是牧羊人赶羊群出村，看见路边的大黑狗，朝它友好地叫了一声。大黑狗羞愧地扭过头。它清楚村里人都知道自己被卖了。人活脸，狗活皮。一条狗活到最后被卖掉，算是活得没皮了。大黑狗不想看见村里人，更羞于看见主人家的人，它只等玉素甫的摩托车。

大黑狗追咬完玉素甫，掉过头，朝村外荒野走了。它的尾巴狼一样拖在地上。它从此变成一条野狗。

大黑狗成了野狗后，再没回过村子，也没追咬过玉素甫。它在村外的荒野上游荡。有一年，它顺着柏油路又去了趟县城。大黑狗怀想县城街边的美食，街边随处能捡到好吃东西。它还怀想老城收废品人家铁链上的母狗味道，它跑到那家门口，往里看，一条大黄狗向它扑咬，堆满垃圾的院子黑黑的，还是那些狗都不愿意闻的混杂气味。

大黑狗在月光下巴扎散尽的龟兹河滩游走，想到很久前随主人到巴扎的情景，大黑狗在巴扎上认识了好多狗，狗和狗认识了，主人间也就认识了，有时先是人和人认识了，身边的狗也熟悉起来。熟到恋爱了，狗和狗生了狗娃子，两家就有了走动。狗娃子没睁眼睛的时候，养公狗的人家就被养母狗的人家叫过去，说，狗娃子是两家的狗生的，你挑一个吧。狗是从小看到老，厉害狗眼睛还没睁开就会咬人。养公狗的人挑一个狗娃子，剩下的主人家会留一个，其余的给村里人。来要狗娃子的人，都会带些狗食，喂母狗，有端半盆麸皮的，带两块干骨头的。养公狗家的人更是不能少带狗食，狗娃子是两家狗的后代，都有抚养义务。

大黑狗是一条有本事的公狗，公狗干下的事情，公狗家男人要负责任。

大黑狗每年让村里的好多母狗怀孕，下了一窝一窝的狗娃子。然后，母狗家的人就接连来报喜："我们家母狗又给你们家大黑狗生了一窝，七个，我给你留了一个。快过去看看吧。"

大黑狗主人买买提实在没办法，说，你送人去吧，我们家都快成狗窝了。我们自己都吃不饱肚子，哪有喂狗的食。以后我们家大黑狗配谁家的母狗，我要收一袋子苞谷。你拉着母牛到乡上配种，都收钱的。

主人买买提从来没收到过半袋子苞谷，大黑狗依旧年年让村里好多母狗怀孕，然后，主人买买提领着大黑狗，端着狗食，挨家看望那些汪汪叫的狗后代。

想到这些时，大黑狗觉得自己真对不起主人，给他惹了多少麻烦，让他操了多少心，连自己图痛快干下的风流事，都要主人破费收场。自己给这个人家做过什么呢？看看院子，不丢东西。它的主人穷得没有任何东西可丢。自己在村里的狗中间，也算数二数三的厉害狗，却并不能使主人成为村里有能力的富裕人。村里哪条狗它都敢咬，多数狗都害怕它。可是，它的主人却经常受人欺负。主人被谁欺负了，大黑狗就去咬谁家的狗。主人光知道它惹了多少事，却不知道有些事，是它帮主人出气惹的。主人是村里的穷人、弱人，他的大黑狗却是狗群中的强狗，主人好像从来没有为此自豪过，反而经常为它苦恼，这是大黑狗最伤心的了。

大黑狗在村外荒野上游荡了几年，最后老死了，还是被狼吃了，没人知道。只是玉素甫经常在夜里听见大黑狗在荒野里吠叫，经常梦见被大黑狗追咬。玉素甫很少一个人去野外，也很少去县城，他的工程队散了，包工头玉素甫回到村里，变成一个不爱出门的人。

大黑狗买买提也经常听到自己的大黑狗在荒野里叫，他赶驴车去找过几次，没找到。

大黑狗的叫声还在，在竖着石油井架的荒野沙漠，每当月圆之夜，大黑狗站在高高沙包上，舔净脸、爪子，脖子昂起，腰挺起，嘴对月亮，汪汪地叫，它的叫声不再为一口狗食、一个人、一点动静。它吠叫的时候，远处村子里，好多狗汪汪地跟着叫，嘴对着荒野，大黑狗站立的沙包方向，月亮悬在沙包上面，狗的吠叫在月亮上面，汇成汪汪的银白海洋。

2010年2月4日改定

张欢阿健的童年

一 利群照相馆的老鼠

张欢说，二舅，我告诉你，利群照相馆里全是老鼠，我爸爸给他们装电脑，电线上可能有油，几次被老鼠咬断了。我爸去修电线的时候，发现机器后面的墙根有好几个老鼠洞。照相馆里没吃的，老鼠就啃电线皮吃，就像啃树皮吃一样。

张欢说，我把这个事给三舅说了，三舅说，老鼠啃电线是在磨牙。老鼠的牙长得快，几天不啃东西就长长了，长得嘴里盛不下牙，牙把嘴顶开，合不上，也吃不成东西，老鼠就饿死了。三舅说他小时候见过这样的老鼠，嘴张得大大的死掉了。

二舅说，我小时候也知道老鼠磨牙的事，老鼠在夜里啃桌子腿儿，啃得咯吱咯吱响。大人说，老鼠又磨牙了。我倒觉得，老鼠咬桌子腿儿是在发出声音，就像我们敲鼓弹琴发出声音一样，老鼠也在娱乐呢。

老鼠娱乐的方式很多，以前，老鼠拿人娱乐。老鼠想吃面，就把面粉袋咬个洞钻进去，在里面撒尿，人不能吃了，就全留给老鼠。

晚上人睡着时，老鼠在人的帽子里做窝，生小老鼠，天亮前领走。

老鼠还咬人的耳朵和脚指头吃。二舅小时候就听说老鼠咬掉人耳朵的事，人一觉睡醒半个耳朵不在了，脚指头少了一个。不过，咬的都是小孩。大人的耳朵脚指头长硬了，老鼠咬不动。

现在老鼠的玩法更多了。就说利群照相馆的老鼠吧，白天照相馆有人的时候，老鼠在洞里开会学习。晚上人关灯下班，老鼠从洞里出来。利群照相馆的老鼠会打开电脑，会爬到三脚架上按照相机快门。

以前，相机用胶卷的时候，白天摄像师给顾客拍照，晚上洗出的照片上全是老鼠。后来用数码相机，摄影师看见视频上的人像，按下快门，等一天工作干完，数码相机连在电脑上，发现图片中也全是老鼠。有些是人身子、老鼠头。有些是老鼠身子、人头。从那时候起，利群照相馆再没拍出一张人像。照相馆生意却没受影响，而且越来越好。

二舅对张欢说，一个事情一旦开了头，想停住都不行。张欢给二舅讲了利群照相馆老鼠啃电线的事，二舅就顺着想下去，一直想得让它回不来。二舅想不下去的地方，张欢再接着想。想到没有尽头。

二舅说，这个世界是人想出来的。我们有时活在自己想的事情里，有时活在别人想的事情里。

二 半夜买鞋的人

张欢说，二舅，你知道方圆哥最近在想啥。他说，就希望他爸他妈加油挣钱，他长大就啥都不用干了，买一台笔记本电脑，天天玩游戏。

方圆爸去年把地卖了，在县城开了一个鞋店，专卖旅游鞋。方圆妈刚开店的时候，每天天刚亮就开门营业，晚上十二点才关门。结果头一个月，上午十二点前只卖过一双鞋，是一个晚上喝醉的人，躺在街边林带睡了一夜，大清早醒来鞋不见了，可能给狗叼走了，也可能醉倒前就把鞋走丢了，还有可能睡着后被人脱走了。总之，不能光着脚回家吧。大清早到哪儿买鞋啊。这个人把裤子降低，裤管盖住光脚，溜着街边走，结果看见方圆妈的鞋店开门了。方圆妈看见光脚进来买鞋的人，本来打折的鞋，也不打了，叫了一口价。那个人也不还价，说了个号码，套上一双鞋就走了。

晚上十点以后买鞋的多是学生，方圆妈的鞋店在县一中斜对面。学生上完晚自习出来，一来一群，鞋店像教室一样，挤满学生。方圆妈种地时养成的习惯，天一黑就瞌睡，不瞌睡也迷糊。那些学生，穿着和店里一样的旅游鞋来，擦得干干净净，有几个学生，就在试鞋的工夫，乘方圆妈不注意，旧鞋装进鞋盒，穿着新鞋走了。

方圆妈第二天快中午了，才发现两个鞋盒里装着旧旅游鞋，新鞋少了两双。

后来方圆妈晚上不开门了，九点就关门回家。

鞋店上头的饭店老板对方圆妈说，凌晨三四点，经常有人敲鞋店的门，他出来看，敲门人说要买鞋。

那时候了还有人买鞋，梦里穿啊。方圆妈说。

饭店老板说，那是打牌人回家的时候，那些赢了钱的人，烧得很，就想给孩子买一双高级旅游鞋，给老婆买名贵金项链，根本不讲价钱，要多少都给，这时候钱花了就花了，花不掉就再舍不得了。因为刚赢来的钱，感觉是别人的，花起来不心疼。等到第二天，钱在口袋里焐一晚上，就变成自己的了，花一分都舍不得。

可是，赌徒们散场的时候，全县城的店铺都关着门。那些金银首饰店、名牌衣服店、高级化妆品店，都关着门，一县城人忙了一天都累了，挣上钱的人累了，没挣上钱的人也熬累了。所有好店铺的门都被人敲一遍。

那些输了钱的人呢，也最想买一双新鞋立马穿上，旧鞋从门口扔出去。明天再不走输钱的老路，要穿着新鞋去扳本，去赢钱。

方圆也建议他妈半夜起来开门卖鞋。方圆有一晚睡在张欢家电脑店，半夜听到星光市场上满是人的走路声。不知道哪来那么多人，比白天还多，不说话，只有脚步声。那些人从星光市场中间拥拥挤挤地走过去，朝左一拐，到县城主大街上，大街右边就是方圆家鞋店。方圆听到好多脚步声在鞋店门口停住。这时候店门锁着，方圆妈住在城郊东村的家里。方圆着急了，就跑出去，看见满街站着人，所有人的鞋都烂了，好像走了一夜的路。方圆想跑回家喊他妈赶快来开门卖鞋，却怎么也走不动。街上的人把他挡住了。

方圆妈说，我的儿子白天为鞋店操心，晚上做梦也操心。我要一天卖不出一双鞋，方圆比我还着急。

三 梦里的饭馆

阿健妈开饭馆的时候，有一次，阿健半夜爬起来，推醒他妈，说，妈你赶快去饭馆，我看见街上全是人，不知道从哪儿来的，全空着肚子，在街上转。所有饭馆关着门。妈你去把饭馆门开了，饭店肯定坐不下，在街上也摆上桌子，从街这头摆到那头。晚上工商局的人睡着了，税务局的人睡着了，城管局的人睡着了，没人管。一晚上就把钱挣够了。

阿健妈说，你做梦了，在说梦话。赶快睡觉吧，明天还上学呢。

阿健说，我就是做梦了。晚上做梦的人比白天上班的人多，比上学的人多。那么多人在做梦，梦里一家饭馆都没有，你要把饭馆开在梦里，就挣大钱了。

阿健妈说，儿子啊，你让我在梦里都闲不住吗？我白天晚上的开店，累死了，就想晚上睡个好觉，你还让我在梦里也开店。

阿健说，我二伯的书中说，在梦里干活儿不磨损农具，梦里走路也不费鞋子，也不费劲。梦里开饭馆肯定也不累，梦里的饭也没有本钱。

阿健妈说，每个人都有一个梦，梦是单个的。我要在每个人梦里开一个饭馆，那要开多少饭馆啊。

阿健说，你就不会做一个梦，梦见所有的人吗？

阿健妈说，自从我开了饭馆，我梦见的人都是吃饱肚子的人，他们用餐巾纸擦着嘴，打着饱嗝。

阿健妈说，我要那么会做梦，我就会直接梦见钱了。可是，怎样才能把梦里的钱拿出来呢？

阿健说，梦里的钱就是梦里用的，拿出来梦里就没钱了，成了穷光蛋。

阿健妈说，在梦里当穷光蛋也没关系，梦一会儿就醒了。关键是醒来不能穷。

阿健说，醒来当穷光蛋也没关系，一天过去后，人又睡着了。

阿健说，白天和晚上时间一样长，人醒来和睡着的时间也一样长，人为啥只相信白天醒来的生活，不相信晚上睡着的生活呢？

阿健妈说，因为人醒来的生活是连着的，睡觉前我是你妈妈，你是我儿子，不管你做了一晚上啥梦，明天醒来我还是你妈妈，你还是我儿子。

晚上的梦就不一样，今晚上你做了这样的梦，明晚上又做了那样的梦，梦不是连着的。东一个西一个。你不能沿着昨晚的梦做下去。所以梦是不可靠的。

那我们要梦干啥？阿健问。

这个要问你二伯去，他是作家。听说作家就是把梦做到家的人。

四　二伯说梦

梦是我们睡眠中的生活。二伯说。人的睡眠太长了，一生中一半时间在睡觉，要是我们睡着的时候连梦都不做，人半辈子就白活了。所以，一方面梦是给睡眠安排的节目，让人睡着时不至于太寂寞。另一方面，梦也是睡眠中的知觉。也可以说是我们睡着时过的一种生活。

二伯的《虚土》里，就写了一个分不清梦和醒的孩子，他把生活过反了，以为梦是真的，醒来是假的。因为醒来的每天都一样，就像摆在眼前的假花。而每个梦都不一样。所以他以为梦是清醒的，醒是沉睡的。

二伯的书里还说，梦是我们不知道的一种生活。

为啥不知道？

因为我们睡着了。

我们睡着时，身边醒着的人，看不见我们的梦。也无法把梦打开，走进去。梦没有门。梦的四周都是高墙，一直顶到天上。梦是封闭的时间。

听说也有人知道梦的门在哪儿，轻轻推开进去。听说梦游人走在别人的梦里，他自己不知道。

二伯的书里还写了一个人，梦见自己给别人干了半天活儿，累得满头大汗。醒来就想找那个使唤他的人去要工钱。结果呢，梦中使唤他的那人早不在人世。他只有回到梦里才有可能找到他。可是，他能回到那个做过的梦里吗？即使回到那个梦里，他又能想起讨要工钱这个事吗？如果醒来的意识能够进入到睡梦里，说明人已经是醒的。

就在昨晚，二伯梦见自己在戈壁上种了一地西瓜，都扯秧了，大大小小地结了一地瓜。二伯扛着铁锨，从很远的渠里引来水，浇灌瓜地。地头有一间矮矮的瓜棚，二伯站在瓜棚前，远远近近地望，戈壁上空空荡荡，二伯心里什么都不想，仿佛很久以前，自己就站在这个地方。二伯还在梦里写了一首诗。

二伯醒来后，想，我醒来了，那一地西瓜还在梦里，没有醒来。那些在阳光下泛着白光的瓜和摇动的绿叶子没有随我一起醒来，它们还在梦里继续生长。

我出来了，谁会看管它们。

如果没人看管，一地西瓜会一年年地生长下去。今年的瓜熟透了，烂在地里，瓜子进入土中，明年再发芽长出西瓜。一百年一千年，都不会有人再走进这个生长西瓜的梦里。那片瓜地的景色再没人看见，西瓜的香甜再没人品尝。

会是这样的吗？

如果不是，瓜地还在那里，看瓜的二伯还在那里。醒来的二伯又是谁呢？

二伯说，梦是被"睡"看见的一种生活。就像现实是被"醒"看见的一种生活。人活在"睡"和"醒"两种状态里。

"睡"看见的生活是片断的，我们做的梦总是没头没尾。并不是梦没头没尾。所有的梦，我们没进入之前它早已经开始，我们出来后它还在继续。我们只是从中间插入，进入梦的一个片断里，看见没头没尾的一种生活，很快又被"醒"拉回来。

二伯认为，人有无数种自己不知道的生活，在"睡"中人偶尔闯入梦，看见自己的样子。有的梦里自己是童年，另一个梦里自己是老人。

二伯让人们注意自己做梦时的看见：人在梦里能看见自己的脊背，看见自己跑远，看见自己的脸和脸上的表情。这说明，我们入梦时眼睛在别处，否则我们看不见自己，我们扒开梦的门缝看见自己在里面的生活，我们融入其中，为自己高兴或担心。我们醒来，只是床上的这个自己离开梦了，梦里的自己还在梦里，过着只被我们看见片断的一种生活。

所以，除了写小说的二伯、在单位上班的二伯，还有一个在荒野上种瓜的二伯。他的西瓜年年成熟，我们不知道。那些西瓜都卖到哪儿了我们不知道。也许今年吃的最甜的一个西瓜，是二伯那个瓜地里长的。但梦里的西瓜醒来时怎么能吃到呢？

二伯梦里写的一首诗，却被他带了出来。

在野地我度过长夜

看见天无边无际地亮了

巨大而纷繁的季节

正从我简单低矮的瓜棚旁经过

五　树梢上的杏子

阿健说，二伯，那棵杏树上的杏子是奶奶留给倩倩姐姐的。谁来奶奶都不让摘，说倩倩姐姐放暑假要回来。到底倩倩姐姐回不回来？

张欢说，二舅，阿健早就盯上那几颗杏子了，树底下能给他摘到的都给他摘了，摘不到的也用木杆打下来吃了，就剩树梢上那些杏子，奶奶谁都不让动。可是阿健每次来奶奶家，眼睛首先盯着那几颗杏子。有一次，我看见阿健钻到树下面，使劲摇树，结果掉下来两个杏子。我赶紧去告奶奶。

张欢说，阿健聪明得很，晚上一刮风，第二天就钻到杏树下面找杏子吃。杏子都熟透了，一点小风就摇落了。我看，那些杏子等不到倩倩姐姐放假，就是不让阿健偷吃掉，也被风刮掉了。

阿健说，一刮风，张欢姐姐也到杏树下捡杏子。我都看见了。

张欢说，我捡的杏子都给奶奶了。奶奶也担心树上的杏子等不到倩倩姐姐放假，她就存了一些，杏子可爱坏了，放不住。

菜园里两棵杏树，一棵白杏，六月就熟了，一棵红杏，六月底熟。今年杏子结得不多。

张欢说，杏树开花时刮了一场大风，好多杏花被风吹落，都落到院墙外面了。往年杏子结得多的时候，奶奶不管，谁来都随便摘着吃。杏子一少，奶奶就管了。一棵树上的杏子，今年谁吃了，谁没吃上，奶奶都记着呢。张欢说，二舅，你给倩倩姐姐打个电话，让她一放假就赶快回来，回来晚了那几颗杏子可真留不住了。

六　会飞的孩子

我们家房边的一排榆树，房子盖好那年栽的，有一棵长得又高又大，都有两房高。我们把很高的东西都用房子做尺度，一房高就是一层房子高，大概三米多高；两房高就是两层房子高，有六七米。旁边老陈家的榆树和我们家的一样高，上面有鸟巢。我们家树上没有。

阿健说，二伯，我们家树上咋没麻雀呢？

二伯说，麻雀最害怕地上跑的孩子，老陈家没小孩，所以麻雀敢在树上筑窝。

麻雀为啥怕小孩呢？

小孩在地上跑的时候，手臂张开，越跑越快，好像要飞起来。麻雀害怕孩子飞到天上捉它们。二伯说。

麻雀不怕大人，麻雀知道大人飞不起来。大人的翅膀朝下垂着，张不开。大人也很少朝天上看。

小孩不一样。小孩一出门就眼睛盯着天上。把云都看得跑掉了。把鸟都看得掉下来。小孩看的时候，还朝天上啊啊叫，手臂展开跑。鸟能听懂小孩的叫声。小孩一学会说人的话，鸟就听不懂了。那时的孩子，也听不懂鸟叫了。

阿健张欢都在我说什么他们都相信的年龄。这个年龄的小孩都相信自己会飞，张开手臂奔跑，跑着跑着变成大人了。本来可能变成翅膀飞翔的手臂，被地上的好多事情缠住。鸟在天上看见很小的孩子就被地上的事情缠住。他们趴在那里写作业，从天亮写到天黑，天黑了还在灯下面写。鸟都在天上叹息，这些孩子早早就把翅膀收起来了。人在孩子的时候，曾有一个机会选择，是把手臂变成翅膀飞翔呢，还是垂下来拿地上的好东西？最后，只有个别的人，把手臂张开，飞走了，在我们看不见的高远处，他们脸朝上，张开翅膀飞翔。

那我们咋看不见天上飞的人？阿健说。

二伯说，你在梦里会看见满天空飞翔的人，你也在飞。二伯也经常在梦里飞。二伯飞的时候，一只手臂朝前伸直，一只朝后并在身边。头发被风吹向后面，大额头上发着光，从地上看像一颗星星一样。

七　给鸟搬家

阿健一直想把老陈家榆树上的麻雀赶到我们家树上。阿健往老陈家树上扔土块儿，朝树上喊叫。

怎么才能让鸟在我们家树上也筑窝呢？阿健说。

等你们都长大了，麻雀看见院子里没小孩了，就会来我们家树上筑巢。二伯说。

我想现在就让麻雀来我们家树上筑巢。阿健说。

那我们想个办法吧，先在树上给鸟做个窝，到时候我会让那棵树上的鸟搬过来住。二伯说。

二伯带着张欢、阿健、洋洋和方圆，在院子里做鸟巢。

二伯从小库房里找出锯子、斧头和钉锤，用木板钉了一个方盒子，里面垫上棉花和毛。还把张欢玩旧的一个小布娃娃放进去。奶奶说，鸟害怕人用过的东西，鸟不会进去。二伯又把这些东西取出来，找一些柔软的干草放进做好的鸟巢。

然后，二伯让方圆爬上树，用铁丝把鸟巢绑在最高的树杈上。二伯做木盒的时候，中间隔出了盛放食物的槅档，在里面装了些小米。

鸟巢安置后，第二天就有鸟在树上叫了。

鸟发现巢里的食物，再叫其他鸟过来吃。

过了两天，树上没鸟叫了。二伯说，可能食物吃完了。让方圆上去又放了一些小米。鸟又在树上叫了。

可是，鸟把小米吃完又飞了，没把我们的木盒当窝的意思。

这咋办呢？阿健说。

不急，再想办法。二伯说。

过了一段时间，鸟下蛋了。鸟下蛋的时候，叫声不一样。二伯从鸟叫中听出来鸟下蛋了，而且下了不少。二伯让方圆爬到老陈家榆树上，看看鸟巢里有几个蛋。

有五个蛋。方圆在树上喊。

装在口袋里，拿下来。小心别碰坏了。二伯说。

二伯摸了摸方圆拿下来的蛋，还是热的。对着太阳照了照，里面已经有红血丝。小鸟正在蛋里成形。二伯让方圆把蛋放到我们家树上的鸟巢里。

二伯说，我们把鸟蛋移过来，鸟就会跟着过来。

可是，鸟没有搬家过来，只是在我们家树上叫了一阵，又回到老陈家树上，在旧窝里下了一窝蛋。移过来的几个蛋放凉了，后来放坏了。

二伯的办法失败了。

怎么办？阿健、张欢都着急了。

再等等。二伯说。

又一个月后，老陈家树上的鸟巢孵出了小鸟，在树下都能听到小鸟的叫声。

二伯又让方圆上到老陈家树上，把小鸟全拿下来。方圆上树的时候，鸟一阵乱叫，还在空中用鸟粪袭击方圆，有一块鸟粪，就打在方圆头上。方圆害怕了，二伯让张欢和阿健在树下喊，手臂张开跑。鸟以为张欢、阿健要飞到天上捉它们，飞远了。

方圆把小鸟装在衣兜里拿下来，五只精光的小鸟，张着嫩黄的小嘴直叫。张欢、阿健都围上去摸小鸟。二伯让方圆赶快把小鸟放到我们家树上的窝里，又放了好多小米进去。然后，我们回到院子。

鸟看到自己窝里没有了小鸟，扯着嗓子叫，小鸟也在我们家树上的窝里叫。大鸟听到了，就飞过来，看见自己的小宝宝全搬了家，家里还有好多食物，鸟没办法把小鸟搬回旧巢，只好把我们给它筑的巢当家了。

那以后老陈家树上没鸟了，都落到我们家树上。

老陈不知道我们干的事，我们干这些时，都是在他锁门出去的时候。有一次他锁上院门，到街上买了个东西，回来树上的鸟就搬家了，全搬到我们家树上。老陈望着自己家树上空空的鸟巢，又看看我们家树上的方木盒子，在他们家树上生活了好多年的一窝鸟，从此到我们家树上生活了。老陈想不通，不知道树上发生了什么。

老陈家的两个女儿都出嫁到外地，剩下老陈和媳妇，院子一年四季冷冷清清，只有树上的鸟叫声。现在连鸟叫声也没有了。

张欢说，她经常看见老陈朝我们家树上望。还在他们家树下撒小米，招鸟过去。鸟飞过去把小米吃了，就又回到我们家树上。

二伯听了，也觉得对不住老陈。

过了一个月，小鸟会飞了。飞到菜园里吃虫子。

又过了两个月，阿健说，他看见两只大鸟又回到老陈家树上的旧窝里了。我们家树上的窝留给长大的小鸟住了。

二伯听了说，鸟做得很对呢。

现在，老陈家和我们家树上，都有鸟叫了。

八 偷瓜

二伯带着阿健、洋洋、张欢去田野里玩，从奶奶家房子出来，就是田野。二伯骑着自行车带着张欢，洋洋骑自行车带着阿健。半下午，太阳烧热，沿着林带的小路，很快走到一片西瓜地边。阿健说，买个瓜吃吧。

瓜棚在地那头，一个小草棚，远远的有一个人影晃动。

二伯说，我们偷一个瓜吃吧。瓜棚太远了，都是庄稼地，走不过去。

阿健说，我们老师不让偷东西，偷东西不是好孩子。是小偷。

二伯说，二伯小时候也偷过西瓜，现在长大了，也没变成小偷，变成大作家了。

二伯带领几个孩子开始偷瓜了。

二伯让洋洋把自行车放倒，我们蹲在水渠沿下，那里有几棵树的阴凉。

二伯说，刚才我们站在瓜地边的时候，那边瓜棚里的人已经注意了，我们不要说话，也不要抬头，悄悄地乘会儿凉，等着瓜人不注意这边了，再行动。这次偷瓜，二伯光指挥，不参加，全靠你们。

过了一阵，二伯让张欢爬到渠沿，看瓜棚外有没有人。

张欢说，没人了。可能进到瓜棚里睡觉去了。

二伯说，现在我给你们分工，你们三个，一个放哨，两个偷瓜。谁想去偷瓜？

三个都想去。

二伯说，阿健留下放哨吧，洋洋、张欢去偷。

张欢说，阿健不听话，光乱跑。放哨不行。

二伯说，阿健去偷瓜也不行，抱不动西瓜。

阿健说，我偷一个小的。

那就张欢放哨，洋洋、阿健去偷。

二舅，咋放哨？张欢问。

你爬到渠沿上，一直盯着瓜棚那边，要是看瓜人从瓜棚出来，就给洋洋、阿健发暗号。暗号就是学羊叫。洋洋、阿健听到羊叫就马上隐蔽起来。要是已经被看瓜人发现了，就学狗叫。洋洋、阿健听到狗叫就赶快跑回来。张欢放哨时要注意隐蔽自己。

那我们咋偷？阿健问。

你跟着我就行了。洋洋说。

对，洋洋是哥哥，阿健出去要听他的。

二伯说，你们俩爬过渠，爬进瓜地边的棉花地，以棉花做掩护，弓着腰走，到了瓜地边，爬着进去，瓜秧有半米高，爬进去不会有人看见。或者从瓜垄里爬着找瓜，一般瓜秧根部的瓜都熟了。

洋洋说，二舅，我会弹瓜，熟没熟，指头一弹就知道了。

二舅说，看瓜人一听到弹瓜的声音就知道有人偷瓜了。我们小时候偷瓜都不弹，手摸一下西瓜，表面光滑的就熟了，涩涩的就不熟。

出发前，二舅给阿健、洋洋一人两块钱，嘴对着耳朵交代了几句。

二舅看着他们爬过渠，张欢也藏在一丛草后面放哨了。二舅放心地躺在渠沿上，开始睡觉。

不知过了多久，二舅听见张欢学羊叫，有情况了。二舅从渠沿边抬起头，看见瓜棚前有几个人影晃动，再看瓜地，满地瓜秧，和在阳光下发光的大西瓜，看不见洋洋、阿健藏在哪儿。

二舅说，没事，可能是来买瓜的人，解除警报，继续偷。

解除警报怎么叫？张欢问。

二舅刚才只说了有人出来学羊叫，被人发现了学狗叫。没事了，解除警报该怎么叫，没想到。

就等一等吧。二舅说。他们俩在瓜秧下也在观察动静，觉得没事了自己就会行动。

二舅刚回到渠沿下，就听张欢说，二舅要不要学狗叫，有一个人往地中间走。

二舅又爬到渠沿看了看，说，先学几声羊叫，再观察一会儿。

那个人走到瓜地中间，弯腰摘了一个西瓜，抱着回瓜棚了。二舅朝瓜地里望，仍然看不见洋洋、阿健，他们俩藏得真隐蔽啊。要在一地瓜秧中找到他们俩，比找一个熟瓜还难。

二舅放心了。

过了好一阵，二舅都快睡着了，听张欢说，他们回来了。

二舅睁开眼睛，看见洋洋、阿健一人抱一个西瓜，满身满脸的土和草叶。

洋洋偷了一个大西瓜。阿健偷的瓜，一看就是个生瓜蛋子。二舅在树下的阴凉里，把瓜打开，一人掰了一块。瓜半生不熟，二舅吃得却很有味。二舅小时候也偷瓜，瓜不熟就开始偷，多半偷的是生瓜，等满地的瓜熟了，看瓜人看得紧，就不好偷了。二舅吃到生瓜想起自己小时候吃瓜的味道。

二舅问，你们刚才害怕了吗？

洋洋说，听到羊叫的时候，阿健害怕，说，我们跑吧。那时我们正趴在瓜秧下面，我把阿健按住了。过一会儿羊又叫了，我们就用西瓜叶把自己藏得严严实实。阿健太可笑了，他躺着，把腿和头都伸到瓜秧下面，又拉了几个西瓜叶把身体盖住，后来瓜秧缠在身上，差一点出不来。

那你们怎么知道没事了？二舅问。

因为羊不叫了，我们就知道没事了。要有事羊就会叫。洋洋说。

我给你们的钱呢？二舅问。

放在地里了。洋洋说。

咋放的？二舅问。

我们在摘掉西瓜的地方，放两块钱，用土块压住。阿健说。

九　二舅小时候偷瓜的故事

二舅那时偷瓜，都是有一身行头的。进瓜地前，准备半个瓜皮，像钢盔一样戴在头上，再扯一些瓜秧披在背上。这样趴在瓜地里，看瓜人从身旁走过都看不见。

瓜地边都有水渠，几个人一起偷瓜，一个放哨的，两个爬进瓜地，把摘的西瓜滚进水渠，另一个人在离瓜地很远的水渠下游，等着西瓜漂过去。偷够了，也爬进水渠，朝下游游去，遇到渠拐弯，被草挂住的西瓜，帮着推一把。西瓜顺水往下漂的时候，就像一个不会游泳的人，翻滚着，一会头没到水里了，一会儿又顶出来。

二舅那时候偷瓜是真偷，可没有两块钱放在地里。二舅长大后，有一年，在沙漠边旅行，口干舌燥，看见一片西瓜地，没人看守，二舅进去摘了一个西瓜吃了，又摘了两个放在车上。二舅走的时候，在西瓜压出的土窝里，放了十块钱，用土块压住。

第二年春天，二舅又来到这片沙漠边，看见满地的西瓜烂在地里，二舅放的十块钱还在那个土窝里，被一个土块压住，可能淋了几场雨，又被开春的雪水浸泡，钱都变颜色了。

一地西瓜怎么没人收获呢？二舅想，可能种瓜的人自己忘记了。瓜地周围看不见一个村子，也看不见一间房子。种瓜的人从哪儿来的呢，他种了一地西瓜后又去了哪里。可能回到看不见的村庄，干其他活儿了，忙着忙着就忘记了远处这块地。

好多人在远处播过种，在他们年轻时，跑很远的路，开辟荒地，胡乱地撒些种子，有些人守在地边，等到了收成。有些人继续往前走，他播撒的种子在身后开花结果，他不知道。他把自己干的事忘掉了。

二舅也忘掉了好多事，现在回过头，想起来一些。还有一些往事沉睡着，就像那块西瓜地，在主人的遗忘里，它年年长出一地西瓜，直到有一天，那个扔下它们的人原路回来。

想到这里二舅的脑子里轰的一声，二舅突然想起来，这就是自己早年梦见的西瓜地，地头的瓜棚也一模一样。怎么会是这样呢？看守瓜地的自己又去了哪里？二舅想，可能我无法在远处遇见自己，只会看见我干过的事。

十 二舅说偷

二舅说，小孩拿东西不算偷。偷是人最古老的一种本性。在我们人类还是孩童的遥远年代，大地上长满瓜果。那些瓜果不是任何人的私有财产，我们处在孩童时期的祖先，看见果子就伸手采，遇到西瓜就弯腰摘。千万年里他们就是这样在生活。

只是到后来，大地被一块块地瓜分了。大地上的瓜果成了一些人的，另一些人没有权利采摘，采摘别人的瓜果被说成了偷。偷成了一件耻辱的事。有个成语叫瓜田李下——"瓜田不纳履，李下不整冠"。意思是君子要堂堂正正，从瓜田经过的时候，即使鞋带松了，也不弯腰去系；从李子树下走过，即使帽子被树枝刮歪了，也不要伸手去扶。以免让别人误解自己在弯腰偷瓜，举手盗李。

在孩子身上，能有幸看到一些人类童年的影子。孩子见一棵树上结着果子，就会伸手去摘，这和我们千万年前的祖先多么相像。这是最本能最天真无邪的动作。大人看见树上的果子首先会想，这个果树是谁的。孩子心中没有这个概念，或者在孩子心中，果树都是大地的。

尽管人类早已经长大到成年，但我们的孩子还在童年。每个孩子都生活在全人类的童年。从孩子身上我们看见遥远的祖先。祖先繁衍养育了我们，现在回头看，祖先就跟孩子一样。

十一 二舅变成了玉米

张欢做了一个梦，梦见二舅变成一棵玉米，长在我们家西边的地里。张欢把这个梦告诉奶奶。张欢晚上和奶奶住在后面的土房子。张欢早上问奶奶，你梦见二舅没有。奶奶说没有。张欢说，奇怪，我二舅变成一棵玉米了。我从那块地边走过，一眼看见二舅长在玉米地里，身上结了两个玉米棒子。

过了半个月，二舅回沙湾，奶奶把张欢的梦告诉二舅。二舅又去问张欢，你怎么梦见我变成玉米。张欢不好意思，她不想让奶奶告诉二舅。她可能觉得，让二舅在自己的梦里变成玉米，不是好事。

我变成玉米，你怎么就认出我？那块地里就我一棵玉米吗？二舅问。

满地都长着玉米。张欢说。我也不知道，我觉得里面有一棵玉米就是你。我喊了一声二舅。你变成玉米也是我二舅。

那我答应了吗？

你答应了。你好像摇了几下玉米叶子。然后我看见满地的玉米都在摇动，空气也在动，我有点害怕，地边的路上空空的，我朝前看，朝后看，都没有人，就跑回来了。

我回到家里院子也是空空的，我喊奶奶，没人答应。

我想快些把你变成玉米的事告诉奶奶。我觉得这个事很重要。二舅变成玉米长在一块地里，都长熟了，万一被人收割了，怎么办。

我一着急醒来了。张欢说。

二舅回到乌鲁木齐，老想自己变成玉米这回事。二舅专程跑到城郊的玉米地里，直端端地站了一个小时，闭着眼睛冥想自己变成玉米是什么样子。二舅身边站满了高出一头的青玉米，二舅因为来得晚，没有位置，不能挤进去和那些玉米并排站着，就站在两行玉米中间，当时刮一丝小风，玉米叶子轻轻摇动，拍打二舅的脸和胳膊。二舅想，玉米给自己打招呼呢，自己也不能傻立着，就学玉米的样子摇晃身体，像喝醉酒一样。二舅晃的时候，右手臂碰到一棵玉米的青棒子，左脸挨着一棵玉米的黄穗子，感觉痒痒的，舒服极了。还有一只虫子，落在二舅脸上，爬过脸走到脖子，朝衣服里钻。二舅没管它。二舅想，玉米也不会在意一只虫子趴在身上。二舅听到玉米叶哗哗的声音，就想，玉米在说什么呢，是不是在议论自己。玉米会怎样议论自己呢，二舅想不清楚。二舅想，我要早点来到玉米地，多待一阵子，可能就能听懂玉米的语言了。二舅腿都站困了，脚也站麻了。二舅想，玉米也不容易啊，要这样不动地站好几个月，可能脚早就麻了。二舅就想，万一我真的变成玉米了，我会抱个板凳来，站累了坐一阵，靠着打个盹儿。晚上乘他们不注意，躺下睡一阵，我才不会老老实实站一辈子。

二舅这样想的时候，觉得离玉米已经很远了，刚才触到玉米叶子的那种感觉也没了。二舅想，自己还是没变成玉米，老把自己当人想，没有当一棵玉米想。

玉米又是咋想的呢？

二舅离开玉米地，回到家里睡了一觉，才想清楚。

二舅走出玉米地时，好多玉米叶子在拉扯自己的衣服，像在挽留，不愿二舅走。二舅也动情了，拥抱了好几棵玉米，还用手轻握着一棵玉米的饱满青棒子，吻了一下，忍不住要掰了带回去煮着吃，又忍住了。

二舅离开老远了，回头看见一地玉米还在摇动，向自己招手。二舅也向玉米们招招手，转身进城了。

二舅回到家睡了一觉。二舅有一个毛病，遇到不清楚的事情，睡一觉就清楚了。二舅从来不苦思冥想。

二舅被身上的一阵痒痒痒醒了，感觉一个小东西在衣服里。二舅脱了内衣，在袖子的接缝处，发现一只虫子，带甲壳的，芝麻大小，二舅认出它了，是在玉米地时从自己脸上走到衣服里的那只。好像在衣服的布缝儿里睡着了。这个小东西，可找到睡觉的好地方了，二舅用两个指头，把小虫子捏住，小家伙紧张了，丝线一样细的小腿使劲蹬。该怎么处理这个小家伙呢？把人家从郊区的玉米地带到城市，可不能亏待了人家。二舅想。

二舅家里有几盆花，原想放到花叶子上，不知小虫吃什么，还是放到外面吧。二舅家的小区有树林和草坪，二舅走到窗口，往下看了看，二舅住在五楼，把小虫扔下去肯定摔死。

怎么办呢？老捏着也会捏死。

二舅把虫子放在床单上，放下它就跑。二舅想，让你跑吧，跑一天也不会跑到床边。

二舅到书房拿了一张纸，叠了一个纸飞机。二舅回到卧室，看见虫子还没跑出一拃远。二舅把小虫捏起来，放在纸飞机背上，怕它在空中掉下去，又用一点口水把小虫粘在纸上。然后，二舅把身体伸出窗口，对准楼下的草坪，把纸飞机扔出去。

二舅看着纸飞机在空中飘浮，转了一个圈，落在一棵叶子稠密的榆树上。二舅想，也算对一只小虫有个交代了。只是不知道刚才，它在纸飞机上害怕了没有。

那玉米的事呢？二舅想，我在张欢的梦里变成玉米，这件事已经没法改变了。二舅不能修改张欢的梦。张欢也不能修改自己的梦。那件事已经发生过了。二舅已经变成玉米了。

二舅去玉米地里站了一个小时，就是把变成玉米这个事实还给玉米。二舅已经变成玉米了，不能不当回事地还在人群家里混。也许张欢梦见二舅变成玉米的一瞬间，一棵玉米已经变成人。玉米地里已经少了一棵玉米，人群里多了一个人。二舅得到玉米地把那个空位子占住。

二舅很看重张欢做的梦。张欢在梦里看见的，可能就是二舅的另一种生活——在另一个世界里，二舅直直地长在玉米地，已经结了两个棒子。张欢还能从一地的玉米中，认出二舅，说明二舅变成玉米，也是特别的一棵。

二舅想，做人就好好做人，做虫子就好好做虫子，做玉米就好好做玉米。不能做了玉米了，还怕站着累，想有个椅子坐坐。玉米坐椅子肯定比坐老虎凳还惨呢。

十二 我小时候会说鸟语

阿健爸爸朋友家的狗生小狗了，给阿健爸送了一条，说拿回去让阿健玩。阿健从小只玩塑料狗、机器狗和布做的狗，没和真狗打过交道。

狗满房子跑，阿健满房子追。狗叫阿健也学着叫。

那时阿健一岁多，正学说话，阿健妈担心阿健把狗叫学会了，见了人就叫。小孩张口学话的时候，学会啥就是啥，以后都难改掉。

阿健爸说，阿健要真能学会狗说话，那比学会多少种外语都有用。现在的孩子，上小学就学外语，目的是让孩子长大了，和他们一辈子都见不了几面的外国人交流。从没有哪个学校教孩子说狗语，学鸡叫，让孩子从小能和身边的一条小狗小鸡交流。

阿健爸说，我们小时候，住在乡下，院子里跑着鸡，门口拴着狗，房前屋后的树上落着鸟，筑着鸟巢。我们不但能听懂鸡叫牛哞狗吠，连鸟叫都能听懂。那时学校还没开外语课，我们在家里学狗叫、学羊叫、学鸟叫。都学会了。这些要算外语，我们会五六种呢。现在，偶尔看见有鸟从县城飞过，叫几声，我还能听懂大概意思呢。只是从来没人请我翻译鸟叫。那些养鸟的人，也不愿请我去翻译，他们听鸟叫只是听听声音，并不想知道鸟在叫啥。再说，把鸟叫翻译成人的话，就不悦耳了，不好听了。鸟关在笼子里，说的多是骂人的话。翻译过来人也不愿听。天上树上的鸟，说的话跟人又没多少关系，翻译过来人也不愿听。

阿健爸说，小时候在村里，我们没事就翻译鸟说的话。鸟在树上叫，我们在树下听，把鸟叫译成人的话，说给别人。我们从鸟嘴里知道了好多事，鸟在天上看见的事比人多。鸟的嘴碎得很，鸟脑子又小，装不下事情，看见啥不经过脑子就叫出去了。所以鸟说的好多话我都不想翻译，我要把鸟叽叽喳喳的叫声都翻译成人话，我就成一个碎嘴的人了。我可不想当这样的人。

阿健爸上小学四年级时，用鸟说的话写了一篇作文。鸟在屋后一棵柳树上说关于鸟巢的事。

母鸟说，老公，今年风多，我在窝里下蛋老觉得不稳，你下去捡几个草茎吧，把我们的窝再加固一下。

公鸟说，老婆，你就放心下蛋吧，我筑的巢我知道，牢固得很。

母鸟说，你就是懒，让你加固你就加固一下，站一站也老呢。飞下去衔几根草能累死你吗？

公鸟说，你赶快眼睛闭住下蛋吧，劲都用在嘴上了，你看那边榆树上的母鸟，都下了三个蛋了。

母鸟说，别人的老婆好，它下了十个蛋跟你一根毛的关系也没有。你还是操心一下自己的窝吧。要么去给我捉几个虫子当零嘴儿，我这阵子咋这么嘴馋，光想吃好东西，想吃酸东西，你给我捉几只蚂蚁吧，蚂蚁肉是酸的。

阿健爸把这篇作文交给老师，老师看完表扬了他，说有想象力，两只鸟的对话编得很好。

阿健爸说，不是我编的，全是真的，我听到鸟就这么说的。

老师说，事情是不是真的没关系，只要写得跟真的一样就是好作文。文学的最高真实是虚构，这个你们现在还不懂。

阿健爸没再和老师争真和假的事，后来又把两头猪的对话写成了作文。

我们家的一头猪，和韩三家一头猪，有一天躺在后墙根的窗台下面，哼哼唧唧说话，它们先说吃的，一个问，早食吃了些啥？

半盆剩饭，加了些煮熟的草，饭好像馊了，人不吃，就倒给我了。

你呢，早晨吃到好东西了吧？也不擦嘴，看你的猪嘴上都是食物，小心狗舔你嘴上的食把嘴咬了。

然后两个猪开始议论自己家的主人，说的全是人的事。猪夜夜睡在窗台下，人家里的啥事情都听到了，猪把听到的人话，翻译成猪话说出来，阿健爸再把猪话翻译成人话，就不是以前的味道了。那些话在人、猪、人之间倒腾了三次，完全走形了，变成另一种味道的语言。

阿健爸用这些语言写成的作文，又一次受到老师表扬。老师还是表扬他想象力好，把虚构的东西写得跟真的一样。

阿健爸也一直没争辩。

阿健爸后来到县城法院当法官，全是跟人打官司，小时候学的动物语言就一直没用处，荒废了。家里有了小狗后，阿健爸经常和小狗说话，也让阿健学小狗说话。可是，小狗听不懂人话，人必须用狗叫和它交谈，它才能听懂。阿健爸觉得，这样有失身份，自己是一个法官，老汪汪地学狗叫，不体面，就不怎么和小狗交谈了。这样就逼得小狗开始学人话，至少学会听懂人话。小狗果然就学会听懂人话了。交流起来也方便了，人说人的，狗叫狗的，相互听懂多少算多少。

十三　小狗妈死了

阿健的小狗被抱走了，说去陪陪它妈。阿健爸的朋友一家去了内地，走前把狗寄放在一个亲戚家。狗没日没夜叫，后来竟绝食了。

赶紧打电话给主人，狗主人说，狗陪了他们好多年，有感情，它以为我们把它送人，不要它了。所以它伤心。其实我们只是出来旅游，一个月就回去了。这些事给狗又说不明白。

那咋办呢？

阿健家有它的一个儿子，抱过去陪它几天，我们就回去了。狗主人说。

可是，狗看到它的孩子叫得更厉害了。母子俩一起叫。人不知道它们在叫什么。大狗看着小狗，小狗看着大狗，汪汪叫。

再打电话给狗主人。主人说，这下完了，狗看到自己的小狗，肯定更伤心了。它以为小狗也被它的主人抛弃了。一起伤心地哭叫。

要想办法让狗知道我们没抛弃它，只是出来旅游，暂时把他寄放在别人家。

怎样才能让它知道呢？

把电话贴到狗耳朵上，主人给它说话。

狗听到电话里主人的声音，爪子扒拉着要钻到话筒里去，还绕到话筒后面找主人。最后，狗弄清楚主人的话是从一截没有味道又咬不动的干骨头里冒出来，吓得跑远了。

这个办法不行，主人又想了个办法。从网上发一张全家人的照片，让亲戚放大了冲洗出来，给狗看。照片中主人一家人都面带微笑，就像平时那样。

照片放了和真人一般大，挨地贴在墙上。

狗看到主人家的照片，一下扑过去，小孩似的哭，嘴对着亲，往照片上的人身上爬。但很快，狗又退了回来，眼睛愣愣地看着照片。

这天晚上，再没听到大狗的哭叫，以为它明白主人的意思了。第二天一早，发现大狗躺在照片前面死了。

大狗死了后，小狗又送回到阿健家，送来的人讲了大狗死去的事，阿健抱着小狗一起听。听完了，阿健说，狗狗可怜，没有妈妈了，就把我妈妈当你妈妈。

阿健爸说，狗妈妈肯定是看了主人的照片，不想活，死掉了。

狗是靠嗅觉认人的，狗先是听见一截干骨头一样的话筒里冒出主人的声音，就已经认为主人变成骨头了。狗又看见照片上的主人，扑过去，发现照片上的主人没有人味道。狗更坚信主人一家都不在了。狗觉得自己活着没意思，就断气死了。

十四　堆雪人

雪人站在菜园里，用两只红塑料瓶盖做的眼睛看我们，用一只小黑塑料瓶盖做的鼻孔出气，用一截细草茎弯成的嘴抿着笑。

大年三十，一家人都来了。今年少了东东，他在外地当兵，打来电话，和他妈说话，说着哭开了。他妈跑出来，倩倩接着说，不哭了。倩倩和东东在一个院子里同年同月出生，又一起长大到上学，东东迟出生十五天，就叫倩倩姐姐，从小听倩倩的话。小时候倩倩长得比东东快，毕竟早出生半个月。现在东东长得快了，个子超过倩倩。依然听倩倩的话，叫倩倩姐姐。

几个孩子都长个子了，奶奶说，倩倩都像个大人了，一下就不一样了。方圆个子长过了他爸他妈，洋洋也和他妈一样高了。只有阿健，长了看不出来的一点点。张欢说，阿健长得太慢了。阿健说，张欢姐姐长得也慢，矮矮的。张欢说，我慢慢长着等你呢。

雪人站在菜园里，忘了给它做耳朵，啥也听不见。雪人不能有耳朵，我们家过年，准它看见闻见，抿着嘴笑。不准它听见。年三十家里太热闹，雪人听见了会化掉。

每年都热闹。我们一家人，大小二十几口，谁都没在外地过过年，走多远年三十都赶回来。今年东东回不来。明年还有谁回不来，不知道。我们都知道年三十要回来。回不来也要回来，电话打回来，钱寄回来，年货捎回来。三十回不来初一初二也要赶回来。回到爷爷奶奶家，爸爸妈妈家。

第一个雪人是二伯领着大家垒的，先用雪块垒了两条腿，一块长冰块搭在两条腿上，再往上垒身子，身子上垒脖子，脖子上放一个圆雪块当头。垒出的雪人像机器人。

二伯小时候没垒过这样的雪人。那时候雪又白又厚，堆一个大雪堆，用铁锨铲出头、身子，在头上雕出脸，脸上挖出眼睛。两边用指头捣洞，算是耳朵。

还有一个方法就是滚雪球，滚一个大雪球当底座，滚一个中雪球当身子，再滚一个小雪球当头，拾一个破草帽给它戴上。一个雪人就完成了。想让它看见什么就抠出眼睛，想让它说话就挖一个嘴，想让它听见就用指头捅两个耳朵眼。不过我们很少给雪人耳朵，好像是大人说的，雪人听见声音就想走进门。

二伯把这个雪人垒得太高了，一条腿没站稳。垒好刚拍了张照片，正要离开去吃饭，雪人一下倒成一堆雪块。雪人倒的时候没有一点声音，只听阿健说，雪人倒了。我们全回头，阿健一个人站在雪人边。张欢说，是阿健推倒的。阿健说，我没动，它自己倒的。

初一我们过来时，看见菜园里站着一个小雪人，一样两条腿，和昨天做的一样，就是矮了一些，好像昨天那个雪人的孩子。张欢说，是她和她爸一起做的。

初三小雪人旁又多了一个，矮半拃，像一个雪人妹妹。

两个雪人站在菜园里，香蕉皮做的金黄头发上，戴着红色的鞭炮盒帽子。雪人不扭头，一个看不见一个。但是，大的知道有一个小的，妹妹知道有一个哥哥，站在身边，望着我们家过年。

张欢说，晚上她听见菜园里有人走动，两个雪人，手拉手，在雪地里走，拾我们放过的鞭炮，往空中扔，把红色的鞭炮盒戴在头上，走到窗口侧着耳朵听，听见爷爷打呼噜，奶奶说梦话。又去推了几下门，没推开。幸亏没推开，炉子里的火轰轰烧着，雪人进来就化成一摊水了。

第二天一早，张欢出门看见雪人还站在那里，一动不动，好像昨天晚上什么事都没发生。

十五　雪人化了

张欢说，雪人是一点点化了的，先是头上冒汗，像一个很虚弱的人。那时我就担心它不行了。

后来有一天，我放学回来，大雪人的头不见了，掉在地上。没头的大雪人和小雪人一般高。

雪人妹妹可能不知道哥哥没头了。雪人妹妹的眼睛融化了，看上去很伤心。香蕉皮的头发也蔫蔫的。草茎弯成的嘴也噘起来。

又过了几天，张欢说，她看到大雪人的肚子凹了进去，感觉它支撑不住了。小雪人的头也越变越小，身子越来越瘦。对于雪人来说，可怕的春天来了。

终于有一天，大雪人倒了，是仰面朝天倒的。

大雪人倒了以后，小雪人一直顽强地站着，眼睛在流泪，身上在出汗，像一个极度伤心又虚弱的人。

另外一天，张欢中午放学回来，小雪人也倒了，也是仰面倒的，和雪人哥哥倒在一起。

四根当腿的雪柱子，还立着，一直立到二舅从乌鲁木齐回来。它们好像有意要二舅再看它们一眼。

看一眼又能怎么样呢，二舅也救不了它们。

谁能救它们呢？

除非我们当初不垒这两个雪人。我们垒了它，给它做了眼睛看，做了鼻子闻，做了嘴巴说话。让它站在菜园里，站了一个月。我们不能阻止春天到来。春天在二舅不在的时候，来到爷爷奶奶的院子，这期间坠落在地上的雪人头和身子化掉，地上的雪化掉，露出去年秋天翻耕过的土壤。

田野一露出土，二舅就回来了。二舅说，看见土从雪被下露出来，比看见花开更舒心。

可是，看见雪人消了二舅还是伤感了吧。二舅进门出门，眼睛都看见没化完的四条雪人腿，想到雪人站在那里望我们的样子，想到过年时我们一起堆雪人的情景，想到吃年饭时一家人的欢笑，想到倩倩姐姐穿着红衣裳，站在一旁看我们堆雪人，倩倩姐姐走了有两个月了，二舅也该想念他的女儿了。

再过半个月，埋在土里的葡萄藤会挖出来，搭上架。菜园里的杂物收拾干净，奶奶该种今年的蔬菜了，肯定还和去年种的一样，六垄西红柿，五垄茄子，四垄辣子。一小块芹菜。两架黄瓜。韭菜不用种，去年的根，韭菜芽早早长出来。

当然，对着门窗的菜地边还会种一排花。有高大的鸡冠花、大理花，矮小的叫不上名字的其他花，每年都一样，开门推窗先看见花，下菜地的阶梯两边都长着花，一个中午花朵把路挡住，奶奶摘菜进屋，满衣裳的花粉。

雪人站过的地方今年会种什么呢？也许是两棵西红柿，一高一矮，雪人一样站着，妹妹缠着哥哥的腰，哥哥搭着妹妹的肩，满身红红绿绿的柿子，看我们。

十六　今年的南瓜

大中午，院子里剩下张欢和奶奶，爷爷睡觉了，鼾声和胡话传出屋子。奶奶把爷爷的梦话叫胡话，爷爷平常说的不对的话，奶奶也叫胡话。奶奶不睡午觉，中午睡了晚上就睡不着，张欢也不睡，陪奶奶坐在葡萄架下。奶奶说，那个南瓜秧今年一个瓜都没结，我天天过去看，光长叶子开黄花了。张欢说，我也天天过去看，它的叶子长得最大，秧最粗，就是不结瓜。

我想把它拔掉算了。奶奶说。

拔掉种啥都晚了。奶奶说。

还是长去吧。长着看个样子。奶奶说。

张欢心不在焉，拿个木棍在地上乱画，再坐一会儿，张欢就上学去了，院子剩下奶奶一个人，爷爷要睡到太阳斜过去，才醒来。

醒来后爷爷喝一碗茶，再装一瓶茶，就骑自行车走了，爷爷每天下午到县城公园听小曲，爷爷也会唱小曲，有时候自己唱一段。陪着奶奶的只有树上的鸟，鸟越来越多了，大中午也不休息，飞来飞去地叫。

爬到头顶葡萄架上的南瓜秧，结了一个大南瓜，秧头掐断了，劲都用到一个瓜上了。去年这棵秧上结了三颗金黄南瓜，前年结两颗红南瓜，倩倩的相机都拍下了。那个一墙绿色的南瓜秧中间结两个大红南瓜的照片，一直放在二舅电脑的屏幕上。张欢和奶奶都喜欢那张照片。

每年在同一个地方，种南瓜。好像还是去年的那棵。只是南瓜结的地方不一样，今年结在架上，去年吊在半腰，前年的南瓜结在哪儿，照片上有呢。

黄瓜、芹菜、韭菜、辣子、西红柿、豇豆，也都长在去年的地方，葡萄沟里两墩蕉蒿也从去年的老根发出新枝，每年菜园的景色都一样，去年前年大前年，都一样，明年后年大后年，也一样。我们在这个院子的生活，也一样，不会有什么变化。这样的生活，像照片上的那架南瓜，永远地停在那里，多好。

十七　阿健的两篇作文

羊和狗

奶奶家院子里，原来只有一条狗，后来一位叔叔送了一只羊，狗窝在奶奶的菜园边上，羊拴在鸡窝边，羊一天到晚咩咩咩，狗一天到晚汪汪汪，简直是羊犬不宁。

狗一直想吃羊的肉，羊想霸占狗窝。如果哪一天羊绳子和狗绳子全部开了，羊飞快跑向狗窝，狗飞快追羊，那场面很热闹。不过你看不了多久，奶奶会抓住羊，爷爷会逮住狗，把它们各自拴回自己的地方。

羊恨着狗，狗也恨着羊。羊和狗，唱大戏，没完没了。

三棵大树

我奶奶家门前有三棵大树，第一棵又高又大，第二棵又长又宽，第三棵又小又瘦。

一天天过去了，第三棵树长高了，第一棵第二棵慢慢长老了，它们三棵就像一家人一样，第一棵好像爸爸，第二棵像妈妈，第三棵像孩子，它们在一起快乐生活。

我不知道它们在风雨中受了多少苦头，人有家树没有家，人们有头脑，树虽然没有头脑但也像人一样穿着绿色的衣服美丽的灰裤子。

砍树的人不能随便砍树，如果乱砍树就像砍人一样，这个世界上就会没有人，也就没有树。树没有了，动物也没有了，世界就会变得黑暗，所以树不能随随便便砍。

天气渐渐地凉了，三棵大树的叶子也一片片落了，好像告诉我们冬天要来临了，小朋友们要穿暖和一点不要受凉感冒。三棵大树，你们是宝贵的树要快乐生长。

十八　张欢的作文

奶奶

我的奶奶有七个儿女，每个儿女都对她很好。就从我大舅说起吧，他非常孝顺我奶奶，他是个农民，每年种地都要贷款，他一贷上款都要给奶奶一些生活费，奶奶总是说："不用了，不用了，我手头还有些钱，你都贷款种地，起早贪黑没日没夜的汗水钱，我不要。"大舅说："妈妈，这是我应尽的责任，从小您和父亲辛辛苦苦把我们拉扯大，是那么的不容易呀，您就收下吧。"

现在大舅在很远的地方工作，每个月都回来一两次，每次回家总是带上一些奶奶爷爷爱吃的东西，一进大门，就笑眯眯地喊："妈，我回来了。"每次过节的时候忙得回不来，他总会给奶奶打个电话，问候几句，聊聊家常。

二舅对奶奶很好，他是儿女中最顾家的一个了，他每次回家跟奶奶聊天，问大哥回来没有，问他的弟弟妹妹过得怎么样。秋天来的时候又问冬天的煤拉了没有，每次回来都给奶奶点零花钱。前几年二舅问奶奶来新疆多少年了，奶奶说都四十年了。二舅又问，您想不想回老家去看看，奶奶说家里也没有什么亲人了，就剩下哥哥、嫂子。那年二舅带上奶奶回老家了。奶奶从老家回来遇到亲戚邻居就说：我回老家了。那段时间奶奶脸上总是笑眯眯的。

今年八月二舅回来了，奶奶在喜来健做理疗。二舅问，您做的行不行？奶奶说，还可以，我以前有风湿病现在好多了。二舅说，要是可以就给你买一台在家里做。奶奶说，不用了。太贵了，一台机子一万多，以后再说吧！其实奶奶是舍不得让儿女们花钱。

三舅对奶奶也非常好，三舅说，冬天马上就要到了，一个老人跑来跑去做喜来健也不方便，万一摔倒了，也没有人扶，太危险了。就和二舅商量他们合伙买了喜来健机子，现在奶奶天天在家做，奶奶十分高兴。三舅每到周末都要回来看奶奶，买上奶奶爱吃的水果，钻进厨房看一看缺什么东西，下一次来的时候就会带上，三舅妈也是如此，每次奶奶要是生病了，三舅妈就带奶奶去医院检查。打针，买药，回到家的时候还扶奶奶上下楼梯。去年十月，二舅妈放了几天假，就打电话让奶奶去乌鲁木齐，她陪奶奶到处玩，她还说您年轻的时候受了不少苦，现在老了，您就多出来转一转，玩一玩，不要多操劳家里的事。

四舅和四舅妈对奶奶也特别好，每年一到秋天就带回来他们自己种的南瓜和瓜子。

大姨妈和我妈妈那就更不用说了，基本上是天天回家陪奶奶聊天帮奶奶做饭。就我是最幸福的了，我从小是奶奶管大的，他们每次回家带来的好吃的我都可以吃上，你说我幸福不幸福啊。有时我要是回店里住几天，就想起奶奶和爷爷在家里太孤独了，非要我爸爸妈妈送我回来陪奶奶。今年过年，我们家热闹极了，倩倩姐姐从北京上大学回来了，就我东东哥哥当兵没有回来，大年三十那天东东哥哥打电话回来说特别想家，想大家，他都哭鼻子了。奶奶做了一大桌子好吃的菜，第一杯酒他们都先敬奶奶爷爷身体健康，万事如意，奶奶开心得乐开了花。

后　记

张欢是我小妹的女儿，十三岁，上五年级。阿健和方圆是我的侄儿，阿健九岁，上三年级，方圆十四岁，上初中。洋洋是我大妹妹的儿子，十四岁，也上初中。东东是我大哥的儿子，初中毕业去当兵。倩倩是我女儿，在北京上大学。我们家兄弟姊妹七个，我排老二。张欢和洋洋叫我二舅。阿健和方圆叫我二伯。

张欢和方圆跟爷爷奶奶住一起，张欢和奶奶住大床，我回去住小床。几个孩子经常在院子里玩。我回去时家里人都聚到后面的院子。我们把父母住的院子叫后面院子，或者后面房子。前面还有一院房子，以前我住的。后来我大哥住。现在租给别人住。

后面房子是我们一大家人聚会的地方，大人在一起说话，孩子在一起玩耍。吃饭时一张桌子坐不下，大人坐一张大桌子，小孩坐一张小桌子。

张欢喜欢和我说话，我在院子的葡萄架下面打字，张欢蹲在我身边，给我说家里的事，说爷爷奶奶，说阿健，说方圆和洋洋。家里的琐碎小事，几乎都是张欢告诉我的。我把张欢说给我的事打出来，让张欢看。张欢也让我看她写的作文，她和阿健都有写作天才，能写出很有灵气的文字。我有时也给张欢指导作文。我正写我的第一部长篇小说《虚土》，写得很费心思。这些记述家里小事的文字，给了我许多消遣。小说的一部分，就是在这个有葡萄架的院子打出来的。

我打一会儿字，关了电脑转一阵。或者抱着电脑，看几个孩子在院子玩耍，母亲下菜园摘菜，父亲骑自行车回来，他去公园听戏，他自己也唱，我没去听过，张欢去听爷爷唱过戏，张欢跟我说爷爷唱的小曲：

你把我的小毛驴卖掉干啥？
我嫌它见了母驴叽叽嘎嘎。
你把我的小案板卖掉干啥？
我嫌它切起菜来坑坑洼洼。
你把我的切菜刀卖掉干啥？
我嫌它不切菜来光切指甲。

我还带几个孩子到屋后的田地去玩。骑自行车在长满棉花、玉米和蔬菜的田地间转一大圈，再回到家。女儿倩倩在家的时候，我似乎都没有这样陪过她。女儿小时候，我也年轻，坐不住，四处跑，在乌鲁木齐打了好几年工。现在我愿意天天坐在家，坐在父母的院子，有耐心陪孩子玩的时候，女儿已经上大学去了，一年回来一两次，匆匆待几天又走了。我的身边是弟弟妹妹的孩子们。我看他们玩耍。陪他们玩耍。有时给他们说说作文。我不在时家里的一切大小事，都在张欢的脑子里，张欢会一件一件说给我。张欢自己也用作文记家里的事。阿健的作文里也写家里发生的事，阿健给我的感觉是永远停不住，不是在跑就是在叫，跑的时候手臂张开，像要飞起来。我的这些文字，都是跟他们一起写的。我也喜欢他们写的作文。我录了两篇放在上面。

写于2005年至2007年

改定于2010年5月

飞机配件门市部

一

　　我在网上看到一篇博文，说新疆大盘鸡是我发明的。博主叫"飞行员"，自称是我早年的朋友，二十多年前的一天，他从乌鲁木齐到我家做客。正是秋天，门前菜园的蔬菜都长成了，院子里养的鸡娃子也长大了。我妻子很热情地宰了一只鸡，摘了半盆青辣子，整只鸡剁了跟辣子炒在一起，里面还加了土豆芹菜，盛在一个大盘子里端上来。他从来没见过这种吃法，就问这叫什么菜，我脱口说出"大盘鸡"。

　　那时这一带的饭馆都有炒鸡的，有叫辣子鸡，有叫爆炒小公鸡，都不叫大盘鸡。他说我把"大盘鸡"这个名字叫出来后，所有的鸡都跟辣子整个炒了，都装在大盘里，都开始叫大盘鸡。

　　我在相册中看见一张旧照片上头戴飞行帽的博主，站在一架很老式的小飞机下面，冲着我笑。他是我的朋友旦江。早年我在沙县城郊乡当农机管理员时，他在首府开飞机，是我们县出去的唯一一个飞行员。多年不见的朋友在网上遇见，就像在梦中梦见一样。我和旦江的认识也像一场梦，我那时早就知道每天头顶过往的飞机中，有一架是我们县的旦江开的。但我从来没想过会认识旦江。那个时候，认识一个汽车驾驶员都觉得风光得很，谁会想到认识飞机驾驶员。可是，我妻子金子的同学帕丽跟飞行员旦江结婚了。帕丽在县电影院上班，是金子最好的朋友。有一天，帕丽把飞行员旦江带到我家，我和旦江吃着金子炒的大盘鸡，喝了两瓶金沙大曲，很快成了好酒友。以后旦江只要回沙县，帕丽就带着他来我家，金子每次都炒大盘鸡，我和旦江你一杯我一杯喝到半夜。后来我到乌市打工时，旦江已经转业到一个旅游公司当办公室主任。有一阵子旦江家就是我的家，我经常去他家混饭吃。金子来乌市时我们也一起住他家。帕丽和旦江都是好热闹的人，常在家里招待朋友喝酒。旦江家的酒宴，直到有一天帕丽出车祸下身瘫痪。那时金子已经调到乌市工作，我们在城里有了自己的家。金子依旧常去看帕丽，每次都买一只鸡带去，给帕丽炒大盘鸡吃。我却因为忙很少去他们家了。只听金子说帕丽瘫痪后，旦江办公室主任不干了，值夜班给公司看大门，这样白天可以在家照顾帕丽。

我在旦江的博文中没看到有关帕丽瘫痪的事，有几篇文章写他早年的飞行经历，一篇写到他开飞机飞过家乡沙县的情景，他违章把飞机高度降低，几乎贴着县城飞过。他本来想从自己家房顶飞过，但整个县城的房顶看上去都差不多，他从天上没找到自己的家。

旦江的文章一下把我带回到二十多年前那个小县城。我问金子要来旦江家电话，拨号时突然觉得这个号码是多么熟悉，好多年前我曾背熟在脑子里。

我说，旦江你好吗？听出我是谁了吗？

旦江说，你的声音我能忘掉吗？你现在成名人了，把老朋友都忘记了。

我说，我看到你的博客了，你在那里胡说啥，大盘鸡怎么是我发明的？

旦江说，大盘鸡就是你发明的。你干了这么大的事你都忘了吗？

旦江的口气非常坚定。他说每次吃大盘鸡，他都自豪地给朋友介绍大盘鸡是我发明的。他写的博文也早在网上流传开了。

旦江的话让我有点恍惚，那是二十多年前的事了。我只记得大盘鸡刚兴起那会儿，我在城郊乡农机站当管理员，开了一个农机配件门市部，我是否发明过大盘鸡，真的记不清。我从十九岁进农机站工作，到三十岁辞职外出打工，这十几年的时间，我干过多少重要的事情都忘记了，包括是否真的发明过大盘鸡。可是，我开农机配件门市部这件事却一直记得。那是我年轻时干的最隐秘的一件事，到现在没有人知道，我挂着卖农机配件的牌子，开了一家飞机配件门市部。

二

每天有飞机从县城上空飞过，从我的农机配件门市部房顶飞过。我住的县城在一条飞机路下面。我注意到天上有一条飞机路是在开配件门市部以后。门市部开在城东，那里是三条路的交会点，从东边南边北边到县城的路，都会到这里。我看到飞机的好几条路也在头顶交会。由此我断定飞机是顺着地上的路在飞，因为天上并没有路，飞机驾驶员盯着地上的路飞到一个又一个地方。这个发现让我激动不已，我本来想把我的发现告诉单位的老马，老马说他坐过飞机，不知是吹牛还是真的。我和老马骑自行车下乡，头顶一有飞机过，老马就仰头看，然后对我说，他坐过的就是这种飞机，或者不是。老马能认出天上飞机的型号，就像一眼看出拖拉机的型号一样，这让我很是佩服。有几次我都想问老马，他坐在飞机上是否看见下面有一条路。但我没问。我觉得飞机顺着地上的路在飞，这肯定是一个重大的秘密。如果我说出去，大家都知道了飞机沿着地上的路在飞，飞机就飞不成了。因为飞机是有秘密的。没有秘密的东西只能在地上跑，像拖拉机。拖拉机没啥秘密，我是管拖拉机的，知道它能干啥，不能干啥。尽管我时常梦见拖拉机在天上飞，那都是我在驾驶，我的梦给了拖拉机一个秘密，它飞起来。飞机的秘密注定是我们这些人不能知道的，那是天上的东西，即使被我这样的聪明人不小心知道了，我也要装不知道。给它保住秘密。

我跟飞机的秘密关系就这样开始了，虽然我没坐过飞机，连飞机场都没去过，但我知道了飞机的一个大秘密，它顺着地上的路在飞。我们天天行走的路原来有两层，下面一层人在走车在跑，上面一层飞机在飞。地上的人除我之外都只能看到一层，看不见第二层。有时我往西走，看见一架飞机在头顶，也往西飞。我就想，我要一直走下去，会追上这架飞机。但我不会追它，我不是傻子。我们县上有一个傻子，经常仰着头追飞机，顺着路追。我不清楚他是否也知道飞机沿着路飞的秘密。他后来被车撞死了。

飞机飞来时路上的行人都危险，因为好多开车的司机把头探到驾驶室外看飞机，骑自行车的人仰头看飞机，这时地上的路只有飞机驾驶员在看。我知道飞行员在隔着舷窗看路，就故意挺直胸脯，头仰得高高，不看飞机，很傲气地望更高处的云和太阳。我想让飞机上的人看见我的高傲，知道路上走着一个不一样的人。

我确实是一个不一样的人，在我二十岁前后那些年，我跟这里所有的人都不一样。后来就一模一样了。

三

星期天，金子带着帕丽来到配件门市部，自行车停在门口，两人站在墙根望天。金子说，帕丽的飞机要过来了，旦江给帕丽打电话了，他今天开飞机去伊犁，路过沙县。

我早知道帕丽的男朋友是飞行员。帕丽经常给金子说旦江开飞机的事，晚上金子又把帕丽的话说给我。旦江一年到头回不来，旦江开的飞机却经常从县城上空飞过。全县城的人都知道我们这里出了一个飞行员，他开的飞机经常从县城上空飞过，这是帕丽告诉大家的。帕丽经常带着朋友看飞机，好多人把旦江开的那架飞机记住了，一听见飞机的声音就说，看，帕丽的飞机过来了。帕丽带着朋友在县城许多地方看飞机，到我的农机配件门市部前面来看是第一次。金子说，她让帕丽到这里来看的，她跟着帕丽到好多地方看过飞机，都没有城东这一块飞机多。

金子很少来配件门市部，她不喜欢店里机油黄油柴油还有铁生锈的味道。那就是一台破拖拉机的味道。金子不喜欢拖拉机，不喜欢满身油污的拖拉机驾驶员到家里来。尽管拖拉机驾驶员都不空手上门，不是提一壶清油，就是背半袋葵花子。那些驾驶员坐在她洗得干干净净的沙发单上，跟我说拖拉机的事。金子不爱听，就到门前的菜园收拾菜地。配件门市部开张后金子只来过有数的几次，她怎么知道这一块天空飞机最多呢？

金子说听见飞机声音了，喊我出去。飞机先是声音过来，天空隆隆响，声音比飞机快，从听到声音到看见飞机，还得一阵子。我把路对面的小赵，路拐角饭店的姚老板，还有电焊铺的王师傅都叫出来，一起看飞机。隆隆声越来越大，东边的半个天空都在响。飞机的声音只有链轨拖拉机能和它比。飞机就是天上的拖拉机，一趟一趟地犁天空。早年我写过一首叫《挖天空》的诗，在那首诗里，我的父亲母亲，还有一村庄人都忙地里的活儿，我举着铁锹，站在院子里挖天空。我想象自己在天上有一块地。后来我看见了飞机，知道天上已经没我的事了。

帕丽尖叫起来，说来了来了，我们往帕丽指的天空看，一个小黑点在移动，帕丽使劲朝小黑点招手，金子也跟着招手，还尖着嗓子喊，飞机在她们的招喊声里很快飞到头顶，飞机从头顶过的时候，我感觉它停住了，就像班车停在路上等客一样。帕丽挥着红丝巾跳着喊旦江旦江，金子也跳着喊，好一阵子，飞机一动不动停在头顶。

我说，帕丽，你看旦江把飞机停下让你上去呢。

帕丽顾不上跟我说话，她仰着脸，挥着红头巾，本来就苗条的身体这下更苗条了。她的腿长长的，屁股翘翘，腰闪闪，胸鼓鼓，脖子细细，下巴尖尖，鼻子棱棱，眼睛迷迷，整个身体朝着天上。

飞机开始慢慢移动，要是没有那几朵云，几乎感觉不到飞机在移动。但一会儿，人的脖子就开始偏移。我看见帕丽的脸仰着，整个人都像一个梦幻。我就想，我一个人在梦中飞的时候，有没有一个人这样痴迷地仰着脸看呢？

帕丽的脸渐渐往西边扭过去的时候，飞机就小得剩下一点点了。帕丽说，她想爬到门市部房顶上看飞机，让我赶快搬梯子来。金子也让我赶快搬梯子。我磨蹭着说梯子在房东的院子里，不好搬。又说梯子坏了。说着说着飞机看不见了。飞机的声音还在，过一会儿声音也没有了。

四

我选择在城东开店是动了些脑子的。我们这里的人分动脑子和动身子两种。我身体不如别人强壮。但脑子多。这是老马说的。老马根据我和他下象棋的路数，知道我的脑子比他拐的弯多，我给他让一个车，他都老输。不过不久后老马又说，可惜你的脑子动偏了。老马嫌我的脑子没用在工作上，私自开一个农机配件门市部，经常不去单位上班。

我开店的城东是一个破烂的小三角地，路上坑坑洼洼，路边很早就有一家汽车修理铺，和一个电焊铺。我的农机配件门市部离它们有一截子路。我不喜欢那个电焊铺切割铁的声音，刺刺啦啦，活割肉一样。我在三岔路口的西面租了间里套外的房子，里面库房兼卧室，外面营业，房租每月六十元。这真是一个卖零配件的绝好地方，门口车流不断。经常有从乡下开来的拖拉机，突突突开到这里坏掉。也有汽车摩托车开到这里坏掉。那时候从乡下到县城的路都不好走，大坑小坑，那些破破烂烂的拖拉机，好不容易颠簸到县城边，就要进城了一下坏掉。县农机公司在城西。农机修理厂也在城西。要在以前，坏车会被拖到城西修理。现在不用了，城东有我的配件门市部。开车的师傅提着摇把子进来，问我有没有前轮轴承。

我说有。问我有没有活塞。我说有。啥都有。都在库房里。库房远吗？不远。十分钟就拿来。

我骑摩托一趟子跑到城西县农机公司，花十几块钱买一个轴承，回来二十几块卖给等待修车的师傅。这些精密零配件只有农机公司有，农机公司零配件齐全。我的门市部摆放的大多是常用的粗配件，比农机公司的便宜，就是质量差一点，这个我知道。我进的是内地小厂子的货。正规厂家的配件我进不起，人家要现金。小厂子的货款可以欠。经常有推销农机配件的人，来到门市部，拿着各种农机配件样品，我跟推销员谈好价格，签一个简单的购销合同，不用付定金，过半个月，货就到了。再过一个月，推销员过来收款。前面的款结了，不合格的零配件退了，再进一批新货。有时钱紧张，货款还可以拖欠，越欠越多。两年后我的门市部卖掉时，还欠了一个河北推销员的一千多块钱。在以后的几年中，那个推销员找过我好多次，我的门市部关门了，他问对门理发店的小赵，小赵告诉他我们家住在园艺场，他找到园艺场，我大哥说我搬到县城银行院子了，找到银行院子，我岳父说我到乌鲁木齐打工去了。那几年，只要我回去，就能听到有关河北推销员在找我要货款的事。他们还告诉了我在乌鲁木齐打工的单位。我想着那个推销员也许找到我最早打工的广告公司，又找到后来打工的报社，我换单位的频繁肯定使他失去继续找下去的耐心，也许他还在找。而那些卖剩下的配件，也一直在园艺场的旧房子堆着。我也一直想找到这个推销员，他发给我的劣质转向杆弯头，因为断裂导致好几起车祸。有一起车祸是转向杆弯头断了，小四轮方向盘失灵，撞进渠沟，坐在车斗上的一个人当场摔死。车主找我麻烦，我说配件是厂家生产的，去找厂家。车主说不找厂家就找你。我没办法。我也想找到那个推销员。我一直等着他找上门来，等得我都快把他忘记了。就在不久前，我竟然梦见了他，我开着小四轮拖拉机，拉着一车斗锈迹斑斑的劣质农机配件，去河北找这个推销配件的人。我找到生产配件的厂子，门口蹲着一个很老的人，说厂子早倒闭了。我觉得这个老人面熟，又想不起是谁。问合同上的推销员，那老头儿给我指了一个大山中偏远的村子。我开着小四轮往山里走，走几里坏一个零件，我不断地下来修理。坏的全是我车上拉的那个转向弯头，直到我把车上的弯头全换完，小四轮也没有开到地方。我茫然地坐在坏掉的拖拉机上，前后都是没有尽头的路，坐着坐着我醒来。

醒来我才想起来，那个坐在厂门口给我指路的老头儿，就是我要找的推销员，他曾多少次到配件门市部，跟我签了好多个购销合同。我在梦里竟然没认出他，反让他又骗了一次。

五

那是我一生中最清闲的几年，我在乡农机站当统计和油料管理员。统计的活儿是一年报两次报表——半年报表和年度报表。这个活儿我早就干熟练了，不用动腿也不用动脑子，报表下来坐在办公室一天填完，放一个星期再盖上公章报到县农机局。农机站的公章我管。站长老马对我很放心。管公章是一件麻烦事，每天都有来开证明的驾驶员，那时去外面办个啥事都要开证明。马站长文化不高，字写得也不好，经常把证明开错，让驾驶员白跑一趟县城。后来他就让我写证明，写好递给他盖章。再后来就把公章交给我了。农机站有两个管用的章子，公章和我的私章，都在我手里。私章是在供油本上盖的，挂我的钥匙链上，我经常不在办公室，我和老马都喜欢下乡，来办事的驾驶员就开着拖拉机四处找我们。大泉乡有十三个村子，西边七个，东边六个。驾驶员先开车到十字路口的小商店门前，打问我们朝哪个方向走了。小商店更像一个不炒菜的小酒店，门前一天到晚坐着喝散白酒的人，浓浓的酒味飘到路上。我和老马骑自行车路过，常有人喊马站长过去喝酒，老马知道下去有酒喝，就说不了，忙呢。

只要我们下到村里，拖拉机师傅马上把机器停了，不管是在耕地还是播种，都停了，剁鸡炒菜陪我们喝酒。驾驶员说得好，你们也不是经常来，耽误就耽误半天。酒喝到一半，听到突突的拖拉机声，办供油证的驾驶员找来了，他们在小商店门口打问清楚我们朝东走了，就在东边的几个村子挨个找，很快找到了。

春天播种时我们必须要下村里，检查工作的内容每年都不一样，有时是督促农民在种子中拌肥料，有时是让农民把单行播种改成双行，这就要改造或新购买播种机，过一年又重新改成单行。但有一个内容每年不变，就是让驾驶员必须把路边的庄稼都播直，这样苗长出来好看。路边的庄稼都是长给人看的，那是一个乡的门面。上面检查工作的领导，坐小车扫一眼，就知道这个乡农业种植抓得好不好。所以，路边的庄稼一要播直，有样子；二要把县上要求必须种的庄稼种在路边；三要把肥料上足，长得高高壮壮，把后面长得差的庄稼地挡住。

老马干这个工作很卖力，看到有驾驶员播不直，就亲自驾驶拖拉机播一趟。下来大声对驾驶员说，把眼睛往远里看，不要盯近处，盯着天边的云，直直开过去，保证能播直。驾驶员都佩服他。

我从来没开链轨车播过种，不知道照老马说的那样眼睛盯住天边的云一直开过去是什么感觉。那些年我的注意力都在天上。我写的一首叫《挖天空》的诗，发表在首府文学杂志上，好几年后我见到杂志编辑，她向同事介绍我说：这就是那个站在院子里，拿一把铁锹挖天空的人。

那是我写的许多天空诗歌中的一首。我天天看天，不理地上的事情，连老马都埋怨我，嫌我工作不认真，懒。他不知道我这个乡农机站的统计员，在每天统计天上过往飞机的数字。

六

每天都有飞机从县城上空飞过。我把从东边来的飞机叫过去，从西边来的叫过来。我在笔记本上记今天过来一个，过去一个，别人看不懂我记的是什么。有时候过去三个，过来两个，一架过去没过来。我就想，那架飞机在西边的某个地方过夜，明天会多一架飞机过来。可是，第二天，过去三个，过来三个，那架过去的飞机还没过来，我想那架飞机可能在西边过两天再过来，第三天那架飞机依旧没过来，第四天还是没过来，我就想那架飞机可能不过来了，一直朝过去飞，这样的话，它就再也不过来。有些东西可能只过去不过来。

也可能它在什么地方落下来，就像拖拉机坏在路上。飞机不会坏在天上。它坏了会落下来。或者落在沙漠，或者落在麦田，或者落在街道。飞机太可怜了，它在地上可落的地方不多，除了机场，它哪儿都不能落。它没过来，肯定是落在哪儿了。

夜里过飞机，我会醒来，我从声音判断飞机是过来还是过去。有时我穿衣出去，站在星空下看。飞机的灯很亮，像一颗移动的大星星，在稠密的星星中穿行，越走越小，最后藏在远处的星星后面看不见。

　　如果我醒不来，飞机的声音传到梦里，我会做一个飞的梦。我从来没在梦里见过飞机，只做过好多飞的梦。一个梦里我赶牛车走在长满碱蒿的茫茫荒野，不知道自己往哪儿走，也许是在回家，但家在不在前方也不知道，只是没尽头地走。走着走着荒野上起黑风了，我害怕起来，四周变得阴森森，我听到轰隆隆的声音，像什么东西从后面撵过来，我不敢回头看，使劲赶牛，让它快跑。轰隆声紧跟身后，就要压过头顶了，牛车一下飞起来，我眼看见牛车飞起来，它的两个轮子在车底下空转，牛的四个蹄子悬空，我还看见坐在牛车上的我，脑门的头发被风吹向后面，手臂高高地举着鞭杆。隆隆的声音好像就在车厢底下，变成牛车飞起来的声音。

　　另一个梦里我开着链轨拖拉机播种，眼睛盯着天边的一朵云，直直往前开。这是老马指导驾驶员播种的动作。在梦里我的视线很弱，周围都模模糊糊。或许是梦把不相干的东西省略了，梦是一个很节省的世界。我努力往远处看的时候，那里的天和地打开了，地平平地铺向远处，天边只有一朵云。我紧握拖拉机拉杆，盯着那朵云在开，突然听见头顶隆隆的声音，一回头，发现拖拉机已经在天上，我眼睛盯住的地方是遥远的一颗星星，拖拉机在轰隆的响声里飞起来，后面的播种机在空中拉出直直的播行。

　　更多时候是我自己在飞，我的手臂像飞机翅膀一样展开，额头光亮地迎着风，左腿伸直，右腿从膝关节处竖起来，像飞机的尾翼。过一会儿又左右腿调换一下姿势。

　　我飞起来的时候，能明白地看见我在飞。看见带我飞翔的牛车和拖拉机车底的轮子。自己飞起来时我看见我脸朝下，仿佛我在地上的眼睛看见这些。我在天上的眼睛则看见地上。

那时我还没坐过飞机，也没有机会走近一架真飞机，我甚至没有去过飞机场，不知道飞机是咋飞起来的，我看见的飞机都在天上。我的梦也从不会冒险让我开不熟悉的真飞机，它让我驾驶着牛车和拖拉机在天上飞，那是我梦里的飞机。我这样的人，即使在做梦，也从来不会梦见不曾拥有过的东西。

只要做了飞的梦，我就知道夜里听见飞机的轰隆声了。飞机的声音让我梦中的牛车和拖拉机飞起来。飞机声越来越小的时候，我回到地上。有时跷半空中梦突然中断，我直接掉落在床上，醒来望望窗外，知道有一架飞机刚刚飞过夜空。

我把跟飞有关的梦记下来。我喜欢记梦。我在农机站那几年，记满了一个日记本的梦。飞的梦最多。我经常梦见自己独自在天上飞，有时一只手臂朝前伸出，一只并在身边，有时像翅膀一样展开。腿有时伸平，有时翘起一只，像飞机的尾翼。我变换着各种姿势，让飞的样子尽量好看，我不知道谁会看见。我在天上飞时，一直没遇见飞机。那样的夜晚，飞机在远处睡觉，或者从来就没有飞机。或许一架飞机正在飞过，我被它的隆隆声带飞起来。这样的夜晚有两个天空。一个星云密布，飞机轰隆隆地穿行其间，越飞越远。而我做梦的天空飞机还没有出世，整个夜空只有我在飞。

七

帕丽又来配件门市部看飞机。自从金子带她来看过飞机，她就认定城东这一块飞机最多，且江的飞机不管从哪儿开来，总要经过这里。帕丽来时先约上金子。有时金子先到，坐在门口等帕丽。有时帕丽先到，站在路边等金子。帕丽和金子一样不喜欢进配件门市部，不喜欢货架上油乎乎的铁东西和里面油污铁锈的味道。但她喜欢跟我说话，说话时眼睛直勾勾看着我。

帕丽每次来我都有点紧张，她当着金子的面也眼睛直勾勾看我。她仰脸看飞机时眼睛却是迷幻的。好多看飞机的人眼睛都不一样。飞机过来时，我的注意力都在看飞机的人身上。我不喜欢跟一群人看飞机。我喜欢一个人站在荒野，仰头看一架飞机在天上。可是那样的时候很少，因为飞机顺着地上的路在飞，它经常飞过的地方，必定是人多处。人多眼睛就多，心思也多。越来越多的人跟着帕丽来城东看飞机，我担心飞机的秘密会保不住。大家都知道了城东这一块飞机最多，他们会不会也想到这里是飞机路的交叉路口，进一步想到飞机是顺着地上的路在飞呢？

后来我相信或许没有人这样去想。这样想事情要有这样的脑子，好多人的脑子不会往天上想，大多是凑热闹看看飞机，又低头忙地上的事。哪有我这么闲的人，天天看天。

帕丽很早就知道我是诗人。我和金子谈恋爱那时，金子带我去看帕丽，金子说我是大泉乡农机站的，帕丽看我一眼，对金子撇撇嘴。金子又说我会写诗，是诗人。帕丽眼睛亮了一下。那时帕丽还没跟旦江恋爱，我也不知道每天头顶过往的飞机有一架是我们县的旦江开的。我只是喜欢看飞机。我和飞机的缘分很小就结下了，村子旁种了大片的蓖麻，大人说，蓖麻油是飞机上用的。那时我连天上的飞机都很少见过，但蓖麻油是飞机上用的这句话却影响了我的童年，我经常一个人钻进蓖麻地，隔着头顶大片大片的蓖麻叶子看天空。后来每当我看见飞机，就想起大片的蓖麻地。再后来我开了这家农机配件门市部，开了两年，这期间我为小时候的梦想做了一件事。到现在都没有人知道，我开的是一家飞机配件门市部。

帕丽来看飞机都打扮得很漂亮惹人。我知道好多年轻人是追着看帕丽来的。帕丽不怎么理他们。飞机没来时帕丽就眼睛看着我说话，我不记得她说过些什么，只看见涂得红艳艳的嘴唇在动。她说起话来嘴唇不停，我根本插不进话。她可能只是想让我听她说话，并不打算听我说什么。

那天帕丽翻看我的笔记本，上面有我写的诗。我把写好的诗记在一个硬皮笔记本上，放在门市部柜台里。

帕丽说，你写的诗真好，我一句都读不懂。

帕丽说，我早就给金子说，让你给我也写一首诗。金子经常说你给她写诗，把她写得美极了。金子说，她给你说了，你不写，说你只给她一个人写诗。

我看着帕丽说，写诗要有灵感。

帕丽说，怎样才能让你有灵感？帕丽眼睛直勾勾看着我。她不知道我把她写到诗里该是多么美，她本来就美。

一次，帕丽从乌鲁木齐回来，给金子说，旦江带着她坐飞机了，旦江开着飞机，她就坐在旦江旁边。她还说，飞机没有方向盘，旦江在天上手放开开飞机，就像那些男孩子双手撒开把骑自行车一样。

那飞机转弯的时候咋办？金子问。

朝左拐的时候，旦江朝左挪一下屁股；往右拐的时候，就朝右挪一下屁股。帕丽说。

金子唯一能向帕丽夸耀的是我把她写到了诗里。在帕丽看来，我把金子写进诗里，就像旦江把她带到天上一样神奇。她不知道被写进诗里是什么感觉，就像金子不知道坐在开飞机的旦江身边是什么情景。

晚上熄了灯，金子给我说，她听帕丽说坐着旦江开的飞机，在云上飞来飞去，可羡慕了。说跟着我到现在只坐过小四轮，突突突的，黑烟直往嘴里钻。

金子说话的时候，我面朝房顶黑黑地躺着，我在等一架飞机，我知道每晚这个时候，有一架飞机过去，然后到半夜，又有一架飞机过来。我得等它过去了再睡着。有时候好多天没有飞机过去，我等着等着睡着了。这个晚上飞机会不会过来呢？我眼睛朝上望时，能直接穿过房顶看见星空。

过了一会儿，金子侧身钻进我的被窝儿，我把金子搂到怀里。金子说，帕丽也很羡慕我，我给她说，你给我写了好多诗，她都羡慕死了。我给帕丽说，我们家老公写诗的时候，脑子都在天上转，跟飞机一样。金子说，帕丽想让你给她也写一首诗。我说我们家老公只给我一个人写诗。

就在这时我听见飞机的声音，整个天空轰隆隆地在飞，我突然翻过身，像我无数次在梦中飞翔那样，脸朝下、胸脯朝下、手臂展开，一下一下地朝上飞，身体下面是软绵绵的云，它托举着我，越飞越高。

八

我不统计梦见的飞机，尽管我知道夜里有飞机过，被我以飞的方式梦见了。但我不统计。也从来不估计。不像我做农机报表，有的村子太远，去不了，不想去，就把去年的报表翻出来，以去年的数字为依据，再估计着加减一个数字，就行了。其实去年我也没去过这个村子，去年的数字是在前年基础上估计的，前年的数字从哪儿来的呢，肯定是在大前年基础上估计的。好像每年都顾不上去那个村子，它太远，站上又没小车，骑自行车去一天回不来，遇到下雨，路上泥泞，几天都走不成。我做年终报表的时间很紧迫，报表发下来，到报上去，也就一周时间，全乡十几个村子，一天跑一个，也不够。一天最多能跑一个村子，上午去到几个农机户问问数字，进了门肯定是出不来的，统计数字的时候，外面院子已经在剁鸡炒菜了，数字没统计完，菜已经摆上桌子，主人说边吃边喝边统计，酒一喝开就数指头划拳了，谁还有兴趣给你报数字，一场酒随便喝到半下午，剩下的时间，就仅够骑自行车摇摇晃晃回家。所以报表来了，就近村子跑跑，远点的就顾不上。

每年这样，我在大泉乡的好多年，年年做报表，全乡十三个村庄，有一个村庄我可能从来没有去过。我只是从统计报表中知道这个村庄叫下槽子，知道村里有一台链轨拖拉机，一台东方红28胶轮拖拉机，这个数字咋来的我忘了。可能是我到农机站那年随便填的，我调到这个乡农机站是那年的十一月，上班没几天局里的年报就来了，要求一周内报上去，下去每个村子跑数字显然来不及。我找出去年的年报，挨个地抄数字，给一些村子增加一些拖拉机，因为农机保有量每年都要增加的，这个叫下槽子的村庄竟然没有拖拉机，我觉得不可能，一个村庄怎么能没有拖拉机呢？没拖拉机地怎么耕呢？我很冲动地给它加了一台链轨拖拉机，又觉得它还需要有一辆搞拉运的轮式拖拉机。后来我弄清楚那是个牧业村，地少，一直雇用邻村的拖拉机耕地。但是晚了。拖拉机已经填在报表上，不可能划掉。只能再增加，我觉得它还应该有几台小四轮拖拉机，以后几年我就每年给它增加一台小四轮拖拉机。我的胆子小，不敢一下加太多，觉得加多了心里不踏实，就一年年地加吧，因为加一台拖拉机，就要为它编一个车主的名字。这个车编给谁家呢？我到乡派出所找到下槽子村的户口簿，把两台大拖拉机落到两个大户人家，小四轮就随便落了，反正这些人家迟早都会有拖拉机的。

每年我都想着去下槽子村看看，或找个下槽子村的人问问情况。可是，从来没有下槽子村的人到我办公室办过事。好像那个村庄没有事。我给站长老马说，我们抽空去趟下槽子吧。老马说太远了，去了一天回不来。

那个让人一天回不来的村庄，就这样阻碍了我。

九

帕丽不来的日子，我一个人看飞机，听到天空隆隆的声音，我从门市部出来，仰头看一阵，把飞机目送走，然后回店里，在笔记本上记下过来或过去。其实坐在店里听声音就知道飞机是过来还是过去，我出来是让飞机看见我。因为我知道飞机驾驶员眼睛盯着这条路，其他地方或许他会一眼扫过，但是这个三岔路口他会仔细看，三条岔道通三个地方，走错就麻烦了。他探头下看时，准会看见仰头望天的我。每次都是我一个人在望。他会不会被我望害怕？

理发店小赵也喜欢看飞机。只要听见飞机响声，准能看见小赵站在路上，脖子长长地望天，有时手里还拿着剪刀，店里理发的人喊她也不理。小赵看飞机的样子和帕丽一样好看，我站在对面，看一眼小赵，望一眼飞机。小赵因为喜欢看飞机，我觉得她跟别的女孩不一样。喜欢看飞机的女孩腰身、脖子、眼光都有一种朝上的气质，这是我喜欢的。我和小赵时常在飞机的隆隆声里走到一起。有时我把飞机看丢了，小赵就凑过来，给我指云后面的那个小点。

小赵指飞机的时候，我看见她白皙的胳膊、细细的手指，一直指到云上。

小赵美容店的名字是我写的。配件门市部开张的第二个月，路对面开起一家美容店。店主小赵和我妹妹燕子很快成了朋友。小赵听燕子说我会写诗，是个文人，就让我给理发店起个名字。我想了半天，没想出来。小赵说，你先给我写上"美容店"三个字吧，以后想好名字再加到前面。小赵要去买红油漆，我说我店里有。我写招牌时买了一大罐红油漆，剩好多呢。

写字时我站在凳子上，小赵在下面给我举着油漆罐。"美容店"三个字直接写在门头的白石灰墙上，跟我的"农机配件门市部"一样。我写一笔，刷子伸进油漆罐蘸一下，有一点红油漆滴在小赵的手上，小赵的手又小又白皙，她的脖子也白皙，从上面甚至看见领口里面的皮肤，比手更白皙。我不敢多看。第一个字"美"就没写好，写"美"时我往下多看了几眼，下来后发现"美"写歪了。

我站在凳子上写字时好多人围着看，我写一个字，扭头看看下面。没人说一句话。写完后我下来站在他们中间一起看。还是没人说一句话。我看看小赵，小赵说，写得真好。

但我觉得"美"真的没写好。不过小赵说好了，也许不错吧。字都是这样，刚写到墙上，看着别扭不顺眼，或许看几天就顺了。我坐在配件门市部门口，看了好些天，仍然觉得那个"美"没写好，一点不美，呆呆的。等想好了店名，往"美容店"前面写名字时，我把"美"涂了重写一下吧。我想。可是，直到我卖了配件门市部，离开县城到外打工前，都没想好名字，"美容店"成了它的名字。

来理发的大多是过往司机，有汽车司机、拖拉机司机。好像车开到这儿，司机的头发就长长了。小赵不喜欢给司机理发，一来司机头上都是油，车坏了司机就要把头伸到机器里修，洗司机的头太费洗发水。二来司机嘴里没好话，啥脏话都能说出来，要碰到太耍赖的司机，小赵就把我喊过去，坐在一旁看她理发。

没活儿干时小赵就坐在门口，她知道我在看她，朝我笑。有时走过来，和我妹妹燕子说话。她过来时，手里总抓着一把瓜子，给燕子分一点，给我分一点。她给我瓜子时手几乎伸进我的手心，指头挨到手心，我的手指稍弯一下，就能握住她的手。她每次只给我几颗瓜子，我几下嗑完，她再伸手给我一点。瓜子在她手心都焐热了，有一股手心里的香气。

每天都过飞机。帕丽来看飞机的时候，我们都出来帮着看。更多时候帕丽在别处看飞机，或者帕丽的飞机没来，天上飞着我和小赵的飞机。小赵比我看得仔细，我只是看看飞机是过来还是过去，然后回店里记到笔记本上，小赵一直看到飞机飞远，看不见。

我和小赵很少说话，飞机来的时候我们走到一起，其他时候只是隔着马路看。有时我背对小赵，也能感到她隔路看我的眼睛。小赵也能觉出我在看她，只要我盯着她看一会儿，她总会扭过头来对我笑笑。现在想来，我和小赵只是隔着马路远远地看了两年，然后我卖了门市部走了。

十

帕丽第一次带飞行员丈夫旦江来我家是在八月的一个傍晚，正如旦江在二十多年后的网文中写的那样，正是秋天，我们家菜园里的蔬菜都长成了，养的鸡也长大了，金子高高兴兴宰了一只鸡，从菜园里摘了半盆青辣子，整只鸡剁了跟青辣子炒在一起，用一个大平盘盛上来。帕丽和旦江都没见过这种吃法，一盘菜就把饭桌占满了。

接下来就是旦江在网文中写的那个重要时刻，旦江看着堆得小山似的一大盘菜，吃了一口，味道奇香，跟以前吃过的辣子炒鸡都不同，旦江就问，这叫什么菜。我脱口而出：大盘鸡。

在以后多少年里传遍全新疆全国的大盘鸡，就这样发明了。我却一点记忆都没有。我只记得跟飞行员旦江一见如故，酒喝得很投机，边喝我边向旦江打问飞机的事。我问飞机轮子是咋样的，多大，跟哪个型号的拖拉机汽车轮胎一样。飞机那么大的机器，上面一定有好多大螺丝吧，那些螺丝都是什么型号。

旦江说他只驾驶飞机，保养维修都有专人负责。

我说，你经常开飞机从我们县城上空过，从空中看我们县城是什么样子，能看见啥？

看不见啥。旦江说。就是一片房子，跟火柴盒一样。

那你在天上怎么掌握方向？我们在地上开拖拉机都有路，飞机在天上也有路吗？

旦江看看我，端起酒杯说，喝。

旦江即使喝醉了也没向我透露过飞机的任何秘密，这让我对旦江更加敬佩。开飞机的人心里一定有好多不能让人知道的秘密。但旦江做梦都不会想到，我心里也有一个有关飞机的大秘密，我也不能把这个秘密说出去。如果我说给旦江。旦江回去告诉管飞机的人，说飞机飞行的秘密已经被人知道，那样的话飞机肯定会改道，沿着别的道路飞行，不经过我们县城。

有一次酒喝到兴头，我几乎问到了关键的问题，我问：你开的飞机在天上坏了，怎么办？比如一个大螺丝断了，假如正好在沙县上空坏了，你会选择降落在哪儿？

最好是返航。旦江说，找最近的机场迫降。

那没时间返航呢？就像拖拉机突然在路上坏了，动不了了。

那就选择平坦地方降落，比如麦地，麦地是平的。苞谷地棉花地都有沟，颠得很。

那天晚上我梦见自己开着小四轮在天上飞，车斗里装满特大型号的零配件。我听谁说一架飞机在天上坏了，说坏的地方很高，在一堆像草垛的云上面，我开着小四轮满天找坏掉的飞机。我的梦做到这里没有了。做梦有时跟做文章一样，开一个头，开好了津津有味地写下去。有时梦也觉得这样做下去没意思，就不做了。我关于飞的梦都是半截子，我从来没做过一个完整的飞的梦。也许连梦都认为飞是不可能的事，做一半就扔了。但我跟飞有关的门市部却一直开了两年。

十一

我开农机配件门市部那年，从乡里到县里，到处是倒闭的公家的修理厂和农机公司，那些公家的农机库房里，堆满大大小小的农机配件。我骑摩托车在乡里县里和附近的团场转，找到那些公家的农机库房，想办法认识管库房的人，塞一点好处，里面的东西就可以随便拣了。好多地方的机耕队撤了，农机配件当废铁处理，装一车斗，估个价就拉走。我除了拣一些好卖的拖拉机零配件，只要看到特大号的螺丝，我是不会放过的。那些特大的螺杆螺帽，库房保管员都不知道是啥机器上的，只说在库房躺了好多年。库房保管员见我买这样的特大螺丝，对我刮目相看，他猜想我手里肯定有一台了不起的特大机器。

我把收购来的大大小小的螺杆螺帽摆放在柜台。特大号的螺丝柜台放不下，堆在地上。我是学机械的，知道这些螺杆螺帽的用处。它们用来连接固定东西，机器都是由许多个零部件组成，这些零部件都靠螺杆螺帽连接在一起，连接件是最容易坏的。我还收购和这些螺丝相配的各种型号的扳手，有活动扳手、固定扳手、拧大螺丝的扳手加长管。我的门市部螺丝型号最全。这是一个汽车师傅说的，他的汽车上一个不常用的螺丝断了，去了好多地方，最后竟然在我这里找到了。还有一个搞过大工业工程的老师傅看了我的这些螺丝后，点了好几下头，说，年轻人，等着吧，等到一个大事情你就发大财了。等不到，就是一堆废铁。

他不知道我等的是一个天上的东西。我在等一架飞机。可是我不能给他说，给谁都不能说。

我的门市部卖给别人那天，这些螺杆螺帽没有同农机配件一起卖掉，人家不要。我找了两辆小四轮拖拉机，拉了三趟，把它们运到城郊村的院子，我离开沙县后，我弟弟把它们全卖给房后面搞电焊的老王，听说卖了五千多块钱。

我说，卖这么便宜。我弟弟说，称公斤卖的，一公斤八毛钱。

我买的最大一个螺丝帽有拖拉机轮胎那么大，当时它躺在打井队院子里，上面坐着几个人，我问这个螺丝帽的螺杆呢，这么大的螺丝帽，它的螺杆一定顶天立地。打井队的人也不知道它的螺杆是什么样子，只知道这个铁东西在这里扔了好多年，因为太重，谁也拿不走它。我花了很少一点钱买下它，叫来一辆小四轮拖拉机，又找了几个朋友，带着绳索撬杠，折腾半天，这个铁家伙只挪动了几厘米。最后，我只好把它存放在打井队院子，等有用处的时候我再拉。

以后我也忘了这个大家伙。多少年后，有一天我回沙县路过打井队院子，才回想起这个大螺帽。进去找，以前放大螺帽的地方已经变成一片菜地，问锄草的老头儿，直摇头，说他从来没见过那么大一个螺帽。拖拉机轮胎大的螺丝帽，可能吗？那得用多大的扳手拧它。问打井队的负责人，说打井队早散了，他就是井队的职工，这个院子十几年前就卖给他了。

十二

每年都有好多新购的拖拉机。自从我开了拖拉机配件门市部，找我报户口和办油料证的人直接把拖拉机开到门市部门口，事情办完顺便买几个农机配件，再请我到一旁饭馆吃大盘鸡。我能感到路上的拖拉机在年年增多，但不会多过我报表中的数字。乡领导需要我们加快农业机械化发展速度，这是年终县上考核乡上的重要指标。我们站上也需要快速增加拖拉机马力数，这样分配给我们的平价柴油就会多。平价柴油是按马力分配的，一马力一年分多少油，有规定。那些年我无端增加了多少拖拉机，那些报表中的拖拉机拥有量和马力数，有多少是真的，多少只是数字，我自己也不清楚。

好多拖拉机只是一个数字，没有耗油、没有耕作、没有发出突突的声响。它们只存在于报表中，每年增加。这些虚数字，有个别被真实的拖拉机填补，因为每年都有农民购买拖拉机，拖拉机的数量在每年增加。多少年后，这里的拖拉机数量远远超过我编的数字。有的人家大小拖拉机三四台。我虚编了那么多拖拉机数，到后来全成真的了。我没想到农机的发展速度远远超出我的编造能力。

编造一台拖拉机，就要同时编造一个机主。在我的农机报表中，那些村庄的好多人家，拥有了各式各样的拖拉机，他们开着它干活儿，每年的耗油量、耕地亩数、机耕费收入、修理费都统计在报表中。这些在报表中拥有拖拉机的人，并不知道自己有拖拉机，他们雇别人的拖拉机耕地播种，给别人付机耕费。几年后，他们中的一些人真的买了拖拉机，到农机站来报户。我在户口簿上看到他们的名字。

那时我想，等哪年我调离这个乡的时候，一定花点时间，把全乡的拖拉机数搞清楚。我当了十几年拖拉机管理员，我想知道报表中的数字和实际的差距，究竟有多少虚构的拖拉机，有多少真实的拖拉机。我似乎觉得自己需要一个真实的数字。就像我梦中在天上飞的时候，知道有一个地。但我没有实现这个愿望。我的调离通知下来时，已经没时间去干这个事了，我被调到另一个乡当农机管理员。

那个乡也在城郊，我在那里工作了一年多，做了两次农机年终统计报表，然后我辞掉工作到乌市打工。到现在我还记得那个乡有十七个村子，是我从乡政府报表中抄的。我调去的时候是十一月，直接赶上了年终报表。

我给站长说，我刚来，对这个乡情况不熟悉，想下去跑跑数字。

站长说，你闲得没屎事了。你不是老统计了吗，咋样报报表不知道吗？

我花了一周时间，在去年报表的基础上做一些改动，变成今年的。这对于我是轻车熟路。我想把今年的报表应付过去，明年开春搞春耕检查时好好把全乡的村子都跑一遍，把全乡的拖拉机数调查一下。我在大泉乡留下遗憾，工作十几年最后竟然没机会把农机数搞清楚。在金沟乡不能再胡整了。我怀疑我照抄的这些数字可能都是假的。既然是假数字，那随便改改就无所谓。还是等明年好好统计吧。

第二年我都干啥了，记不清，好像突然年终报表就下来了，一年就要结束，根本顾不上去调查那些数字。最后一年我只匆匆做了半年报表就辞职走了。走之前我把历年的统计报表转交给一个同事，我好像还翻开去年的报表看了看，我对自己编的一些数字似乎有点不放心。我给这个乡新编了多少拖拉机数字现在全忘了，只记住全乡的村庄数：十七。这是我从乡上报表中抄来的数字，一直没变过。啥都可以编，村庄的数字不能编。这是我认为的一个原则。

在这十七个村庄中，有一个叫野户地的村子我始终没去过。我想起在大泉乡待了十几年，那个叫下槽子的村庄也一直没去过，我经常到村里转，转了那么多年，都没转到那个村庄。调到金沟乡的一年多，我也跟随乡上的各种检查团去村里，我以为这个乡的村庄全走到了，却没有。报表中的野户地村我一直没去过。

现在想想，即使我再多待几年，可能也不会走进那个村子。因为野户地村或许根本不存在，它只是在报表中有一个村名，有户数人口数，有土地面积，有农机拥有量，有一个户口簿，有每家的户主和家庭成员名字及出生日期，乡上的各种通知都发往这个村子，乡长在讲话报告中经常提到这个村子，表扬这个村的村长工作能力强，表扬村民素质高，从来不到乡上告状找事，乡上安排的啥事都按时做完，最难做的事情都安排给这个村。这个村庄是农机推广先进村、计划生育先进村、社会治安先进村，村里电视机最多、村民收入最高。我从来没有走进这个村庄，我怀疑它很可能只在报表中。就像我在大泉乡从没去过的那个下槽子村，我也不敢保证它是否真的存在。我每次说去下槽子，马站长都说太远了，路不好。也许根本没有一条路通向那里。

十三

我一直想着给帕丽写一首诗。我觉得和帕丽有一种秘密的缘分。她经常来配件门市部看飞机。她看旦江的飞机。她不知道我在看谁的飞机。我天天看飞机，就喜欢跟我一样爱好的人。甚至喜欢走路仰着头的人。我上小学时，村里的语文老师就是一个仰头走路的人，我老担心他被地上的土块绊倒。他很少看地上。他喜欢站在房顶看远处。有一天，语文老师从房顶掉下来。我们半年时间没上语文课。听说老师把脑子摔坏了，教不成学了。

帕丽走路胸脯挺挺，目光朝上，金子也是。还有小赵。我想让帕丽和小赵认识，因为小赵也喜欢看飞机，但帕丽不跟小赵说话。帕丽穿着红裙子黑高跟鞋，高傲得很。她仰头看飞机，其他人跟着看，看完她就骑自行车走了。她上车子时左脚踩在脚镫上，右脚蹬地助跑几步，然后裙子朝后飘起，一会儿就飘远了。

一次帕丽来看飞机，等了半天飞机没来。帕丽就坐在柜台边跟我说话。帕丽的眼睛又大又深又美丽，我不敢看她的眼睛，但她硬把眼睛递给我看。她可能想让我记住她的美丽，然后把她写到诗里。

帕丽盯着柜台下一个巨大的螺丝问我这是干什么的。我说，我也不知道能干什么。在废品站看见了就买了来，肯定是大机器上的。

我知道帕丽坐过飞机，就问飞机上的螺丝都很大吧。

飞机都被铁皮包着的，看不见螺丝。帕丽说。

那飞机轮子多大你看见了吧？

跟拖拉机轮子差不多吧。帕丽说。

那天旦江来我家喝酒，我也问了相同的问题。旦江说，飞机有两个秘密，一是飞机的动力，只有专门的技师才能接触到。二是驾驶室，这一块的秘密只有飞行员知道。所以，我们飞行员只知道怎样操纵让飞机起落飞行，但不清楚它的动力部分是怎样运行。管动力的技师只知道机器的秘密，但不知道怎样把它开到天上。

旦江的话让我觉得飞机和拖拉机似乎一样，有开车的有修车的。好多开车的不会修车。但开车修车却不是秘密。为啥开飞机和修飞机会成秘密？这可能是因为从地上跑，到天上飞，这中间本来就有一个秘密。这个秘密很早就被我们的梦掌握，后来又被少数人掌握。我是知道这个秘密的少数人。因为我学过机械，知道飞机是一个大机器，大机器是由大零件组成。除此我还知道飞机顺着地上的路在飞，这一点整个沙县只有我一个人知道。我一直收集大零件。那些堆在柜台旁和库房里的大零配件，经常让我觉得自己是一个干大事情的人。

帕丽不知道这些大零件干什么用。小赵也不知道，她天天在路对面看我，跟我一起看飞机，但她做梦都不会想到吧，我真正做的是啥生意。连帮我看店的小妹燕子都不知道。金子对那些铁疙瘩也没兴趣。在金子眼里我只是一个乡农机管理员，一个卖拖拉机配件的人。她不知道我一直挂着农机配件门市部的牌子，在卖飞机配件。这里天天过飞机，只有我想到做天上的生意。

金子一直羡慕帕丽，她和帕丽一样漂亮，在学校时都是班花，帕丽找了飞行员丈夫，挣的工资多，给帕丽买好多漂亮衣服。她却嫁给一个乡农机管理员，也调不到县上，每天骑一个破自行车往下面跑。还住在城郊村的土房子。金子羡慕住楼房的人，冬天不用早晨起来架炉子，尤其天刚亮时，炉子的火早灭了，屋里冰冷，只有被窝儿里是热的，那时候谁都不想出被窝儿。早晨架炉子一般是我的活儿。我把火生着，屋子慢慢热起来时，金子起来做饭，女儿要睡到饭做熟，房子烧热了才起来。

金子最年轻美丽那些年，和我住在城郊的维吾尔族村庄，土路土墙土院子。我们在院子生了女儿，门口的沙枣树跟女儿同岁。我和金子结婚那年冬天，金子想吃沙枣，我在街上买了一袋，第二年春天，对着屋门的菜园边长出一棵沙枣苗，金子先发现，叫我出来看。她用枝条把树苗护起来，经常浇点水。金子的身子渐渐丰满起来，等到十一月，我们的女儿出生，沙枣树已经长到一米高，落了它的第一茬叶子。等我们搬出这个院子时，沙枣树已经长过房顶，年年结枣子给我们吃。

我们在这个院子住了好多年，菜园里每年都长出足够的蔬菜。我结婚前不吃茄子，吃了恶心。我妈说小时候烧生茄子吃，造的病。住进城郊村院子的第一个春天，我在菜园种了一块西红柿、一块辣子、几行黄瓜、一块豆角，菜苗长出来后，金子说怎么没有茄子。我说我不吃茄子。金子说，你不吃我还要吃，我肚子里的孩子要吃。金子从路对面邻居家要了茄子苗，把辣椒拔了，栽上茄子。我从那一年开始吃茄子。金子炒茄子里面加一些芹菜、豆角和辣子，渐渐地我不觉得茄子难吃，茄子从此成了我最爱吃的蔬菜。

我在这个院子写出了我的第一本诗集，大都是写云和梦。我的心事还没落到地上，甚至没落到这个家和金子身上。金子跟帕丽夸耀我给她写了好多诗，其实我没给金子写过诗，她正在比诗还美的年龄，我想等她老了，再给她写诗。可是她一直不老，多少年后，跟她同龄的人都老了，帕丽老了，小赵可能也老了，金子一直没老。到现在我一直没给她写一首诗。

十四

有一阵我想调到县气象局工作，乡上一个同事的媳妇在气象局上班，我在他家里吃过饭。同事媳妇说气象局的工作就是天天望天。我想，我要干这个工作一定能干好，因为我不干这个工作都天天望天。天上的事我知道太多了。我可能适合统计天上的事情，地上的事多一件少一件，也许不重要。就像那些村庄的拖拉机，多一台少一台，有啥呢。我想让它多一台，改个数字就行了。

我统计过往飞机的时候，顺便把每天刮什么风，风向大小都记了。我把风分成大风、中风和小风。大风是能刮翻草垛的风，一年有几次，我们这里还有一种黑风，我也归入到大风中。黑风就是沙尘暴，一般来自西北边，一堵黑墙一样从天边移过来，从看见到它移到跟前，要有一阵子。路上的人赶快回家，挂在外面的衣服收回去，场上的粮食盖住。黑墙渐渐移近，越来越高，空气凝固了，不够用了。那堵顶天的黑墙在快移到跟前时突然崩塌下来，眼前瞬间淹没在黑暗中。呼吸里满是沙尘，沙尘中裹挟着大大的雨点，落在身上都是泥浆。

中风是能刮跑帽子的风。小风刚好能吹动尘土和树叶，又吹不高远。再小的风就是微风了，不用记。

我们这个地方多数是西北风，东南风少。我统计风的时候，又顺便把云和雨雪统计了。雨雪好统计，每年下不了几场雨，冬天雪下得勤一些，也没有多少场。

云比较难统计，我就用诗歌描写，看到有意思的云，我就描述一番。描写的时候还抒情。我把好多情抒发在云上。我想抒情时就逮住天上的一朵云。我把云分成忙云和闲云，还有白云和彩云。我主要关心云的忙与闲。云在天上赶路的时候，我停下看云。满天的云在跑，不知道发生了什么，整个天空变成一条拥挤的路，云挤云，有时两朵云跑成一朵，有时一朵跑成好几朵。云忙的时候比人忙。闲云我不说了，如果云在天上看我，一定认为我是地上的一个闲人。

我一直没像描写云一样描写过飞机。我只记录每天过往的飞机。我不描写它。飞机是不能描写的。云可以描写。可以写云的诗。

我描写云的本子放在配件门市部柜台里面，我在外面看天看云，想好了回来趴在柜台上写。我不在的时候，小赵经常过来和我妹妹说话，还翻出我写云的本子看。我知道小赵喜欢看我写云的诗以后，就写得更勤了，每天写一首诗，跟过来过去的飞机数字记在一个本子上。小赵肯定看不懂那些过来过去的数字是什么意思。但她或许看懂了我写云的诗，我在门市部时，她朝这边看得更勤了。

小赵第一次给我理发是一个黄昏，我骑车回来，小赵和燕子坐在门口聊天。小赵说，哥，你该理发了。那时我头发茂密油黑，喜欢留长发。小赵给我理过有数的几次发，都是在黄昏。在渐渐暗下来的理发店里，小赵的手指在我的头发上缓缓移动，她好像在数我有多少根头发，我的每一根头发梢都感觉到她的手指，耳朵和脖子的皮肤也感觉到了，理鬓角时她的手背贴在我的脸上，她理得仔细极了。

小赵男朋友穿着崭新西装，戴着大墨镜回来那天，我正好在门市部，没看清他长啥样，以为是一个来理发的，进来出去晃了几下就走了。后来燕子说那是小赵的男朋友。

小赵的事都是小妹燕子讲给我的。我去农机站上班后，剩下的时间就是燕子和小赵的，有顾客时各自招呼一下，更多时候，两个人坐在窗口看路上过往的拖拉机汽车，小赵把自己的事全说给燕子，燕子又说给我。

燕子说，小赵男朋友是做生意的，经常坐飞机全国各地跑。他这次是坐飞机到伊犁，又坐小汽车回来。说在伊犁谈成一笔进口钢材的大买卖。

小赵让她男朋友带她坐飞机，男朋友说坐飞机危险得很，有一次他坐的飞机在天上坏了，说是一个螺丝断掉了，天上又没有修理铺，你说咋办。

那后来怎么样了？那架在天上坏掉的飞机后来怎么样了？

燕子说小赵没说，她不知道。

在我记录飞机的本子里面，有好多架只过去没过来的飞机，我用红笔标着，我一直都想着那些飞机怎么样了，或许都在天上坏掉，过不来了。或许还有另外的路，不是所有飞机都从我头顶飞过。但我一直在等所有的飞机，在这个三岔路口。

十五

门市部前每天都有等车的人，去乡里的班车一天跑一趟，错过了就只能搭便车。配件门市部前是搭便车的好地方，常有拖拉机停下，驾驶员进店里买个配件，出来车斗里坐了几个人，笑嘻嘻地说师傅辛苦了捎一截子路。

每个周末我都看见一个干部模样的人在路口等车。他背着公文包，手里提一把镰刀。等累了，到我的门市部看看，我知道他不买农机配件，不怎么搭理他。他也不没话找话，趴在柜台上看看，柜台边有一个方凳，他是盯着那个方凳进来的，他有一眼没一眼地看看他根本看不懂的农机配件，然后，把方凳搬到屋外，坐在门口等拖拉机。

配件门市部卖掉的前一个月，我在另一个朋友的酒桌上碰见了他，他叫董自发，在县委工作，是我朋友的朋友。我还在酒桌上听到有关董自发的事。好多年前，董自发下乡支农时，把一块手表丢在海子湾水库边的一片草滩上。那是刚工作时家里给他买的一块表。支农是县上组织干部下乡帮农民抢收麦子，董自发的手表就丢在麦地边的草滩上，他没敢告诉同伴，也没告诉村里人。支农回来后，他每个周天提一把镰刀，去海子湾水库边割草，找手表。第一年割到落雪没找到，第二年又在同一片草滩上割草。听说为了下去割草有理由，他还养了一头牛，又养了两只羊。

我知道了董自发的事以后，看见他来搭车就赶紧招呼，帮他早早搭上车。董自发走路说话都低着头，眼睛看着地，可能是找手表养成了习惯。那块表即使不被人捡走，也早锈掉了。董自发为啥还去找它。我不方便问。结识董自发后，我就老想着他丢掉的手表。一块表掉在草丛里，嘀嗒嘀嗒地走，旁边的虫子会以为来了一个新动物。表在草丛走了一圈又一圈，停了。表停时可能已经慢了两分钟。因为发条没劲了，就走得慢，最后慢慢停住。表可能停在深夜的一个钟点上。表不走了，时光在走。围着草丛中一块手表在走。时间有时候走在表指示的时间前面，有时候走在后面，有那么一个时刻，时间经过表停住的那个时间点，表在那一刻准确了。表走动的时候，从来没有准确过，一天走下来，总是慢一分多钟。在草丛停住后，一昼夜有两次，表准时地等来一个时间。准确无误的时间。这一刻之前之后，草丛中的表都是错的。时间越走越远，然后越走越近。漂泊的茫然的永无归宿的时间，在草丛中停住的一块表里，找到家。一块表停住的时刻，就是时间的家。所有时间离开那里，转一圈又回来。

董自发的这块表就这样在我心中走不掉了。以后再没见董自发拷个镰刀去割草找表，也许董自发发现我知道他的秘密后，从另外的路下乡了；也许一块表的意义逐渐变得轻微，他不再去找了。但我却一直在想那块表，我卖掉门市部离开沙县前，还骑摩托车去他丢表的那个叫海子湾的村庄，我不知道他的表丢在哪块地边的草滩。他也从没把确切位置告诉过别人。我问村民，许多年前有一个干部来村里帮助割麦子，有这回事吗？还有，一个干部的手表丢了，这事村里人知道吗？

没人知道。

我带着这块丢在草丛中的表离开沙县。从那时候起，有一块时间在我这里停住了。它像躺在房顶的"飞机配件门市部"招牌；像我做农机站统计时虚构的那些跑不到地上的拖拉机；像那个我一直没有去过，不知道是否真的存在的野户地村、下槽子村。我带着这些离开沙县。离开的那年，我刚好三十岁。

十六

现在该说说我的"飞机配件门市部"了。

农机配件门市部开业不久，有一天，我买了七张一米二宽、两米长的三合板，天黑后叫一辆小四轮帮我拉到门市部前，我上到房顶，驾驶员站在车斗上帮我往上递。全递上房后我让驾驶员回去休息，我从门市部拿出两罐油漆，一罐白的，一罐红的。我用白油漆给三合板刷了底色，然后用红油漆开始写字。一张三合板上写一个字。那个晚上月亮很亮，星星也又大又亮。房顶因为离天近一些，比地上更亮。

我从来没写过这么大的字，有点把握不准。我先用大排笔刷写了"部"，再写"市"，写"门"的时候已经很随手了，接着写"件""配""机"，一个比一个写得好。写"飞"时我犹豫了一下，想写一个繁体的"飞"，笔画没想清楚，就写了简体的。

七个鲜红的大字"飞机配件门市部"赫然出现在房顶。我乘夜把从外面收购来的大零配件一个一个搬上房，压在三合板角上，每个三合板压四个大配件，稳固在房顶。沙县经常刮风，城东这一块风尤其猛。我担心三合板被风刮走。大铁配件压在大招牌边，都是给天上的飞行员看的。

第二天一早我又爬上房顶，看见七个鲜活大字对着天空，我坐在房顶等飞机。那天怪了，从早晨到半中午没一架飞机。我被太阳晒得头晕，下房去喝了口水，突然听到飞机的声音，赶紧上房，站在油墨未干的"飞机配件门市部"旁。那是一架过去的飞机，往西开，飞机到头顶时我朝天上招手，发现飞机速度慢了下来，几乎停在头顶。我似乎看见飞机舷窗里的一双眼睛，正看着写在房顶的招牌，看着压在招牌上的巨大零件，还有仰头看天的我。

"飞机配件门市部"的招牌一直不为人知地贴在房顶。上房的梯子我藏在房后面。有天刮大风，燕子在理发店跟小赵聊天，看见对面房顶一块写着红色大字"飞"的三合板飞起来。燕子跑过马路喊我。那块三合板只飞过马路，就一头栽进机关农场大渠。我和燕子好不容易把它从渠里捞出来。我抱着板子回来是顶风，感觉板子在怀里飞，要把我带飞起来。我累得满头大汗，我说你飞吧。我丢开板子。板子"叭"地倒在地上，不动。

风停我赶紧把写着"飞"的板子拿上房顶，燕子在下面递，我在上面接。还搬了几块砖上去，压在"飞"上面。写了"飞"的板子飞了三次，都被我找回来。

另一场大风中"配"和"门"飞起来，"配"从房顶翻转着掉下来，"叭"地摔在路上，正好一辆拖拉机开来，直直轧过去，留下一道黑车印。"门"飞过马路，小赵和燕子都看见了，红红的"门"字朝下。我在乡农机站接到燕子打来的电话，说"门"飞过大渠掉进果园了，让我赶快回来去追。

下午我回到门市部，"门"已经被燕子和小赵追回来，立在门市部门口。小赵说，我帮你把"门"递到房顶吧。我说，就扔这儿吧。小赵说，没有"门"上面就缺一个字。我看着小赵，怎么上面的字小赵都知道了。我又看燕子。燕子说，有一次羽毛球落在房顶，小赵上去拾羽毛球，看见了上面的字，喊我上去看。

还有谁上去看了？房东的大儿子也上去看了。

还有呢？电焊铺的老王也看了。

那是啥时候的事情？

几个月前吧。

我想起那天和小赵看飞机，小赵说，哥，你坐过飞机吧？小赵随着燕子叫我哥。我说没坐过。要有一架飞机落到我们县城就好了。小赵说。那飞机驾驶员就会找你来剪头发，我说。才不会呢，小赵说。他会找你。找我干啥？小赵看着我笑笑。没回答。原来她早就知道我写在房顶的"飞机配件门市部"，知道我一直挂着农机配件门市部的牌子，做着卖飞机配件的生意。

十七

飞机真的来了。那天，我骑摩托车走在两旁长满高大玉米的乡道上，看不见村庄，路一直通到田野深处。我忘了骑摩托去干什么。平常下乡我都骑自行车。因为站长老马骑自行车，我不能比他跑更快。

摩托车无声地行驶着，它的声音被高大的玉米地吸收了。我仰着头，头发朝后飘扬，光亮的大脑门顶着天空，风从耳边过，但没有声音。这时我看见一架飞机斜斜地冲我飞过来，屁股后面冒着烟。我马上想到飞机在天上坏了。飞机是从县城上空斜落下来的。飞机坏了后飞行员肯定着急地往地下看，他首先看见我贴在房顶的"飞机配件门市部"，接着看见压在招牌四周的巨大螺丝，方圆几百里公路的地上，只有一个经营飞机配件的门市部。他赶紧想办法降落飞机。不能落到县城，也不能落在路上。县城边有大片的麦田。麦田都是条田，跟飞机跑道一样。高高的玉米地后面就是大片麦田，我赶紧把摩托车开到地里，飞机几乎擦着我的头皮飞过去，我被它巨大的轰鸣声推倒在地，连滚带爬起来，看见飞机滑落在麦地。它落地的瞬间，无数金黄的麦穗飘起来，一直往上飘。然后，我清清楚楚地看见飞机，银灰色的，翅膀像巨大的门扇一样展开，尾翼高高翘起。接着舱门打开，飞行员下来，拿一个大扳手，钻到飞机肚子底下。可能飞机上一个大螺丝断了，要换个新的。飞行员把机舱门锁住，往路上走。他在天上看见县城边有一家飞机配件门市部。还看见了大螺丝。他走几步回头看看飞机。飞机像几层房子摞起来一样高。飞机落下时巨大的风把条田的麦子都吹到天上了。附近村庄的人朝飞机跑来。这时候，我的摩托车已经开到麦地中央，麦子长得跟摩托车一样高，我看见自己在麦芒上飞跑，车后座上绑着一个大螺丝，是我在乡废品站买来的。本来要驮回店里的，正好遇见飞机落下来。我朝走在麦地里的飞行员喊，"卖飞机配件""卖飞机配件"。飞行员疾走过来，看见摩托车后座上的大螺丝，眼睛都亮了。他看来看去，最后说，有更大号的螺丝和螺杆吗？我说有，多大号的都有。飞行员说，太好了，你给我全部拉来，有多少我要多少。

这时拥来的村民已经把飞机围着。飞机轧了他们的麦地。有的村民说要回去取扳手，不赔钱就卸飞机膀子。有的说要卸飞机轱辘。我赶紧骑摩托车往回赶，在路上拦了一辆拖拉机，又拦了一辆，总共拦了四辆拖拉机，开到我的农机配件门市部，又叫了好几个人帮忙往车上搬螺丝。小赵也过来帮忙。小赵说，你终于来大生意了。我不好意思地看看小赵，她已经知道有一架飞机落下来，落在附近的麦田。她也知道我在经营飞机配件。我装了满满四拖拉机大螺丝，我骑摩托车在前面带路，拖拉机在后面一排跟着，路边都是人，都知道一架飞机落下来了。有人滚着半桶柴油跑，也许飞机缺油了，落下来。卖馕的买买提驮了一筐馕往城外跑，飞行员肯定饿坏了。我的摩托车和跟在后面的拖拉机跑得最快，远远地跑到前面，好像路越跑越远，两边长满高高的玉米，什么都看不见。终于跑到麦地边，满天晚霞。太阳正落下去，阳光刺得我睁不开眼。我让拖拉机停住，我朝麦地里走，走过一个田埂，又走过一个田埂。怎么不见飞机了？麦子也长得好好的。是不是飞机修好飞走了？不可能啊，它修好飞走了也在天上，怎么天上也没有飞机？

我呆呆地站在麦地中央，站了很久，一直到天黑，星星出来。

十八

后来的情况是，我的农机配件门市部卖掉后，租的房子退给主人，房顶上的"飞机配件门市部"招牌没动，交房子钥匙的前一天，我找出写招牌用剩的半罐红油漆，爬梯子上房。招牌上的字已经不那么鲜红，落了一层尘土。我打开油漆罐，里面的油漆结了厚厚一层漆皮，用刷子柄捣开，剩余的油漆依然鲜红。我原想把飞机的"飞"改成"农"。我不想让人知道我在开一个飞机配件门市部。尽管小赵、电焊老王都知道了，他们并没笑话我，还把我当成一个干大事的人一样尊重。但是，更多的人可不这么想，他们要是知道了，肯定会当成一个大笑话去传，多少年后都是可笑的。就像董自发去海子湾割草找手表的事，现在说起来我们还会忍不住笑。我不能留下一个笑柄。这个让我做了好多梦，那么悠闲地度过从二十岁到三十岁这段岁月的地方：每天过飞机的城东三角地、城郊乡农机站、我有了妻子女儿的大院子、我的年终报表中有拖拉机和没有拖拉机的村庄，我希望安安静静被它记住或遗忘。

飞机配件门市部和我的农机配件门市部只一字之差，我只要把"飞"字改了，谁都不会知道这个招牌是给天上的飞机看的。尽管县城上空天天过飞机，但谁也不会想为飞机开一个配件门市部。"飞"改"农"很简单，上面的横改成宝盖头，再向左拉出一大撇，就基本上是"农"了。我在心里构思好，刷子拿起来时，手却不由自主，把这个"飞"字改画成了一架飞机。

我在飞机下面还画了两个吊着的轮子，我不知道飞机轮子是什么样，我照着小四轮拖拉机的轮子画。我很欣赏我画的飞机，尤其那两个轮子画得最像。我还想在飞机屁股后面画一股子烟，但是没地方了。我收起画笔正要下房，听到天上的响声，一架飞机正从东边飞来，我一手提红油漆桶，一手拿油漆刷子，仰着头。

那一刻，我知道了飞机或许不是顺着地上的路在飞，它有天上的路。除了传到地上的声音，它跟我，跟这个县城，跟我开配件门市部的三岔路口，都没有任何关系。但我为什么一直在看着它呢？我做了那么多飞的梦，花好几年统计飞机过往数字，还有云和风的数字，都在笔记本里。也许这就是我跟它的关系。它跟我没有关系并不等于我跟它也没有关系。

记录飞机的笔记本放在柜台，配件门市部卖掉清理存货那天，我拿起本子看了看，我想以后不会再翻开这个本子，别人也看不懂那些记录着"过来""过去"的数字。我把写云的诗页撕下来，本来想送给小赵。我让燕子去喊小赵。燕子说，小赵男朋友回来了，他男朋友这次在做一个更大的生意，用钱很多，小赵把理发挣的钱加上抵押理发店贷的款都给男朋友了。我扭头看见一个穿西装戴墨镜的男人站在理发店门口，他就是小赵说的那个经常坐飞机从我们头顶飞来飞去做大生意的人。他不知道我和小赵经常一起看飞机，那些飞机中或许有一架是他乘坐的。或许他根本就是一个连飞机都没见过只在想象中坐着飞机满天空跑的人。

我把撕下的诗稿又夹在笔记本里，和即将卖掉的配件扔在一起。

配件门市部卖掉后不久，我便辞掉农机站的工作，去乌市打工。我本来没想要出去打工，在大泉农机站时我一直等着老马退休，那样站长就是我的了。农机站四个人，我、站长老马、出纳努尔兰，还有老李。老李快退休了，努尔兰写不好汉字，站长肯定是我的。可是，我被调到了金沟乡农机站，那个站长年龄跟我差不多，我没指望了。再加上金子也鼓励我出去。金子两年前就对我说，你再在农机站待下去就完蛋了，最后像老李一样退休。我那时还不以为然，我怎么能像老李呢，我退休时最差也会像马站长一样，被大家称为刘站长。

可是我没当上站长。我这个人，可能天生不适合在地上干事情。我花好多年时间看天，不为人知地经营天上的事，现在我明白，其实我才是一架飞机呢，经常从地上起飞，飞到一个只有我知道的高远处，然后盘旋在那里，手臂伸展，眼睛朝下，看见我生活的城郊，我开在路边的小店；看见写在房顶的"飞机配件门市部"，红色的，每个字每个笔画都在飞；看见领着一群人仰头看飞机的帕丽；看见小赵和金子，以及站在他们中间的我。

然后，我飞累了落回来。

有一天他们在地上找不到我的时候，会不会有谁往天上望，谁会在偏西的一片云海中看见我。我经常一个人在天上飞，左右手插在两边的裤兜里，腿并直，脸朝下。有时跷起半条腿，鞋底朝上，

2 7 7

像飞机的尾翼。我顺风飘一阵，又逆风飞一阵。逆风时我的头发朝后飘，光亮的脑门露出来。我不动手。我是一个懒人。我想象我在地上的样子，也是多半时候手插在裤兜里。我在地上没干过什么事。当了十几年农机管理员，一直做统计。现在想想，我坐在办公室随意编造的那些数字，最后汇总到县、省、全国的农机报表中，国家不知道它的农机数据是错的。这些数字中有一些是一个乡农机管理员随便想出来的。也许它根本就不在乎这点差错。我每天记录的飞机过往数字没有差错，但没有谁需要。我开了个农机配件门市部，主要卖飞机配件。配件门市部开了两年，没挣什么钱，贷的一万块钱还了，剩下的就是库房里的一大堆大螺丝螺帽，这是我两年挣的。

还有，就是我写在房顶的"飞机配件门市部"。店卖掉后房顶的五块招牌都被风刮跑了。我听小赵说的。离开沙县前我找小赵理发，我原想剃个光头，这样出去打工就不用操心头发的事了。小赵说，我给你造个型吧，你出去做事情穿打扮都不能太随意，不能让别人看不起你。小赵很仔细地给我理了一个老板头，我在镜子前端详半天，还是觉得那个头不是我的。正在这时飞机的声音传进来，我和小赵一起出门，我看着路对面已经是别人的配件门市部，心里一阵酸楚。小赵也没抬头看飞机，她一直看着我。小赵说，那天刮大风，房顶的五块招牌都飞了，有一块飞得特高特远，上面画着一架鲜红的飞机。那个招牌飞过我的理发店，飞过大渠，飞过机关农场果园，一直飞得看不见。风停以后我还去果园那边找，没找到，飞掉了。

小赵的美容店在配件门市部卖掉的第二年被银行封了。美容店的房子是别人的，小赵给男朋友贷款抵给银行的只是两把理发专用的躺椅和墙上的一面玻璃镜子。小赵被她父亲叫回家种地。后来嫁给一个村民。再以后怎么样我就不知道了。这些都是燕子告诉我的。燕子初中没毕业就辍学，给我看了两年店，后来开饭馆、开歌厅、开网吧，现在是沙县最大的电脑专卖店老板。帕丽嫁给旦江后调到乌鲁木齐工作，一直跟金子保持着密切联系。在我的印象里帕丽有很多朋友，而金子似乎只有帕丽一个朋友。帕丽出车祸半身瘫痪，金子依旧是她最好的朋友，经常在家里炒了大盘鸡去看她，有时买了鸡到帕丽家炒。旦江不开飞机后在一家旅游公司当办公室主任，帕丽出车祸瘫痪，旦江辞去主任职位，给公司看大门，晚上上班，白天在家休息，照顾帕丽。至于我，农机配件门市部卖掉后，我开始专心写诗，计划写一部万行长诗，主要是关于天空，关于云以及云朵下面一个村庄的事情。写到不到一千行，我扔掉诗稿进乌市打工。我的诗人生涯从此结束了。我在乌市打工期间，把我写完没写完的诗全改成散文。在那本后来很有名的写村庄的书里，没有一篇文章写到飞机。那个小村庄的天空中飞机还没有出世，整个夜晚只有我一个人在飞。

2010年7月10日完稿

一片·
叶子下
生活 ●

刘亮程 —— 著

A Leaf A Life
By Liu Liangcheng

在我年轻的时候、年壮的时候，曾有许
多诱惑让我险些远走他乡，但我留住了
自己。我做得最成功的一件事，是没让
自己从这片天空下消失。

——《住多久才算是家》

微信meidubook　　人民文学出版社官方微信

人民文学出版社

一片·
叶子下
生活

刘亮程 著

A Leaf A Life
By Liu Liangcheng

我会克制地不让自己去踩那条路、推那扇
门、开那页窗……在我的感觉中它们安静
下来，树停住生长，土路上还是我离开时
的那几行脚印，牲畜和人，也是那时的样
子，走或叫，都无声无息。

——《留下这个村庄》

微信meidubook　　　　人民文学出版社官方微信

一片·
叶子下
生活

刘亮程———— 著

A Leaf A Life
By Liu Liangcheng

许多年后有一股寒风，从我自以为火热温暖的从未被寒冷侵入的内心深处阵阵袭来时，我才发现穿再厚的棉衣也没用了。生命本身有一个冬天，它已经来临。

——《寒风吹彻》

微信meidubook

人民文学出版社官方微信